KITEN BOOKS
奇想天外の本棚

山口雅也＝製作総指揮

九人の偽聖者の密室

H・H・ホームズ

白須清美 訳

国書刊行会

H.H.HOLMES
NINE TIMES NINE

H. H. Holmes
Nine Times Nine
1940

目次

【炉辺談話】『九人の偽聖者の密室』

山口雅也（Masaya Yamaguchi）

　ようこそ、わたしの奇想天外の書斎へ。ここは――三方の書棚に万巻の稀覯本が揃い、暖炉が赤々と燃え、読書用の安楽椅子が据えられているという――まさに、あなたのような読書通人《ウェル・リード・コノサー》にとって《理想郷《シャングリラ》》のような部屋なのです。

　――そうです、旧版元の反古《ほご》により三冊で途絶した《奇想天外の本棚》を、生死不明のまま待っていてくれた読者の皆《ワトスン》さん、どうか卒倒しないでください。私の執念と新たな版元として名乗りを上げた国書刊行会の誠意ある助力によって、かの名探偵ホームズのように三年ぶりに読書界に《奇想天外の本棚》が生還を果たしたのです。

　甦った《奇想天外の本棚》（KITEN Books）は、従来通り読書通人《ウェル・リード・コノサー》のための叢書というコンセプトを継承します。これからわたしは、読書通人のための「都市伝説的」作品――噂には聞くが、様々な理由で、通人でも読んでいる人が少ない作品、あるいは本邦未紹介作品の数々をご紹介します。ジャンルについても、ミステリ、ＳＦ、ホラーから普通文学、戯曲まで――をご紹介してゆくつもりです。つまり、ジャンル・形式の垣根などどうでもいい、奇想天外な話ならなんでも出す

――ということです。

新装《奇想天外の本棚》の第一弾はH・H・ホームズの『九人の偽聖者の密室（*Nine Times Nine*, 1940）』です。

H・H・ホームズという名前は、アメリカ史上初の連続大量殺人鬼《シリアル・スプリー・キラー》の偽名（本名ハーマン・W・マジェット）なのですが、これを新たな探偵小説シリーズのペンネームとして用いたのが、探偵小説・SF小説の作家として既にデビューしていたアンソニー・バウチャーだったわけです。

次に、この世間的には一番知られているペンネーム、アンソニー・バウチャーについて、基本的なことを英語文献や未訳評伝（*Anthony Boucher*, Jeffrey Marks）に基づいて加筆改稿を施したものを次に掲げます。

アンソニー・バウチャーの本名は、ウィリアム・アンソニー・パーカー・ホワイト（一九一一年八月二十一日―一九六八年四月二十九日）。アメリカ合衆国の作家、批評家、編集者であり、いくつかの古典的なミステリ小説、短編小説、SF小説、ホラー小説、ラジオドラマの脚本、映画の共同原作（ウィリアム・キャッスル監督の*Macabre*）を書いた。一九四二年から一九四七年の間、彼は『サンフランシスコ・クロニクル』紙のミステリ小説のレビュアーを務めた。「アンソニー・バウチャー」に加えて、ホワイトは十九世紀後半のアメリカの連続殺人犯のペンネームである「H・H・ホームズ」という偽名も採用した。バウチャーはまた、軽い詩を書いて「ハーマン・W・マジェット」（殺人鬼ホームズの本名）と署名した。

ホワイトはカリフォルニア州オークランドで生まれ、南カリフォルニア大学に進学した。その後、カリフォルニア大学バークレー校で修士号を取得。本人は劇作家志望で学生時代から演劇活動をしていた。またその一方で、語学にも堪能で、フランス語、スペイン語、ポルトガル語を習得していて英訳の試みもしている。さらに小説創作の点でも早熟で、十五歳のときにはすでに幽霊譚のパロディ小説 Ye Goode Olde Ghoste Storie を書き上げ、『ウィアード・テイルズ』誌に投稿して掲載されている。

生涯を通じて敬虔なカソリック教徒である一方、私生活では、熱心なポーカープレイヤー、熱狂的なスポーツファン（サッカー、バスケットボール、トラック競技、体操、ラグビー）、ベイカー・ストリート・イレギュラーズの活発なシャーロッキアンであり、腕のいい料理人であり、初期のオペラ歌手音源の専門コレクターでもあった。

――これでも、まだ、バウチャーの全貌を知るには足りませんね。

ここで、バウチャーの斯界への貢献を箇条書きで記しておきます。

【作家・評論家として関わったジャンル】……黄金時代のフェアプレイ探偵小説、サスペンス・スリラー、クライム・ストーリー、西部劇、ＳＦ、ホラー、ハードボイルド、スパイ・スリラー、冒険小説、詩歌、ユーモア、パスティーシュ、パロディ（パルプ・マガジンが主戦場なので、他のジャンルも手掛けている可能性あり）。

【職歴】……小説家、評論家、書評家（『エラリイ・クイーンズ・ミステリマガジン（ＥＱＭＭ）』

他）、編集者（『ファンタジー＆サイエンス・フィクション』他）、アンソロジスト、書誌学者、翻訳家（ボルヘスの「八岐《やまた》の園」「死とコンパス」を『EQMM』に英訳掲載――つまり、この訳業によってボルヘスがノーベル文学賞候補となるきっかけとなった可能性もあるか）、アドヴァイザー（フィリップ・K・ディック他）、ラジオ脚本家（エラリイ・クイーン、シャーロック・ホームズ他）、テレビ・ドラマ・ストーリー・コンサルタント（『クラフト・サスペンス劇場』）、ラジオ番組ホスト（パシフィカ・ラジオのオペラ番組『ゴールデン・ヴォイス』）、政治運動家。

［その他の業績］……Mystery writers of America（MWA）の創設者にして初代会長、MWAよりエドガー・アラン・ポー賞三回受賞。また、MWAにはバウチャーの名前を冠した賞が設けられる。さらにファン同士を結びつける草の根運動もしており、彼の死後、バウチャーコンとして発展、今も世界のファンが集い交流する場が続いている。

ことほど左様に多才な斯界の重要人物なので、短い尺では、とてもその全貌を語ることはできません。そこで、H・H・ホームズ名義で発表した本書『九人の偽聖者の密室』にのみ限って解説したいと思います。

まず、ペンネームのH・H・ホームズですが、これは英国のジャック・ザ・リパーと並び称される十九世紀のアメリカの殺人鬼の偽名の一つです。ホームズは、シカゴ万博の時に殺人ホテルを建造、そこで三十～二百人（推定）を殺したと言われる、リパーを上回る（同一人説もあり。詳細は別の機会に）犯罪史上最凶の殺人鬼として知られています。悪名高い殺人鬼の名をペンネームにするなんて、日本ではあり得ないことですが、カー研究家のダグラス・グリーン氏の主催する出版社も殺人鬼の名前をいただいた《クリッペン&アンドリュー》ですし、これは、シック・ジョークに対するセンスの彼我の違いということで、ご理解いただきたいと思います。

『九人の偽聖者の密室』は、それまでバウチャー名義で探偵小説を発表していたホワイトが心機一転、ホームズ名義で発表した第一長編。探偵役も新たに尼僧探偵アーシュラを起用しています。邦題通りの密室物で、エドワード・D・ホックが主催する歴代密室ミステリ・ベストテンにも選出されています。そうした他者の評価もさることながら、本書がマイ・フェイバリットの密室物であることもあり、ここに復刊することにしました。

わたしが、本書を気に入っている理由を次に列挙します。

①本書が密室派の巨匠ジョン・ディクスン・カーに捧げられていること。
②①を受けて、捜査陣がカーの『三つの棺』の中の《密室講義》をテキストに、どの分類にも当てはまらないトリックを探ること（つまり、密室講義へ挑戦するというスリリングで大胆不敵なシーンあり）。
③尼僧探偵アーシュラが、謎解きをする直前に、ある特異な行為をなすこと。――これには、わたしも驚かされました。これだけでも、アーシュラ尼はミステリ史上に名を残す名探偵だと言えるかと。

バウチャーは、作家として過小評価されていると思います。理由としては、評論家としての名声に隠れてしまったこと、作家としての活動時期が第二次大戦中だったことなどが考えられますが、こと日本に関しては、邦訳の版元がバラバラ、紹介も散発的だったという、紹介する側の怠慢・情熱不足が挙げられるかと思います（本書の旧訳『密室の魔術師』が『別冊宝石』に載ったのが一九六〇年――もう半世紀以上も前のことです）。

この状況はいかにも残念です。そうした偏頗な日本ミステリ受容史を正すためにも《奇想天外の本棚》では、日本で不遇となっている作家・作品を取り上げていくつもりですが、それには読者の皆さんの尽力が必要なので、もっとバウチャー＝ホームズを読みたいという方は応援の程宜しくお願いします。

――あだしごとはさておき、そろそろ尼僧探偵アーシュラが祈禱を終えて、《密室講義》の僅かな隙に気づいたようです。皆さんも密室クライム・シーンへ赴くご準備をどうぞ――。

九人の偽聖者の密室

主要登場人物

マシュー（マット）・ダンカン……作家
グレゴリー・ランドール…………マットの大学時代の友人
ウルフ・ハリガン………………宗教詐欺の研究家
R・ジョーゼフ・ハリガン………ウルフの兄、弁護士
エレン・ハリガン………………ウルフの姉
アーサー・ハリガン……………ウルフの息子
メアリー（コンチャ）・ハリガン…ウルフの娘
バニヤン…………………………ハリガン家の執事
アハスヴェル……………………〈光の子ら〉の教祖
ロビン・クーパー………………〈光の子ら〉の信者
フレッド・シモンズ……………〈光の子ら〉の信者
スワーミ・マホパディヤヤ・ヴィラセナンダ
（ヘルマン・サスマウル）………水晶占い師
シスター・アーシュラ……………ベタニアのマルタ修道女会の修道女
テレンス・マーシャル……………殺人課の警部補

この密室を、密室の達人であり第一人者であるジョン・ディクスン・カーに捧げる

免責事項

本書の登場人物は完全なフィクションである。ベタニアのマルタ修道女会という修道会は存在しない。本書の執筆時、ロサンゼルスに〈光の子ら〉というカルト教団は存在しないが、出版日の前に創設されないとも限らない。一九四〇年三月二十九日金曜日にロサンゼルスに雨が降っていたという描写は作り話である。その週末は、雨は土曜日まで降らなかった。

一

ナイン・タイムズ・ナインの力が完全に破壊されてから長い月日が経った今、マット・ダンカンはロサンゼルスの新聞のバックナンバーを引っくり返し、行き当たりばったりで効果のないバーレスクの検閲に関する特集記事を書くためのメモを取っていた。このテーマはいける。風紀取締班が実際に取り締まりを行っているニュース写真を見ただけでも、それがわかる……。マットは自分の仕事ぶりにほくそ笑み、図書館が禁煙であることに腹を立てるのもしばし忘れていた。

だが、一九四〇年の分厚い復活祭特集版に目を通すうち、彼はバーレスクのことを忘れていた。ひとつひとつはささいな事柄が、ページをめくるたびに意図的なモンタージュとなって次々に現れだしたのだ。マットは確かに、この新聞が発行された朝に読んでいた。そのはずだったが、これらの埋め草記事を読んだ記憶がない。あのときは意味がなかったのだ。彼の目は、ハリガン、マーシャル、アハスヴェルという名を読み飛ばしたに過ぎなかった。だが、今ならわかる。これは事件の縮図だ――不吉な予感の書類一式だ。

最初の記事は、明らかにコラムニスト志望の若い記者によって書かれたものだった。

復活祭、一週間延期に

一九三九年の感謝祭は一週間早く訪れたが、それを埋め合わせる慰めがある。一九四〇年の復活祭は一週間遅くやってくる。

だが、これを大統領予備選挙に影響させてはならない。この伝統への打撃は、ワシントンに発するものではないのだ。

現に、〈光の子ら〉の教祖であるアハスヴェルによれば、これは伝統への打撃では決してないということだ。これが伝統なのだ。アハスヴェルは知っている。その場にいたからだ。

なぜなら、ご存じの通り、アハスヴェルはさまよえるユダヤ人〔刑場へ引かれるキリストを侮辱した罰として、死ぬこともできず、永遠に世界をさまようといわれる〕なのだ。少なくとも本人はそういっているし、光の寺院に腰を下ろして、有名な彼の黄色い衣をネオンが照らすのを見ていると、こうしたささいな点を議論する気にはなれなくなる。

「福音書は間違っている」アハスヴェルは昨日、世界に向けてこう宣言した。「本物の福音はただひとつ、アリマタヤのヨセフによる福音書のみである。わたしはそれを三年前、チベットのラマ教の僧院で発見した。それによれば、キリストは過越《すぎこし》の祭りの次の金曜日に十字架にかけられた。わたしもそう記憶している。

したがって、われわれ〈光の子ら〉は、ささやかな始まりとして、ここロサンゼルスで本当の復活祭の日を祝うこととする。まもなく、あらゆるキリスト教徒がそれに同調するだろう」

記者はこの宣言をじかに聞いたことにいたく感動し、黄色い衣に身を包んだこの人物に、イースター・バニー〔復活祭に子供に贈り物を持ってくるとされるウサギ〕にそのことを知らせた者はいたのかと尋ねるのも忘れていた。


当時、〈光の子ら〉は滑稽なものに思われていたと、マットは記事を読みながら思った。彼らは、考えるより先に戯言をタイプできる新米記者の格好の餌食だった。マットはこの記者が後日譚を書いていないだろうかと思った。ロサンゼルスじゅうの人々がアハスヴェルについて議論し、多くの人々が光を見、さらに多くの人々がリンチについて口にしたが、笑う者は誰もいなかった。

次の記事にはおそらくユーモラスな側面があったはずだが、今回、記者はそれを無視することにしたようだ。

弁護士、公的活動を再開する

「沈黙は精神によいものだ」

ロサンゼルスの高名な弁護士R・ジョーゼフ・ハリガンは、四十日間政治活動を離れていたことに対して、このように説明した。

「このような国の現状では」と、ハリガンはナイツ・オブ・コロンバスの四旬節後の宴会で語った。「怒りという大罪の危険を冒すことなく演説ができると断言できる者はいないだろう。この理由から、わたしは四旬節の間、人前での演説を控えてきた。

しかし、人は自らの精神のみならず国家にも責任があり、わたしはこの沈黙の期間が過ぎ去ったことを喜ばしく思う。わたしは怒りを遠ざける神の恩寵を願うとともに、正統な憤りの力を失わないよう祈っている」

ハリガンの演説スケジュールは再び詰まっている。今週は女性有権者同盟、共和党青年会、農業協会、聖名協会で演説の予定。

次は、隅に隠れた小さな案内記事だった。

献堂

イースター・マンデーの明日、ベタニアのマルタ修道女会の新たな礼拝堂が、ジョン・J・キャントウェル大司教によって奉納される。これは、ロサンゼルス開拓民ルーファス・ハリガンを記念してエレン・ハリガンが寄贈したものである。

ハリガンに関する三つ目の記事は、書評欄にあった。

暴かれた異教

A・ウルフ・ハリガン著『わが羊の毛を刈れ』改訂版。ヴェンチャー・ハウス社。えせ宗教騒動に関する定評ある書の新版。（特にロサンゼルスでは）必読の書。M・L

安楽椅子探偵なら、イースター・サンデーには早くも、これら四つの断片から全体像を導きだしていただろうとマットは思った。ウルフ・ハリガンの名は、慈善家のエレンと雄弁家のR・ジョーゼフとつながり、さらにこの本の主題は、アハスヴェルとのつながりを暗示しているといえる。しかし、たとえディオゲネス・クラブで静かな休息を楽しんでいるマイクロフト・ホームズ〔シャーロック・ホームズの兄で、ディオゲネス・クラブという風変わりなクラブの創始者〕でも、これら四つの記事を、次の五番目の記事と結びつけることはできなかっただろう。

死体の身元判明

先週水曜日、ユニオン駅近くの路上で発見された惨殺死体は、パレルモ・ドライブ二二三四在住の引退した剝製師、J・J・マディソン（五一）のものであることが本日判明した。身元を特定したのはテレンス・マーシャル警部補で、遺体近くにあった壊れた眼鏡のシリアルナンバーから身元を突き止めたもの。

身元確認の間延期されていた検死審問は、明日開かれる予定。

見事な身元の割り出し方だとマットは思った。だが今ならもちろん、マーシャルなら当然だといえる。彼はこの検死審問の結果はどうなったのだろうと思った。そして、引退した剝製師は、きわめて間接的にではあったが、〝幽体殺人事件〟と新聞に書き立てられた事件に自分がかかわったことをどう思っているだろうかと。

次の記事は、よりマイクロフト向きのものだった。

陪審員、〝水晶占い師〟について意見分かれる

行者《スワーミ》マホパディヤヤ・ヴィラセナンダとして知られるヘルマン・サスマウルは、昨日釈放され、水晶占いを再開できることとなった。ウォーレン・ヒル裁判長は、金銭を騙し取った容疑に対するこの裁判において評決に至らなかった陪審に解散を命じた。

サスマウルは地元のコラムニストから〝町の水晶占い師〟という異名を取っており、孤独な女性たちの未来をさまざまな色のインクだまりから占っていたとして大陪審に告発された。使われたインクの色によって、料金が異なっていたという。

裁判所の噂では、十一対一でほぼ有罪になるところだったとのこと。

最後の記事はもちろん、黄色い衣の問題とは直接関係がなかったものの、マットがその事件に足を踏み入れた理由だった。そこには簡潔にこう書かれていた。

作家二十二名、作家計画より解雇

雇用促進局の経費削減の必要性および地元スポンサーの確保の難しさから、地元の作家計画〔第二次ニューディール政策により雇用促進局を中心に推進された失業者救済計画のひとつ〕は昨日、今月末までに二十二名の会員を解雇することを発表した。

六つの記事のうち、イースター・サンデーの朝にマットが注意深く読んだのはそれだった。

月曜日（ハリガン記念礼拝堂がベタニアのマルタ修道女会に献堂されている頃）にオフィスで知ったところでは、この記事は早まって掲載されたようだ。人事課からはまだ解雇通知は出されていなかったし、誰がそれを受け取るかも、その週の終わりまで知らされなかった。おそらく、どのみち解雇されるとわかれば、それまで仕事の手を抜くだろうとでも思ったのだろう——抜け目ない、やる気に満ちた人間が思いつきそうなことだ。どこに斧が振り下ろされるか知らされないことが全職員にどんな影響を及ぼすかということについては、残酷なまでに無関心なのだ。

そして、斧が振り下ろされるとすれば——そう、これまでも個人企業で十分すぎるほど振り下ろされてきたが――一番の新入りが真っ先に首を切られるだろう。別の職が見つかっても、その会社も経費削減となれば、ここでもまた新人の自分に同じことが繰り返される――昼は職探し、夜はパルプ雑誌への執筆――しばしば売り子にもなる。マットはまだ若かったが、この頃には怒り混じりのあきらめの境地に差しかかっていた。今では、笑みが浮かぶのは、十分な金があった頃を思い出したときだけだ。女の子をデートに連れ出せば、こんなふうにちやほやされたものだ。「あら、作家さんなのね！　素敵だわ！」

マットは斧のことを考えないようにし、いわゆる伝道教会である天使の聖母女王教会の歴史について精力的に調べた。ここにとどまって仕事を仕上げる気でいるように。だがときおり、仕事に励む合間に、自分が今読んでいるものを信じることができればという絶望的な思いが忍び込んできた。そうすれば、解雇通知を回避できますようにと短く祈ることで、せめてもの心の安らぎが得られただろう。

とはいえ、それも大して役には立たなかったに違いない。シスター・アーシュラがのちに何度もいったように、祈りがかなえられるのは、誰にとっても最善である場合だけだ。それに、彼がこの二十二人に入っていなければ、（名人芸なまでに控えめないい方をすれば）興味深い経験をしそこなったことだろう。

だが、あの憂鬱な三月の最終金曜日に彼にそんなことをいう者がいれば、破滅を招いただろう。その日、解雇通知が出され、マットは自分が二十二人のうちのひとりであることを知ったのだ。

一週間前の聖金曜日、彼は調査対象であるプラザの近くの伝道教会へ行き、三時間の礼拝でできるだけ多くを耳に入れようしていた。宗教的な感情はなかったが、悲しみの日の現象には妙に心を打たれた。明るい太陽から締め出され、ほぼ闇に包まれた二十四時間。それは一種の精神的な日蝕だ。そのときには理解できなかった――一時間は一時間で、その時間に起こったことがその色を決めるのであり、その時間がたまたま属する一日が決めるのではない。だが今、この二度目の、さらに陰鬱な金曜日の夜にけばけばしいメインストリートを歩いていると、それがわかりかけてきたような気がした。

作家計画を一生の仕事と考えていたわけではない。計画に参加している年上の人々に対する感情には――彼は如才なくキャリア主義と呼んでいたが――若者らしい傲慢さと軽蔑があった。時が来れば辞めるつもりだった――助成金の支給されない作品で食べていけるようになったら。それは容易なことではなかった。オフィスや図書館で八時間の調査をしてから帰宅し、ものになりそうなショートショートか、いつか形になるかもしれないが、どこまでも広がっていく（楽しいが望みの薄い）長編小説の続きを執筆する。だが、そこにはある程度の安心感があった。書き物机の引き出しに不採用通知がいくらたまろうと、計画からの小切手があったからだ。だがそれも……。

バーレスクでも観れば気分がよくなるだろうと思ったが、空きがあったバルコニー席の一番上に腰を下ろしてみると、暗い気持ちにこうしたひどく鼻につく悪ふざけを押しつけることに、冒瀆めいたものを感じた。彼は期待をあおるストリップナンバーの途中で外へ出て、最寄りのバーを見つけた。

「一杯おごってくれない？」中古のイヴニングドレスを着た若い女がいった。

「だめだ」マットはいった。

「いいじゃない。あなたみたいなハンサムな人が、ひとりぼっちで夜を過ごすのはよくないわ」彼女はスツールをそばに引き寄せた。

「おごってやれないんだ」マットは慎重にいった。「きみは幻だからね。市議会と州の均等化委員会は、きみたちはもう存在しないと宣言した。メインストリートは一掃され、商売女はいなくなったとね。だから、ぼくがおごってやったとして、どうやって飲むんだい？　ここにいないというのに」

「試してみてもいいでしょう」

「だめだ」

「わかったわ。あなたがそのつもりなら……」

マットはカウンターの後ろの鏡を見た。この自分をハンサムと呼ぶのは、商売女くらいのものだろう。基本的には悪くはないはずだ。だが、傷跡がいけない。傷は左のこめかみからまっすぐに頬をよぎり、口の端まで達しそうになっている。フラタニティ〔大学の男子学生の友愛会〕の入会儀式で手違いがあったときに急いでこっそり処置したにしては、さほどひどくはなかったが、それでも不格好なしわができていた。それに、くしゃくしゃの黒髪にどういうわけか白いものが混じっているのも、ぱっとしない眺めだった。どこか変わり者のように見える。彼は鏡に向かって顔をしかめた。受難日には何の役にも立たない。やけに感傷的になって、自分を哀れんでいるだけだ。

彼はライウィスキーを飲み干し、無駄口はきかずに、小さなグラスと十五セントをカウンターに押しやった。お代わりを待っている間に、鏡の中で商売女が新しいカモをつかまえたのを見る。今回は彼女がハンサムと呼んでもおかしくはなかったし、ハンサムという言葉ではとうてい足りなかった。ちょうどよく秀でた額から、ちょうどよい大きさの口ひげまで、何もかもが完璧だった。注意深く整えた髪さえ、整いすぎないようになっている。服装も、メインストリートにいるにしては上品だった。夜の終わりに金品を奪われる危険を大いにはらんでいる。

彼に感じたのはそれだけではない。どこか見覚えがあった。やがて、彼の長いまつげの下の目が、鏡の中でマットの目と合った。

「グレゴリー！」マットが叫び、相手も「マット！」と叫んだ。

「ふたりきりにしてあげたほうがよさそうね」商売女はそっと立ち去った。

少し考えれば、グレゴリー・ランドールとは決して仲がよかったわけではないことを、マットは思い出したかもしれない。それどころか、マットが新入生だったときに三年生だったグレゴリーは、この顔の傷に間接的に責任があった。それよりも大事なのは階級の差で、もっと正確にいえば、使える金の差だった。マットは、大学一年だった一九二九年には、一九四〇年から見れば驚くほどの金銭的自由を享受していた。だが当時でさえ、ロサンゼルスの六大株式仲買人のひとりを父に持つランドールと同じ階級には入れなかった。

だが、マットがグレッグ・ランドールに会うのはほぼ八年ぶりだったし、こうした偶然の再会は、楽しい気分と慰めを呼び起こした。それに、気晴らしになるかもしれない。そこでふたりは元気よく握手し、親しみのこもったあだ名で呼び合い、その後どうしているうちに、お代わりの必要が迫ってきた。

グレゴリーはマンハッタンを飲み干し、マットのグラスを見た。「それは?」

「ライだ」

「飲んじまえよ。ぼくもそれにしよう。カクテルだとなかなか酔えない」彼はマットのためらいと、すり切れた袖口にすぐに気づいた。「おごるよ」そうつけ加えた彼の口調に、マットは感謝すると同時に腹が立った。

カクテルを飲み慣れているグレッグは、ストレートのライウィスキーをむせながら飲んだ。「落ち込んでいるんだ」やがて彼はいった。

「こっちもだ」

「気の毒に」だが、彼は理由を訊かなかった。「そうとも、マット、ぼくは落ち込んでる。蛇の腹か、警官の土踏まずか、そのほかどんな気のきいたいい回しを使ってもいいが、とにかくそれくらい落ち込んでいるんだ。本当に困っているんだよ」

「T・F・ランドールの息子が困ってる? 支配体制に何かあったのか?」

グレッグは戸惑ったように見えた。「おい、マット、おかしなことをいうんだな。共産主義者にでもなったか?」

マットはにやりとした。「知らなかったのか? 革命が起こったら、ぼくは人民委員に立候補するよ」

ランドールは少し考えた。「なるほど」彼はいった。「冗談というわけか。だけど、ぼくは本当に窮地に陥っているんだ」

マットは記憶をたどり、一番ありそうな理由を引っ張り出した。「どうしたんだ？　結婚しなくちゃならないとか？」

「いいや。だが、そのことなんだ」

「そのことって、どのことだ？」

「それなんだよ。結婚しなくちゃならないんじゃなくて、できないんだ。逆なんだよ。そういえば――」彼はバーテンに合図した。

「逆……ああ。つまり、相手が結婚したがらないんだな」

「そうだ」グレゴリー・ランドールはため息をついた。鏡に映った自分を見て、櫛を取り出す。

「ときどき、ゴシップ欄できみの名前を見るよ、グレッグ。別世界の人たちの生活ぶりを知りたくてね。きみは今シーズンの理想の結婚相手だと思ったが――実際、ここ何シーズンもそうだった。で、その純情ぶった乙女は誰なんだ？」

「彼女はまだ子供なんだ」グレゴリーは髪をとかしたあと、仕上げに口ひげの両端に軽く櫛を当てた。「自分の気持ちがわかっていない」

「年の差狙いか？　そんな真似をするには、まだ若すぎるだろう」

「年寄りすぎるといいたいんだろう？」

「まあいい。それで、何を悩んでいるんだ？」

「清貧、貞潔、従順だ！」グレッグは軽蔑したようにいった。

「何だって？」

「清貧、貞潔、従順といったんだ。そんなものくそくらえだ」

「まったくだ」マットは同意した。「この一年のぼくの暮らしは、それに尽きる。たぶん、来年もそうなるだろう。従う神が見つかるといいが。しかし、自分の妻に真っ先にそれを期待するのに反対する男がいるなんて、聞いたことがない。きみが考えを改めればいいじゃないか」

「ところが、彼女は妻になりたがらないんだ。シスターになりたいといっている」

「そういう話も聞いたことはある」

「いいや、そうじゃない。ぼくの妹《シスター》になりたいっていうんじゃないんだ。ベタニアのマルタのシスターになりたいのさ」

「誰だって――？　ああ……修道女《シスター》ってことか！」

「そうなんだ。修道女。尼僧だよ」

「ああ」ぞっとするような状況が、最後に飲んだライウィスキーと一緒になってマットに迫ってきた。「すると、その子は世俗から遠ざかって、尼僧になりたいといっているんだな？」

「まさしく」グレゴリー・ランドールは寂しそうにいった。「その通りだ」

「なあ」マットはポケットの中の小銭を指で探った。「ぼくのおごりでもう一杯飲みながら、すべてのいきさつを聞かせてくれ。これは深刻な話だ。つまり、ぼくは自分が窮地に追い込まれたと思っていたが、そんなのは――また共産主義者になったと思われたくはないが――ランドール家の人間以外は誰だって経験することだ。だが、これは違う。どこか間違っている。過去の黒い手が、現代の生活に伸びてきたようなものだ。どうしてそんなことになったのか知りたい。聞かせてくれ。その子供というのは誰なんだ？」

「子供というのはいい過ぎだが……。相手はコンチャ・ハリガンだ。彼女のおじは父の弁護士をやっている。だが、誤解しないでくれ。家族同士で決めた結婚じゃない。ぼくたちはパーティーで出会って、お互い何者なのかも知らないうちからつき合っていた……これまでは」

「じゃあ、相手はハリガン家の娘なのか？」

「知っているのか？」グレッグはいぶかしむような顔をした。

「もちろん、どんな人たちかは知っているし、輝けるわが町を祝福する常軌を逸したカルト教団についてウルフが書いた本も読んでいる。素晴らしい本だったよ。しかし、コンチャだって？　アイルランドの名前じゃないな」

「母親がペラヨ家の出なんだ。古いスペイン貴族の家系だよ——領主ってやつさ。ランチョ・ペラヨから、すべての分家が発しているんだ。ただし、そこから金を生み出したのはルーファス・ハリガンだ。彼女の本名はマリア・コンセプシオン・ハリガン・ペラヨという。自分でそう署名することもある。それほど子供なんだ」

「待ってくれ。話についていけない。彼女がコンチャと呼ばれているのは、祖父が分家したからなのか？」

「そんなところだ。コンチャはコンセプシオンのニックネームさ。ぼくはメアリーと呼びたいが、彼女はコンチャが好きなんだ。ハリガン家と同時にペラヨ家の一員でもあるというんだ。ぼくにはわからないがね。とにかく、ひとつだけ確かなことがある。彼女にランドール姓になる気はないということだ」

「でも、なぜなんだ？　どうして彼女は——？」

「ぼくたちは婚約していた。出会って六週間で婚約したんだ。彼女が若いのは知っているが、十一歳の年の差なんて大したことじゃない。それでうまく行っている人はたくさんいる。ところが、彼女のおばが……。知っているだろう、おばのエレンは信心深いんだ。つまり、アーサー以外はハリガン家の人もペラヨ家の人も信心深いが、エレンはそれに輪をかけているというわけさ。よく働き、毎日教会に通い、水曜日には肉を食べない。わかるかい？」

「ああ」

「それで、エレンはルーファス・ハリガンを記念して、ベタニアのマルタ修道女会に記念礼拝堂を寄進することに決めた。天国にいる、傑出した陸の海賊を記念してね」

マットはにやりとした。「きみも共産主義者になったんじゃないだろうね、グレッグ？」

「いいや」グレッグは真面目に答えた。「どうしてそんなふうに思うんだ？　とにかく、その準備のためにシスター・アーシュラがエレンを訪ねてくるようになった。そこでコンチャに会ったんだ。彼女が舌なめずりするのが目に見えるだろう。コンチャはいい子で、家は大金持ちだ。うーむ！こうして、シスターはエレンおばさんと働きかけるようになった。おじのジョーゼフと彼女の父親も、一枚嚙んでいるのかもしれない。娘を神の恩恵と栄光に捧げようとしているんだ。清貧、貞潔、従順に！」彼は驚くほど大きな音を立ててグラスを置き、つぶやきもかき消されるところだった。

バーテンダーはその音をお代わりの合図と勘違いしたようだったが、それは全員に都合がよかった。

「つまりきみは――哀れな子供がはめられたといいたいのか？」

「そういっていいと思う。教会の力なんて、大したことがないと思っていた。イエズス会や異端審問に関する本を読んでも、すべて過ぎ去った昔のことだと思っていた。だけど、こんなふうに自分の身に降りかかってみると……また別問題だ」

「そいつはひどい犯罪だというしかない」マットは威勢よくいった。「ハリガン家の女相続人を修道院に入れ、きみの人生をめちゃめちゃにするなんて……なあ、グレッグ？」

「何だ？」

「きみはどうするつもりだ？」

「どうって？　ぼくに何ができる？　彼女が十八歳になるのは一か月先だ――父親の許しがなければ結婚できない。それにぼくは、ロッキンバーの若殿〔サー・ウォルター・スコットの『マーミオン』中のバラッドの主人公で、ロマンチックな求婚者を意味する〕なんかじゃない。このすべてから彼女を連れ出すなんて想像もできない」

マットは新しいグラスをつかむ手に力を込めた。「できないって？　そいつは残念だ」

「どうして？」

「きみは残念なことをしようとしているからだ」

「なあ、マット――」

マットの声は高ぶっていた。「きみのコンチャを、ゴシック小説のヒロインのように一生壁に閉じ込めるつもりなのか？　何てひどいやつだ。先方に乗り込んで、ハリガン家の連中に事情を話すんだ。コンチャをつかまえ、愛しているといえば、彼女はきみと結婚するさ。それにシスター・アーシュラには、口にするのもはばかられる言葉を投げつけてやれ。今は一九四〇年だぞ。家族や迷信の力を借りなくたって、女性が自分の人生を生きられるんだ。きみは彼女をみすみす手放したいのか？」

「しかし、マット……」グレゴリー・ランドールは弱々しくいった。

「車はあるか？　よし。ぼくが運転しよう。もう何か月もハンドルを握っていないが、ぼくを男にしてくれ。ハリガン家――それにペラヨ家――に、いろいろと教えてやるんだ。行こう」

マットはそれほど酔っていたわけではなかった。ライウィスキーのおかげでリラックスしていたし、輝く高みから他人の悩みを見下ろし、神のように仲裁することで自分の憂さを忘れていた。こうして彼は、ハリガン家の生活――そして、ナイン・タイムズ・ナインに続く悲劇にまっしぐらに飛び込んだのだった。

二

バーを出たときには、雨が降りはじめていた。ひどい降りではないが、ぐずぐずと続く三月の霧雨だった。

「ドラッグストアに寄っていく」駐車場へ向かいながら、グレゴリー・ランドールがいった。店から出てきた彼は、水の音のする包みを抱えていた。

「風邪薬か？」マットが訊いた。

「いいや。水薬は信用していない。いつもは――ああ、そういうことか――そうだな。風邪薬みたいなものだ」

「ほどほどにしておけよ。もう十分飲んでいる。相手の家族にいい印象を与えることを忘れるな」

マットが運転席に乗り込むと、グレッグは隅に座り、包みを開いた。瓶の封を開け、手渡そうとする。

「いいや、結構だ。今夜はもうやめておくよ。それがなくても楽しめそうだ」

ランドールはぐいと飲んだ。「わかるだろう、マット、ぼくは酒飲みじゃない。ただ……。そう、きみが知っていた頃のぼくは、ずっと若かった。コンチャとそれほど変わらないくらいに。あの頃は何もかもうまく行っていた……。今では地位がある。父の会社――親の七光りだとは思わないでくれ。ぼくは自立した人間なんだ」

「誰のことだって？」マットが訊いた。

「誰？　いや――つまり、ぼくは立派にやっているということだ。だから、そろそろ結婚してもいいと思ったんだ。ぼくのような地位の人間としてはね。これほど結婚したいのは、そのためさ。こういうことには慣れていない。雨の夜に駆けずり回るなんて……」

「本物の愛がどういうものか忘れたのか？　何を期待している？　女の子を見つけて、〝ねえ、ぼくたち結婚したらいいと思わないか？〟とか何とかいって結婚し、地位を安泰にしたいのか？　そんなに簡単なものじゃない。なあ、グレッグ、ほしいものがあれば、戦って勝ち取らなきゃ」

「戦うことのできない男だとは思ってほしくないな、マット」ごくり。「ウォーデン＝マッキンレーの社債問題をぼくがどう解決したか、聞かせてやりたいよ。だが、これは違うんだ。あまりにも――個人的なものだから」

「彼女にはそれだけの価値があるんだろう？」

「コンチャには」グレゴリー・ランドールは、酒の勢いで大胆になり、率直にいった。「何物にも代えがたい価値がある」

「それならいい」

メインストリートから、ハリウッドのすぐ西にある丘の上までは長い道のりだったが、ふたりはそれからほとんど話さなかった。マットは自分のことばかり考えていた状態から、突然高揚感とともに解放されたのを楽しむのに夢中だった。それに、自分のハンドルさばきで高級車が滑るように走る感覚にも。一方グレッグは、咳止めシロップが効いてきたように見えた。

雨はひどくなっていた。華やかなサンセット大通りに差しかかると、町のネオンが雨にきらめき、通りの南側は溶けていくカーテンのようで、町はさながら光り輝くミニチュアだった。

マットはほとんど酔いが醒めていたが、高揚感は去らなかった。「聖書でひとつ理解できるのは」彼はいった。「山上の誘惑だな。地上の楽園が目の前に広がっているのを見たら……。だが、それは電気が発明される前のことだ。サタンがネオンを持っていたら、勝ったかもしれない」

グレゴリー・ランドールは何もいわなかった。

さらに一ブロック進み、グレッグの指示に従って北へ曲がると、マットは曲がりくねった道を上っていった。街灯はまばらで、住居番号もない。道の突き当たりに堂々たる建物が現れた。大きさはさほどではないが（おそらくベッドルームが六つくらいだろうとマットは見積もった）、それでも古風な壮大さがあった。家とは呼べない――邸宅だ。

マットは速度を落とし、友人のほうを見た。「ここかい？」

返ってきたのはいびきだけだった。

マットは縁石に車を停め、身を乗り出して友人を揺さぶった。グレッグの膝から、ほとんど空になった瓶が転げ落ちた。次のいびきはさらに大きく響きわたった。

「くそっ」マットはいった。困ったことになった。どうやら、酒飲みではないとグレゴリーがいったのは本当らしい。地位のある人物でも、神経を刺激するのと意識を失うのとを分ける危険な一線はわきまえていてもいいはずだ。

だが、グレッグがいようといまいと、マットは使命を持ってここへ来た。暗黒の塔へやってきたチャイルド・ローランド〔ロバート・ブラウニングの詩より〕といったところだ。そこには悲しみに暮れた乙女がいて――。

マットはオーバーを着てこなかった――すり切れたぼろを着ても、この土砂降りでは変わりない。グレッグは上等なキャメルのコートを着ていた。ドアを閉めた車の中では、明らかに必要のないものだ。マットが知らぬ間に予言したことが現実になろうとしていた。グレゴリー・ランドールは、夜が終わる頃には金品を奪われる運命だった。

ぐったりしていびきをかいている男からコートを脱がせるのは容易ではなかった。マットは二度、力のない手に顔を叩かれ、一度は体を引っくり返した拍子に、グレゴリーが目を閉じたまま口を開いた。

「何も考えるな」彼は静かにいうと、再び混沌に戻っていった。

マットは高価なコートをまとい、暗黒の塔へと足を踏み出した。

そこには執事がいた。当然いるだろう。よその国では、中産階級は従者を当然のことのように、平然と受け止めるという話だが、経済的王党派であるアメリカ人は、へりくだって〝わたくしはあなたのしもべでございます〟というのを職業としている人々の前では居心地が悪いものだ。この場合、執事がそんな態度に加えて〝ありえない〟というふうに眉をひそめたので、さらにやりにくい状況になった。

マットの情熱は薄れていた。チャイルド・ローランドは人食い鬼と対決したかもしれないが、執事と対決することはなかったはずだ。「ミス・ハリガンにお会いしたい」彼はできるだけ堂々といった。

キャメルのコートが功を奏したのだろう。取るに足りない人間が、このような服を持っているはずがない。

「お約束はおありですか？」執事はそこまでいった。

「ええと――大事なメッセージを預かっているんだ」

「お名前は？」

「マシュー・ダンカン」

「お入りください。お目にかかるかどうか、訊いて参ります」

彼は引っ込んだ。イギリス人らしい妥協精神が勝ったのだ。執事は突然の訪問客を中へ入れはしたが、〝サー〟という敬称は使わなかった。

マットの胸に満ちあふれていた騎士道精神は、すっかり引いていた。とんでもなく馬鹿なことをしたという気持ちになりはじめていた。執事が戻ってくるのがあと二十秒遅ければ、玄関は空っぽになっていただろう。

「こちらへどうぞ」執事ははっきりといった――聞き間違えようがない。「ミス・ハリガンがお会いになります」

どんな女性なのだろうとマットは思った。はっきりとわかっているのは年齢と、異なる国の両親を持つということだけだ。それでも、イベリアとアイルランドの血を引く十七歳というのは期待できる。髪はブルネットだろう——それは間違いない。気性も激しいかもしれない。その気性が、不運な彼の頭に襲いかかることだろう。きびすを返して、グレッグを車で家まで送る分別があったなら……。

「ミスター・ダンカンです」執事がドアを開けながらいった。

マットが中に入ると、かぐわしい香りがした。彼は戸惑った。エキゾチックなタイプの女性だとは思っていなかった。続いて、ドアの反対側に風変わりな見た目の聖母像が置かれ、その前で蠟燭が燃えているのが目に入った。ますますよくない。信仰心の厚いタイプだ。結局のところ、彼女は——。

「何でしょう、ミスター・ダンカン?」静かな声が鋭くいった。

彼は祭壇から目を離した。ひとり用の信徒席にも似た、彫刻をほどこしたオークの椅子にかけていたのは、ゆったりとした黒衣をまとった、小柄な年配の女性だった。椅子の肘掛けに置かれた右手からは、茶色い木の珠《たま》を長くつなげたものを垂らしている。それは、彼女の鋭い小さな目を、ほんの少し小さくしたレプリカのように見えた。

「夕べの祈りを捧げているところです」彼女はいった。言い訳じみたところや、すまなそうな響きはなかった。単に事実を述べ、長く邪魔されたくないとほのめかしていた。

「ぼくは……ミス・ハリガンにお会いしたいといったのですが」マットは思い切っていった。

「わたしがミス・ハリガンです」

ここでマットは思い出した。このごたごたの張本人である、敬虔なエレンおばさんだ――当然、彼女もミス・ハリガンだ。かしこまった呼び名を、執事はそのまま受け取ったのだ。娘のほうはミス・コンチャとでも呼ぶのだろう――いいや、それはない。ミス・メアリーか？　ミス・コンセプシオンとか？

エレンおばさんも察したようだ。「戸惑っているところを見ると、姪に会いたかったのですね？」

「ええ、そうです。お祈りの邪魔をして申し訳ありませんでした。彼女がどこにいるか教えていただければ……」

「あの子は今は忙しいと思います。会うことはできないでしょう。ことづてがあれば――」

何もかもが、どうにもならないほど間違ったほうへ向かっていた。マットは何よりこの地獄を抜け出したかった。礼拝堂の中は静まり返っていた。隣の部屋からタイプの音が聞こえてくる。

「折を見て出直してきます」マットはいった。「お邪魔してすみませんでした」

廊下に通じるドアが開いて、丸いピンクの顔が現れた。「エレン、メアリーはまだ降りてこないのか？」

「まだよ、ジョーゼフ。シスター・アーシュラと一緒にいるわ」

「ずいぶんかかると思わないか？　彼女なら、あの子に正しい道を教えてくれると願っているが――やあ！　お祈りの仲間かね、エレン？」

「ジョーゼフ、入っていらっしゃい」ミス・ハリガンがいった。「こちらはミスター・ダンカン――兄のミスター・ハリガンです。ミスター・ダンカンは、メアリーにことづてがあるとかで来られたの」

R・ジョーゼフ・ハリガンが部屋に入ってきた。背が高く、がっしりしていて、肥満の一歩手前といったところだ。頬は、床屋に足しげく通うプレイボーイらしくすべすべしており、多くの人に会わなければならない立場上、唇にはすぐさま笑みが浮かんだ。スーツは地味だが高級品だった。襟の折り返しには何も飾っていなかったが、たった今クチナシの花を抜いて、冷蔵庫に置いてきたという印象を受ける。

「メアリーのお友達なら大歓迎ですよ」彼は洗練された口調でいった。「若い世代との交流を、おろそかにはできませんからね」

「今、ミス・ハリガンがシスター・アーシュラと一緒だとおっしゃいましたね」マットはためらいがちにいった。

「ええ、そうよ」ミス・エレンがいった。「でも――」

弁護士は差し出した手を引っ込めた。「正直いって、姪の選択にきみがどう関係しているのかわからない――」

「いいえ、ぼくではないんです。申し上げた通り、ぼくはいわゆる使節としてここに来ました。そして、グレゴリー・ランドールには関係があると断言できます」

「ランドール？　彼がきみをここに来させたのか？」ジョーゼフは明らかに信じていない様子だっ

た。

「ええ」正確にはそうではなかったが、そういっておけば役に立つだろう。「彼は婚約者にメッセージを伝えるためにぼくを寄越したんです。ですから、それをお伝えすべきだと思って。ミス・ハリガンに会わせてもらえますか、それとも、彼女は外部との連絡を絶たれているのですか？」

なじるような言葉が、考えるより先に出ていた。マットは自分でも驚き、この使者騒ぎに首を突っ込んだことを今まで以上に後悔していた。R・ジョーゼフ・ハリガンは、見るからに頬を膨らませた。「きみ」彼は尊大にいった。「グレゴリー・ランドールの友人が、厚かましくもここまでやってきて、この家でわれわれを侮辱するとは信じられん。正直いって、これは何かの策略ではないかと思う。きみに要求するが——」

「やめて」エレン・ハリガンがいった。「ここは礼拝堂よ」

ハリガンは声を落とした。「そうだな、エレン。しかしそれは、この輩《やから》がごく普通の礼儀正しさを多少なりとも示す理由にもなる」

沈黙があった。隣の部屋ではタイプの音が続き、蠟燭のひとつがパチパチと音を立てた。

「すみません」マットはいった。「ひどいことをしてしまいました。わざとではないんです。どうしてこんなことに首を突っ込んだのかも、どうやって抜け出せばいいかもわかりません。もう終わりだといって、水に流してください。お気を悪くさせて申し訳ありませんでした。グレッグを責めないでください。では、失礼します」

彼はドアに近づき、ノブを回そうとした。鍵がかかっている。一瞬、馬鹿馬鹿しいほどメロドラマ的な考えが頭をよぎったが、エレン・ハリガンの冷静な声に破られた。「そのドアではありません」

「誰だ？」ドアの向こうから声がして、タイプの音が止まった。

「誰でもないわ、ウルフ。間違えたの」

すると、姿の見えないタイピストは、カルト教団に関する素晴らしい本を書いたA・ウルフ・ハリガンか。マットは彼に会いたかった――おそらく、物静かだが有能な学者で、自分の研究に没頭するあまり、自分の娘に押しつけられようとしている運命にも気づかないのだろう。だが、ハリガン家の人と親しくなる望みはなかった。

誰も口を開かなかった。マットは、生まれてこのかた感じたことのない徹底的な恥ずかしさとともに、正しいドアから外に出た。玄関ホールにたどり着いたとき、ジョーゼフ・ハリガンのよく通る声が聞こえた。

「エレン、あの若者は酔っていたな」

ありがたいことに、執事の姿はどこにもなかった。マットは人に見られずにドアへ向かい、雨の夜に備えてキャメルのコートをきつくかき合わせた。いまいましいことに、酔っていたといういい訳すらできない。ただただ馬鹿な真似をして、老婦人の祈りの邪魔をし、有力な市民を怒らせ、グレゴリー・ランドールにおそらく計り知れない迷惑をかけた。しかもそれは、囚われのヘカベー〔トロイアの王妃で、のちにアガメムノーンの奴隷となった〕のためですらなく、ドン・キホーテ的な無鉄砲な考えのせいにすぎなかった。

彼は雨の中にたたずみ、屋敷を振り返った。ひとつ気に入らないのは、R・ジョーゼフ・ハリガンが、あの修道女が娘に正しい道を示すことを期待しているといったときの、思い上がった自己満足だ。彼女に会わせろと、もっと強くいえばよかったかもしれない。若い女性が無理強いされるのは、気持ちのいいものではない……。

ハリガン家の屋敷を見ていたのは、彼だけではなかった。マットは不意にそれに気づいた。濡れたレインコートが、窓からの明かりを受けて光ったのだ。家の裏手に向かって左、（できるだけ正確に見積もって）礼拝堂のあるあたりだった。しかし、礼拝堂には人と同じ高さの窓はない。壁の高いところに、換気のための四角い窓がふたつあるだけだ。

屋敷の警備員だろうか？　計画されたものなのか？　いいや、それでは筋が通らない。警備員がいるなら、彼自身が執事に会う前に見とがめられただろう。ということは、間違いない……。

マットは用心深く、安堵のため息を押し殺した。これでやることができた――礼拝堂のそばに馬鹿みたいに立っているのではなく、じかに行動できるのだ――この家の人に、粗暴な態度を取ったつぐないができると、彼は自分にいい聞かせた。そして、自分自身の欲求不満も解消できることは、言葉でいい聞かせなくてもわかった。

人影は消えていた。漏れている明かりはほんのわずかだったので、レインコートを照らしたのはただの偶然だった。だが、もう一度あるかもしれない。マットはわずかな光の筋に目を凝らしながら、壁伝いにじりじりと進んだ。今ではまたタイプの音が聞こえていた。明かりが漏れているのと同じ部屋だろう。

そのとき、彼は見た。すべすべした、肉づきのよい手が光の中に伸びていた。手は留め金を探るように動き、ほんの少し窓を押したようだった。細い光の筋が、それとわからないほど広がった。タイプの音がやんだ。

雨と暗さのせいで、体は見えなかった。手だけだ。女性の手か――いいや、よく見れば、派手な指輪をしているが男の手のようだ。しかし、柔らかくて女性的だ。もし――。

そのとき、暗闇から甲高い苦痛の叫びが聞こえた。手が見えなくなる。一瞬、光がレインコートを着た人物を照らした。まっすぐにマットのほうへ駆けてくる。その光で、もう片方の手に金属のようなものを持っているのが見えた。

彼は行動に出た。だしぬけに、何も考えずに、計り知れないほどの安堵とともに。雨の夜の中、レインコートの人物はマットにぶつかった。相手は喉を詰まらせたようなののしり声をあげ、マットは一瞬、脇腹に鋼《はがね》のシリンダーが押しつけられるのを感じた。それから何かにつまずき、ふたりは一緒になって濡れた芝生の上に倒れた。

格闘というのは妙なものだ。自由と、痛みと、喜びを同時に感じられる。しかし、これは別物だった。レインコートの相手は軽蔑にも値しないほど弱く、ぶよぶよしていた。それでも、手にはたくましい戦士の動きを封じる武器を持っている。

その武器の先が、二度、マットの体に押しつけられた。彼は二度、背筋を冷たいものが走るのを感じ、体をかわした。考える時間があれば、それは恐怖だとわかっただろう。そして、二度と再現できないとっさの体のひねりで、マットはうまいことレインコートを着たクッションのような腹にまたがり、身を乗り出して武器を持った手を抑えつけた。

「そいつを落とせ」自分でも驚くほど落ち着いた声で、彼はいった。「いい子だ」命令を強調するように、ゴムのような腹をつつく。「パパのいうとおり、そいつを落とすんだ」

レインコートの男は、マットが聞き慣れない言葉でとめどなく悪態をついた。そして、もうひとつの答えとして、手首を自由にしようとさらにもがいた。マットは片方の手に、雨よりも温かい液体が流れるのを感じた。

「いいか」暗闇の中から、低い声が聞こえた。「そいつを殴って気絶させ、武器を取り上げろ。汚い手を使うやつだからな」

どこから来たかはわからないが、有益なアドバイスだった。マットは男が振り回す左手を一瞬自由にし、右手で耳のすぐ後ろを巧みに殴りつけた。格闘は突然終わった。

「うまいぞ」声がいった。「中へ入ろう」

マットはしずくを垂らしながら立ち上がった。小さなオートマチック銃は、今では彼の手の中にあった。「あなたは誰です?」彼は訊いた。

「それはこっちの台詞《せりふ》じゃないかな? とにかく、わたしはここの住人だ」

「ああ。すると、ウルフ・ハリガンですか?」

「あいさつはあとだ。まずはこのでかぶつを中へ入れよう。ここで腐るままにさせておくわけにはいかないからな――クロッケー場の芝が台無しになってしまう。そう、きみたちが転がっていたのはクロッケー場の芝の上だ。さあ――手を貸してくれ」

書斎に入ると、マットは感嘆の気持ちを隠そうともせずに、ウルフ・ハリガンを見た。著作から想像していた、物静かだが才能あふれる学者の面影はどこにもない。ハリガンの身長は、六フィートのマットよりもゆうに二インチは高く、体つきもそれにふさわしかった。彼は部屋を歩き回り、レインコート男をソファに横たえ、フランス窓を閉め、飲みものを注いだ——軽々としたしなやかな動きは、筋肉を完全にコントロールできる人物のものだった。スチールグレーの髪さえも、年齢ではなく強さを感じさせる。マットはこの家や光の寺院以外で彼の姿を見るはずがないのに、なぜだか頭の中には、雲つくような山道を歩いたり、滑るように進むヨットの舵を取ったりしているウルフ・ハリガンの姿が浮かんでいた。

「さあ」ウルフがいった。「酒が必要だろう。必要でなくても、飲みたいに違いない」彼は濡れたシャツを脱ぎ、レインコート男のほうへ投げた。「家族に着替えを持ってこさせるまでもない。暖炉で乾く」彼は燃える暖炉の前に、両脚を広げて立った。「さて、さっきの行動のほかにも力になってくれる気があるなら、わたしの好奇心を満たしてくれ。いったいきみは何者なんだ?」

「ダンカンといいます——マット・ダンカンです」

「名前を訊いているんじゃない。何者かと訊いているんだ。名前では何もわからない——せいぜい、親の趣味がわかる程度だ。意味のある名前があるとすれば、偽名だ——ここにいるお友達、スワーミ・マホパディヤヤ・ヴィラセナンダのようにね……」彼は嫌悪に満ちた声をあげた。「だが、こいつは後回しだ。きみが名乗ったのは本名か?」

「ええ」

「すると、意味はないな。聞かせてくれ。きみは何者なんだ?」

「ミスター・ハリガン、客人としての権利を使わせてください。ぼくの経歴を話す前に、ひとつ質問させてほしいのです」

「質問かね?」ウルフ・ハリガンは寛容に笑った。

しかし、切り出すのは難しかった。このような異常な状況下で、あなたの娘がどんなことをされているか知っていますかと簡単に訊けるものではない。マットが言葉を探しているうちに、礼拝堂に通じるドアにノックの音がした。

ハリガンは部屋を横切り、ノブを回した(中からボタンを押すと施錠される仕組みだ)。

前屈みになって入ってきた若者は、ウルフ・ハリガンの安っぽい模造品のように見えた。全体は同じだが、本物の持つ力強さと美しさがない。彼は見えない支えに寄りかかっているような立ち方をして、煙草を口から取ろうともせずに話した。

「みんなが降りてくるのを知らせようと思って」彼はいった。

ハリガンは慌てて、裸の上半身にニットの上着をはおった。「それで、結論は?」鋭く尋ねる。

「まだわかりませんよ」若者の目が部屋を見回した――泥だらけのキャメルのコートを着た見知らぬ男と、気を失っているレインコートの男。「どうしたんです?」彼は訊いた。

ウルフ・ハリガンは、ふたりの人物を消し去るように素早く手を振った。「大したことじゃない。コンチャは何といっている? シスター・アーシュラはついに説得できたのか――」

マットは立ち上がった。「聞いてください、ミスター・ハリガン。ぼくが来たのはその話をするためです。もしあなたの考えが――」

若者はマットを上から下まで眺めた。「騎士気取りか」ひそかに軽蔑を込めていうと、吸いかけの煙草を取り、ふたつに折って暖炉に投げ込んだ。

「ミスター・ハリガン、聞いてください。この家で会った人たちの中で、話ができそうなのはあなただけです。あなたは――」

礼拝堂から声がした。「シーッ」ハリガンがいった。

姉のエレンが静かに入ってきた。彼女は笑顔で、嬉し涙を浮かべていた。「ウルフ」彼女はいった。「ウルフ。うまくいったわ。メアリーは同意してくれたの――」

「何と！」ウルフ・ハリガンは喜びの声をあげた。「エレン！　それは素晴らしい！」

マットは一歩前へ出た。「あなたはまさか――」

礼拝堂の戸口に、浮世離れした服装の修道女が現れた。その後ろには別の修道女と、R・ジョーゼフ・ハリガンの姿が見える。ハゲタカどもの集まりだと、マットは思った。

「シスター・アーシュラ」ウルフが叫んだ。「あなたは素晴らしい。本当なのですか――？」

「ええ」シスター・アーシュラがいった。「ようやく説得できましたわ。あの子は修道女になるのをあきらめました」

三

マットの英雄的世界は何度かひっくり返ったあと、きっちりとふたつ折りになって着地した。

「大変でしたわ」シスター・アーシュラは続けた。「あの子はとても若いものですから。あの年頃の子は、個人的な不満をいとも簡単に神の意思に仕立て上げてしまうのです」

「あなたは……」ウルフ・ハリガンは、それまでのぶっきらぼうな冷静さと打って変わって、ためらいがちにいった。「ご存じなのですか？　なぜあの子が――」

シスター・アーシュラはおごそかにいった。「わたしたちは司祭ではありません。けれども、これは告解のようなものでした。ですので、できれば――」

ウルフは引き下がった。「おっしゃる通りです、シスター」

「でも、もう終わったとお約束します。わたしたちも、もう帰らなければ。本当はとっくに戻るはずでしたが、修道院長から特別にお許しをいただいていますので。あらまあ！」彼女はほほえんだ。「哀れな罪びとに寄り添い、悪魔と格闘する聖人の話は読んだことがおありでしょうね。そのことを思えば、聖人になりたいと願う子供に寄り添い、その子が神だと信じている存在と格闘するのは、そう大したことではありませんでしたわ！」

「アーサーが車でお送りします」ウルフ・ハリガンがいった。

「ありがとうございます」彼女は声を張りあげた。「シスター・フェリシタス！　帰りますよ！」

そういいながら彼女が振り返った拍子に、マットの存在がR・ジョーゼフ・ハリガンの怒りの目にさらされた。

「何てことだ」弁護士がまくし立てた。「あの酔っ払いの若造じゃないか！　ウルフ、これはどういうことだ？」

ハリガン家の弟は、マットを見て眉をひそめた。「きみは兄さんと知り合いなのか？」

「知り合いなのかって！　聞いてくれ、ウルフ。この若造はエレンの夕べの祈りの邪魔をして、メアリーに関することでこの上なく侮辱的な言葉を吐いたんだ。わたしたちが、あの子の意思に反して修道院へ入れようとしていると思い込み、自分はそれを助けに来た、白い羽を飾った騎士だとでも思っているのさ」

「それで、どうしたんだ？」

「どうしたって？　男がすべきことは何だと思う？　放り出したんだ」ジョーゼフは顎を上げ、自分が手を下したかのように袖を直した。

「そのあと」ウルフは続けた。「彼は家の周りにとどまり、わたしの命を救ってくれた。きみは謎の人物のふりをしているようだな。少しは説明してくれてもいいだろう」

「職業柄ですか、お父さん」ハリガンの息子は、新しい煙草を吸いながらつぶやいた。「変人が専門ですからね」

マットはシスター・アーシュラを見ていた。その姿は何とも説明できなかった。どうとでもいえるのだ。ダークブルーの修道衣は体の線を隠し、淡いブルーの被り物の下にある顔は、糊のきいた白い襟の上でピンクの塊《かたまり》にしか見えなかった。肌はすべすべして見えた――ジョーゼフと同じくらいに――が、年齢を判断することはできなかった。ひとつだけ、明らかに個性的な特徴があった。優しく、聡明で、思いやりのあるブルーの目だ。ハリガン家の人々は、ウルフでさえもマットを威圧したが、シスター・アーシュラの前では、自分の馬鹿げた行動を包み隠さず話せるような気がした。

「わかりました」マットはいった。「すべて明かしましょう。ぼくはグレッグ・ランドールの友達です。昔の友達、といったほうがいいかもしれません。彼とは今夜、久しぶりに会って、婚約がだめになったことを聞いたんです。今ではどんなに愚かだったかわかりますが、そのときのぼくは、まるであなたがたが家族ぐるみで彼に敵対していると思い込んでいたんです」

「馬鹿馬鹿しい！」ジョーゼフ・ハリガンがいった。「T・Fの息子と家族になれるなら、これほど喜ばしいことはない。だがあの子は、まだほんの子供で、ひどいわがままをいいだすので――」

「わかります。ぼくたちは誤解していたんです。それで、ここへ抗議に来たわけです――想像上の陰謀をやめさせるためにね。ただ、グレッグは来る途中で具合が悪くなってしまい、車から降ろして医者を呼ばなくてはなりませんでした。それからぼくは、ひとりで計画を遂行することにしました――使者のような役割でね。あとはおわかりでしょう。心からお詫びします。ハリガン家の皆さんと、特にシスター・アーシュラ、あなたを誤解していたことを」

アーサー・ハリガンが、また煙草をくしゃくしゃにして「馬鹿馬鹿しい」といった。

シスター・アーシュラには、それは聞こえていないようだった。マットに向かってほほえみ、こういった。「善意で舗装された道というものがあります〔「地獄への道は善意で舗装されている」ということわざより〕」

「わかっています」マットは恥ずかしそうにいった。

「けれどもわたしは、その道が向かう先として一般にいわれていることには同意できません。行きましょう、シスター・フェリシタス」


父親の目くばせで、アーサーは足を引きずるようにしてふたりの修道女のあとを追った。マットの横を通るとき、彼は軽蔑というより哀れみの視線を投げかけた。

「ぼくもおいとまします」マットはいった。「そろそろ――」

「待ちなさい」ジョーゼフが命じた。「まだ説明を聞き終わっていない。弟の命を助けたというのは、どういうことだ?」

「それに」エレンがいった。「これはどういうこと?」まだ気を失っているレインコート男を指す。

ウルフはくすくす笑った。「今夜は愉快な騒ぎがあったんだ。聞かせるから座ってくれ」マットは少しずつ遠ざかろうとした。「きみもだ、ダンカン。このメロドラマの主人公なんだからな。今、帰らせるわけにはいかないぞ」ウルフはデスクの後ろに腰を下ろし、小さなダーツの矢を取った。部屋の反対側の壁には、色を塗った木製の的がかかっていた。彼は話しながら、言葉の合間に、変わらない正確さでいきなり矢を投げた。

「このダーツというのは役に立つ」彼はいった。「気持ちを鎮《しず》めるにはトランプのひとり遊びよりも優れているし、ほかの目的にも使えないことはない。これと、ミスター・ダンカンの存在がなかったら、今夜はもっと大騒ぎになっただろう。ところで、メアリーは降りてきたのか？」

「まだ上よ」エレンがいった。「シスター・アーシュラが、しばらくひとりにしておくのが一番だろうとおっしゃったから」

「よかった。こんなひどい出来事を、改めてあの子に聞かせることはない。最近は少し態度がおかしかったが、父親の命が脅かされたと聞いて、楽しい気持ちはしないだろう」

「おいおい、ウルフ」ジョーゼフが大声でいった。「まさか、本当にこの男が――」

「見せてやってくれ、ダンカン」

マットはキャメルのコートのポケットに手を入れ、無言でレインコート男のオートマチックを取り出した。

「今シーズンの狩りのために持っているわけではあるまい」ウルフがいった。「ところで、ダンカン、その泥だらけのコートを脱いだらどうだ？　暖炉のそばにいれば、十分暖かいだろう」

マットはコートの下の服装を思い出し、首を横に振った。

「それにしても、この男は何者だ？」ジョーゼフが訊いた。「なぜ銃など持って、あたりをうろついていた？　それに、ダンカンはどこから入ってきた？」

「わたしが証拠集めをしている、サスマウル事件を覚えているだろう？　色つきのインクで未来を占い、評決の不一致で先週釈放されたスワーミだ」

「もちろん覚えているとも。その陪審について、裁判所によからぬ噂があるのも聞いている」

「当然、彼はまた裁判にかけられ、そこでもわたしの証拠はきわめて重要になる。今夜、わたしは〈光の子ら〉に関する調査書類を作成していたんだ。なかなか進まないこともあった。事実に気を遣わなければならないし、良心にはさらに気を遣わなければならない。ある部分で、わたしは行き詰まってしまった。パラグラフが思うように出てこない。そこで、この椅子に寄りかかって、ダーツをしていたんだ」彼は話しながら、身振りで説明した。「外側の円――内側の円――中心円と、こんな具合にね。やがて、考えがすらすらと出てくるようになった。

そのとき、目の端が人の手をとらえた。指輪が見えるだろう？　こいつを見張らせていた探偵から、特徴は詳しく聞いていた。サスマウル――あるいはスワーミと呼んでほしければそれでもいいが――に違いないとわかった。そして、彼がわたしにあまり好意を抱いていないこともね。わたしの手の中にはあと二本、矢があった。一本はどちらかといえば馬鹿げた使い方をしてしまった。それからわたしは椅子に座ったまま向きを変え、彼の手にもう一本の矢を刺したのさ。相手はお気に召さなかったと思うがね。

彼は悲鳴をあげて逃げ出した。わたしはそのまま窓から出ずに、裏へ回った。やすやすと標的にはなりたくなかったのでね。その頃にはやつは姿を消しているか、待ち伏せしているだろうと思った。それが地面に大の字になって、この若者にのしかかられているのを見たときの、わたしの喜びを想像してくれ」

「お手柄だな」弁護士はしぶしぶうなずいた。「しかし、どうしてたまたまそこに居合わせたのか、さっぱりわからん。とはいえ、ありがとう。さて、ウルフ、警察を呼ぶだろう？」

「なぜだ？」ウルフはあっさりいった。

「なぜって？　おいおい、なぜってことはないだろう？　住居侵入、隠し持った武器、重罪を犯す目的での徘徊――なのに、なぜだというのか？　この男は公共の脅威だ。社会に対する危険だ」

「まさしく。だからこそ、わたしはそのようなことはしないつもりだ。レインコートを着たこのお友達は、詐欺罪で起訴され、評決の不一致で先週釈放された。起訴は主に、わたしの集めた証拠に基づいていた。その後、わたしは不一致だった理由を知った。噂から推測できるだろう、ジョーゼフ。陪審員のひとりは、頑として認めようとしないが、この男の熱心な信者だったのだ」

「けしからん！　そいつを偽証罪で訴えるといい」

「それも断る。この男やその信者にどんな措置を取っても、迫害の証拠だというだろう。彼は殉教者ぶった指導者となり、これまで以上に危険な存在になる。わたしが訴えたいのは、徘徊や住居侵入、そのほかどんな罪でもない。ただひとつ、人を騙して金銭を得た罪だ。このスワーミの商売はすべて卑劣な詐欺だと、全面的に証明することができれば、わたしの仕事は終わる。それまでは放っておこう。ダンカンが今夜、こいつの牙を抜いてくれた。当分は、またやろうとは思わないはずだ。彼はすぐにまた裁判にかけられる。今度こそ、陪審員の不一致はないだろう」

「自分のことはどうでもいいかもしれないが」兄は反論した。「エレンやメアリーのことを考えろ。この危険人物が野放しになっている間は、昼夜問わず警察に屋敷を警備させるべきだ」

ウルフ・ハリガンは笑った。「ダーツがあるさ」彼はそういって、器用に的の中心に矢を放った。ジョーゼフ・ハリガンは、体重からすれば驚くほど軽々と立ち上がった。「道理をいっても聞かないんだろうな、ウルフ。もう帰ったほうがよさそうだ。乗せていこうか、きみ?」

マットはすべてが許されたしるしだとわかって、感謝した。「自分の車がありますので」彼はいった。「でも、ありがとうございます」

「では、おやすみ」弁護士が手を差し出し、マットはその手を取った。握手は心地よかった。しっかりとして力強く、脂《あぶら》ぎったところも、ぶよぶよしたところもなかった。法廷で弁護士を数多く見てきたマットには、R・ジョーゼフ・ハリガンは過小評価されやすい人物なのだとわかってきた。

「おやすみ、エレン。ウルフ。見送りは結構だ」

エレンも立ち上がった。「今夜はいろいろなことがありすぎて、いつまでも話していられそうだけれど、あまり遅くなると寝坊してミサに出られなくなるかもしれないわ。おやすみなさい、ウルフ。それにミスター・ダンカン」

彼女は静かな威厳とともに礼拝堂へ向かった。マットは今もその手にロザリオが握られているのに気づいた。

「かけたまえ」ウルフ・ハリガンがいった。「急いで帰る必要はないだろう。ダーツはやらないのか? 残念だ。誰もやらないんだ」彼は立ち上がり、的から矢を抜いて、また椅子に戻った。「さて、質問に戻ろう。確か、〝きみは何者だ?〟という問いに答えてもらうところだったね」

そこで、マットは話した。夫を亡くした母と過ごした快適な中産階級の子供時代。大学の途中で母を亡くし、一九三〇年に突然ダンカン家の収入が途絶えたために、中退して働きだしたこと。それからさまざまな職業を転々としたこと。組み立てライン、ガソリンスタンド、食料品店チェーン、最後に新聞社。そしてついに不況がやってきて、職を失い、作家計画に所属したこと。

新聞社の仕事に、ウルフ・ハリガンは興味を示した。ダーツを投げる合間に、彼はその仕事の範囲や性質について鋭い質問をし、答えに満足している様子だった。マットがすべてを話し終えると、彼はうなずいた。

「なるほど」彼はゆっくりといった。「幸運というのはどこにでも転がっているものだな。きみはわたしの命を救っただけにとどまらないようだ、ダンカン」

「救ってはいませんよ」マットは反論した。「あの男がぶつかってきて、ぼくはその上に乗っただけです」

「そう考えるのは自由だ。しかし、きみはそれよりもずっと役に立ちそうだ。わたしの著作を知っているか？」

「『奇跡と驚異』と『わが羊の毛を刈れ』は読みました」

「それなら、わたしの作風は知っているね。悪くはないが、目的には合わないんだ。学者や知識人はわたしの本を読むが、それはわたしの希望することではない。こうした人々は、えせ宗教に引っかかる危険はないからだ。わたしは素朴で平凡な下層中産階級に届けたいのだ。引退して、小さな家とささやかな金があり、人はいいが分別がない。こういう人たちを救わなくては。だが、彼らは何を読んでいる？　ヴェンチャー・ハウスから凝った判型で出版される三ドル五十セントの学術書のはずがない。雑誌や新聞に執筆しようとしたが、うまくいかなかった。編集者はわたしの記事を素晴らしいというが、わたしが本当に気にかけているのは、誰に向かって書いているかということだ。さて、どうすればいい？」

マットはためらった。「つまり、ぼくが――」

「そうだ、ダンカン。きみはハリガン十字軍の大衆化部門を引き継ぐんだ。少なくとも、試してみてもいいだろう。何も保証はできない。わたしがきみの仕事を気に入らなかったり、編集者に没にされたりすれば、きみはお払い箱だ。もし売れたら、原稿料は全部きみのものになり、きみの署名記事となる。わたしの資料はいつでも見てもらって構わない。ゴーストライターの申し出ですらないんだ。わたしはありのままの資料を提供するだけで、執筆し、名声を得るのはきみのほうだ」

マットは息をのんだ。「言葉にならないといった経験はしたことがありませんが、まさに今、そんな状態です。これほどのチャンスが――」

ウルフは手を振った。「これで決まりだ。礼には及ばない。これは純粋なビジネスだ。きみはわたしが求めていた人物だ。気後れして、台無しにすることはない」

マットはにやりとし、「狼なんか怖くない《フーズ・アフレイド・オブ・ザ・ビッグ・バッド・ウルフ》」を口笛で吹いた。

「駄洒落は好きじゃないな」ハリガンがいった。「たとえ口笛でもね。さて、明日の夜は空いているか？」

「空いてますよ」マットは悲しげにいった。「毎晩ね」

「よろしい。偵察に出かけよう」

「偵察？」

「敵の陣営に乗り込むんだ。〈光の子ら〉というのは聞いたことがあるか？」

「さっきあなたから聞いただけです」

「ふむ。細かいことまで覚えているようだ。いいぞ――このゲームでは役に立つ。アハスヴェル――黄色い衣の男――が、さまよえるユダヤ人と自称しているのを知っているか？」

「まさか！　聞いたことがありません」

「明日の夜にはたっぷりと聞かされるだろう」ハリガンはまた立ち上がり、ダーツの矢を回収した。デスクに戻る途中、彼はマットの前に立ち止まり、見下ろした。「もうひとつ」彼はいった。「この件に対するきみの視点は、純粋に宣伝であることを期待する。いいコピーとか、そういったものだ。しかし、一緒に働くからには、わたしのことを知っておいてもらいたい。

　わたしはハリガン家の人間だ。つまり、生きていくのに必要な分よりもずっと多くの収入があり、金にならない仕事に専念できる自由があるということだ。わたしは宗教関係の詐欺を暴くという仕事を選び、三十年間それに打ち込んできた。なにがしかの成果は挙げたと思っている。しかし、わたしの動機は、よくある独占禁止法の取り締まりや不正の暴露ではない。もう少し深いものだ」

　今では暖炉の火は弱まり、ウルフ・ハリガンの長身に消えかけのちらちらした光を投げかけていた。「ハリガン家には宗教的な血が流れており、われわれにとって宗教とはカトリック教会を意味する。それはさまざまな形で表れている。エレンは慈善行為と、個人の強い信仰心を信じている。ジョーゼフは公人として、戦う教会になろうとしている。そして家族の信仰心が、思春期の危機にあるコンチャに影響を与えたことは知っての通りだ。

　さて、わたしの仕事も宗教にかかわるものだ。わたしは在家の十字軍戦士だ。えせ宗教だけでなく、異教とも戦っている。きみにもそういう見方をしてほしいとはいわないが、わたしの立場はこれでわかっただろう」彼はまたデスクの前に座った。「何か質問は？」

「ひとつあります。でもそれは、今のお話に関することではありません。あなたの仕事を全面的に支持しますし、一緒に働きたい。それに、あなたの真の動機はぼくには関係のないことです。質問というのは、もっと前にさかのぼったものです――これもまた、細かい記憶力のたまものだと思いますが」

「いいだろう」ウルフは身を乗り出した。「何だね？」

「あなたはさっき、スワーミの手に矢を刺す前に、もう一本の矢について〝どちらかといえば馬鹿げた使い方をしてしまった〟とおっしゃいましたね。どんなふうに使ったんです？」

　ウルフは笑った。「馬鹿馬鹿しいと思われるだろうね、ダンカン。わたしはたまに探偵小説を読むのだ」

「それで？」

「わたしはダイイングメッセージに目がなくてね――殺された人物が、死の間際に犯人の正体を暗号のようにして示す最後の手がかりだよ。クイーンやバウチャーが得意とするやつだ。そして、もう一本の矢が外れ、スワーミが殺人という明らかな目的を遂げたとしたら、そうした手がかりを残しておいたほうがいいだろうと思ったんだ」

「でも、どうやって？」

「あれを見たまえ」

マットは指差されたほうを見た。ダーツの的の下に、ふたつの本棚がある。ひとつには歴史書がぎっしり詰まっていた。もうひとつには、一連のレターファイルが収められ、手書きの大きなラベルが貼られている。ダーツの矢が刺さったラベルには、こう書かれていた。

ヘルマン・サスマウル
（スワーミ・マホパディヤヤ・ヴィラセナンダ）

マットは笑顔で振り返った。「素晴らしい。死体を見つけたとき、何を探せばいいかこれでわかりました」

ウルフ・ハリガンは立ち上がった。「そろそろ失礼する時間だ。アハスヴェルの調査資料を仕上げておきたいのでね。ちなみに、ダーツの矢はそのあたりで見つかるかもしれない。彼はまさしく危険人物だ――そして、彼もわたしを危険だとみなしている。だが、その話は明日の夜にしよう。盛大なショーは八時に始まる。六時半に夕食に来るといい。それだけ時間があれば十分だろう」

「ありがとうございます」マットはいった。「でも、どうすれば――」

「服のことが心配なら、わが家では正装したりしないよ。エレンはわたしのだらしない服装に慣れているので、それを大金持ちの証拠だと思うかもしれない。だから、ぜひ来てくれ」

「そうします。しかし、レインコートの男はどうします?」

「もう動きだしているだろう。きみはよくやってくれた、ダンカン。そのおもちゃを渡してくれれば、わたしはやつを無事に帰してやるよ。行きたまえ。心配することはない。きみが見られないようにに手早くやろう。わたしの友達だと知られないほうが、都合がいいかもしれないからね」

マットはダーツの矢からオートマチックへと視線を移した。「手がかりを残すのも結構ですが」彼は真面目にいった。「このお守りを持っていれば、その必要もないでしょう」

それが間違っていたことを予言できたのは、本物の水晶占い師だけだっただろう。

四

「名前はダンカンで変わりない」マットはいった。「ただし、約束はある。少し早いかもしれないが」

執事はほとんど筋肉を動かさずに、マットの自前のオーバーと、マット自身と、ミスター・ハリガンの奇妙な交友関係全般に対する考えを伝えてみせた。しかし、口に出したのはこれだけだった。

「ミスター・ハリガンはすぐに参ります。書斎でお待ちいただくようにとのことでした」

この日は土曜日で、晴れていたがまだ寒かった。暖炉の火は赤々と燃え、マットは待ち時間を利用して暖を取り、手持ちの二着のうち比較的新しくてきちんとしたスーツを着た自分が、多少は見られるかどうか確かめた。オックスフォードブルーのダブルのスーツで、ほとんどわからないほど薄い模様が入っている。昔はいいスーツだった。

買ったときから十ポンド痩せたことは上着からはわからず、シャツのカラーを裏返したようにも見えなかった（シング・ホイ製――シャツ八セント――修理無料）。それに満足した彼は、ハリガン家の人々と夕食をともにするという運命のいたずらに、改めて驚きを感じていた。

今回、自分で招いた運命だ。グレゴリー・ランドールは何の興味も示さなかった。もちろん、ゆうべ彼と話をするのは論外だった。マットは彼を車で家まで送り、ランドール家の執事（その慇懃《いんぎん》無礼《ぶれい》な態度には、眠気から来る不機嫌が加わっていた）に彼を預けて、車を降り、深夜の路面電車を四十五分間（オーバーなしで）待って、市内に帰ったのだ。あの服装では、ヒッチハイクできるような好印象を与えるのは無理だっただろう。

今日はグレッグに四回電話をかけ、三時を回ってからようやく、ミスター・グレゴリーが電話にお出になりますと執事に告げられた。

グレゴリーがひどい二日酔いに悩まされているのが、電話線を通して伝わってきた。「やあ、グレッグ」彼は切り出した。「マット・ダンカンだ」

「誰だって？」

「マットだ。マット・ダンカン」

「ああ」グレゴリーはいった。しばらくしてから「やあ」とつけ加えた。

「調子はどうだい？」

「ぼくは酒飲みじゃないんだ」グレゴリーは悲しげにいった。それが答えのようだ。

「なあ、ゆうべはいろんなことがあったんだ。自分が何を見逃したか知らないだろう。スワーミがハリガンを殺そうとした。ハリガンはぼくを執筆助手として試しに採用するつもりだ。そしてコンチャは、修道院へは入らない」

「そうか」だるそうな声がいった。「それはよかった」

「聞いてるのか、グレッグ？　コンチャは修道女にならないといったんだぞ」

「頼むから大声を出さないでくれ。ぼくの頭がどんな状態で、その騒音がどう響くかわかってもらえたら……」

マットはできるだけ早く切り上げた。グレッグにはあとで話せばいい。記憶と理解力がはっきりしてから。だが、コンチャが自由になったという知らせさえも、二日酔いの霧を貫けなかったのには驚いた。もしぼくだったら……。

ひとりの少女が入ってきて、とりとめもない考えは中断された。彼女は顔をそむけていた。ほっそりとして、色黒で、部屋着を着ていることしかわからない。部屋着はとてもシンプルで、かなり高価そうだった。分厚い本を手に、本棚へ向かう――歴史書とレターファイルを収めた小さな本棚ではなく、壁を埋めつくすほど大きくて、種々雑多な本が収まった本棚だ。

「こんばんは」マットがいった。

少女は本を取り落として振り返り、すぐに逃げ出そうとした。マットには、彼女の目しか見えなかった。大きな黒い目の底に、怯《おび》えた光があった。

「何もしませんよ」彼は続けた。野生動物を驚かせないようにしている博物学者のような気持ちで少女に近づき、本を拾う。薬物学の本で、落ちた拍子に開いたページには〝ヒヨス〟の見出しがあった。

少女は彼を見た。「いつもこのページが開くの」その声には、恐怖によく似た響きがあった。

マットは本を閉じ、本棚に大きな隙間があるのを見つけると、そこに戻した。「本というのは、そういうものです」彼は慎重にいった。

「そうなの？　そんなに都合のいいもの？」

マットは頑として、風変わりなところには目をつぶろうとした。「ミス・ハリガンですね？　それとも、誰かに紹介されるまで待ったほうがいいですか？」

彼女はまた顔をそむけた。

「わかりました。ぼくはマット・ダンカンです。お父さんから話を聞いていませんか？」

今、面と向かって彼女を見てみると、さっき目にしたものが信じられなかった。極度に怯え、名状しがたい恐怖にさいなまれていた表情は消えていた。はにかんだ表情はあったが、それは見知らぬ客を前にした若い女性のはにかみにほかならない。「ええ」彼女はほほえんだ。「ゆうべのことは全部父から聞いています。素晴らしい方ね」

今では、彼女の本当の表情を見ることができた。〝感情番号七番・恐怖〟といったラベルが貼られたものではない。それは変わった顔立ちだった。黒髪、オリーヴ色の肌、母方から受け継いだ深くくぼんだ目が、父方のものであることをありありと物語る、ごつごつしているといっていい輪郭と対照的だ。写真で見れば若い男性とも取れたかもしれないが、温かい輝きを放つたたずまいは、きわめて女性らしかった。

彼女は今では、完璧な若いもてなし役になっていた。「煙草はいかが、ミスター・ダンカン？　確かここに――あら、ご自分でお持ちなの？　じゃあ、おかけにならない？　飲みものを持ってこさせましょうか？」

「あなたも一緒なら」

「わたしは結構よ」

「それなら、お構いなく」

「今日もいい天気ね。確かに寒いけれど、こんなにいい暖炉があれば、それほど気にならないわ。でも、昨日はひどい一日だった」

「グレッグがよろしくといっていました」マットは失礼にならないよう、出まかせをいった。

「あら、そうなの?」ほとんどわからないくらいの間があった。「ねえ、ミスター・ダンカン、あなたはどこの学校へ行ったの?」

「大学ですか? 南カリフォルニア大学です。といっても――」

「わたしも今、そこに通っているのよ。面白いと思わない? わたしもこの大学は好きよ。誰かと出かけたり、会ったりするのは本当にわくわくするわ。修道院付属学校でずっと過ごしてきたから。そこも嫌じゃなかったけれど、世の中に出ていくのは素敵なことよね。ジョーゼフおじさんは、きちんとしたソロリティ〔フラタニティの女子学生版〕に入るべきだというけれど、父はそれほど乗り気じゃないの。自分で友達を作るべきだって。それに、決まった集団だけから選ばないようにって」

「ぼくはお父さんが正しいと思いますね。ぼく自身、フラタニティに入っていたけれど、得たものがあったかどうか。でも、入っていなければ今夜ここに来ることはなかったでしょう――」

「ローズボウルは観た? わたし、応援席にいたの。コロシアムの試合は全部観戦しているし、バークレーの試合のために北部にも行ったのよ。すごくわくわくしない? バンドとか、応援とか、いろいろ。春学期には、そんな面白さは全然ないわ」

グレッグのいった通りだとマットは思った。彼女は本当に幼かった。しかし、第一印象に幼いところは少しもなかった。恐怖のおかげで年齢不詳に見えた。この少女には、子供っぽいおしゃべりからうかがえる以上の何かがある。どうすれば、それがわかるだろう……。

マットはデスクに身を乗り出し、マッチ箱を取った。

「わたしがセーフティとドロップキックの違いもわからないというお友達もいるのよ」コンチャはしゃべりつづけていた。「でも、試合が楽しければ、どうでもいいと思わない？　つまり、交響楽のコンサートに行く人たちのことを考えたら――」

マットはマッチ箱を開けた。突然の爆発に、ふたりは飛び上がった。鋭い音が今も耳にこだまし、火薬のにおいがあたりに漂った。

一瞬、あの年齢不詳の表情がコンチャの顔をよぎった。それから笑顔になり、すっかり子供に戻った。「アーサーの仕業だわ」彼女は説明した。「兄よ――もうお会いになった？」

「会いました」

「いいたいことはわかるわ。でも、本当に心配ないわ――まあ、だいたいのところは。ただ、いつでもこんないたずらをするの。そういう家系みたい。エレンおばさんは、ジョーゼフおじさんもこんなふうだったけれど、大人になったらおさまったから、アーサーもそうなるだろうって。でも、あなたが父の身代わりになってくれてよかった。父はいい顔をしないの」

マットは、マッチ箱を開けると空砲が爆発する引き金の仕組みを見た。巧みな仕掛けだ――ぼんやりした顔つきのアーサーだが、機械的な発明の才には恵まれているようだ。

「お兄さんとはまだ正式に会っていないんです。ゆうべ、あの騒ぎの最中に一瞬見ただけで。夕食にはいらっしゃいますか？」

「アーサーが土曜の夜に家にいるものですか。外で楽しくやっているわ。いつもそうなの。でも、そのうちちゃんと会えるでしょう。父の話では、あなたはたびたび来られるということだから」

「そう願っています。お父さんのお眼鏡にかなえばの話ですが。あとは、お母さんにまだお目にかかっていません。できれば――」

「ミスター・ダンカン、母は亡くなりました」彼女の目がひとりでに、本棚と、ヒヨスのページが開いた分厚い本に注がれた。子供の目ではない。

マットが何かいうまえに、廊下側のドアが空き、ウルフ・ハリガンがつかつかと入ってきた。

「銃声が聞こえたぞ」彼は落ち着いた声でいった。

マットはマッチ箱を渡した。「いたずら好きな息子さんをお持ちですね」

ウルフはそれを見て力を抜き、ほほえんだ。「すまない、ダンカン。しかし、ゆうべのことがあったので、銃声だと思っても仕方があるまい。娘には会ったかね？」

「自分たちで紹介し合いました」

「では、すべて済んだのなら」ウルフ・ハリガンは気をきかせていった。「食事にしよう」

「素晴らしい料理人をお持ちですね」光の寺院へ向かう車の中で、マットはいった。

「ああ。代わって礼をいうよ。だが、堅苦しい言葉づかいはしなくていい。気が合えばウルフと呼んでもらったほうがいいし、合わなくてもへりくだることはない」

マットはひとり笑みを浮かべた。不愛想さの下に、ウルフ・ハリガンの強い親しみが隠されているような気がした。「さて」マットはいった。「着くまでに、少し補足説明をしてくれませんか」

「いいとも」ウルフ・ハリガンは話しながら、同時にパイプに火をつけ、巧みに運転した。「こういうわけだ。二年ほど前、日曜版の新聞の宗教欄に、新たに一連の広告が出されているのに気づいた。短い告知で、時間と住所のほかに〝アハスヴェルが七つの鉢について講演〟とか、〝四人の騎士はここにいるか？　アハスヴェルが答える〟といった文句が書かれていた。よくある黙示録の引用だ。アハスヴェルの名前がなければ、それほど注目しなかっただろう。当然、わたしは興味を持った」

「なぜです？」

「それはさまよえるユダヤ人の名前だからだ。もちろん、ほかにもさまざまな名で知られているが、すべての始まりである一六〇二年のライデンの小冊子に、〝アハスヴェルという名前のユダヤ人〟が登場する。ほかの関連でその名前を聞いたことはなかったので、調査が必要だと思ったのだ。

わたしは会合に行ってみた。特に何も起こらなかった。確かに彼は巧妙な男だと思った――聴衆を操るすべを心得ている――だが、興奮をあおるようなことは何もいわなかったし、会衆も少なかった。献金皿を見たが、十ドルも入っていなかった。当時は、妙な名前と黄色い衣を除けば、ほかの放浪の伝道者と変わりはなかった。

その後、次第に彼の噂を聞くようになった。まもなく彼は少数の熱心な信者を集め、やがて彼らに〝啓示〟を与えるようになった。彼らはその言葉を広め、人が集まるようになった。光の寺院が建つのに、そう長くはかからなかった。それから本格的に始まったのだ。今や彼は、ロサンゼルスの六大新興宗教の指導者のひとりとなっている――知っての通り、どの宗教も似たり寄ったりだが」

「しかし、どんな教えなんです？　彼の――何というか――教義は？」

ウルフはほほえんだ。「きみは世間知らずなんだな、ダンカン。確かに異教は、かつてははっきりした教義を持っていた。そこには理性と学問に訴えるものがあった。しかし今では、強烈な個性を持った指導者、舞台効果のセンス、いくつかのキャッチフレーズがあれば事足りる。ああ、アハスヴェルには教義のようなものはあるが、信者全員が受け入れているかどうかはわからない。アメリカにいる長老派教会の信者のほとんどが、今も信条のひとつである予定説をどれだけ信じているかというのと一緒だ。それをいったら、多くのカトリック教徒といわれる人々が、原罪や辺獄、さらには化体をどれだけ信じているか」

「わかったような気がします。政治の世界と同じ仕組みですね――指導者とスローガンがあればいい。でも、彼の教義とは何です？」

「手短にいえば、こういうことだ。現代のキリスト教はパウロとルカの陰謀の結果で、彼らはキリストの生涯の真実を、自分たちに都合がいいようにねじ曲げたというのだ。そして、アリマタヤのヨセフの福音書だけが本物の福音書であり、アハスヴェルはそれをチベットで発見し、自分で古代の写本から翻訳したというのだ。キリスト、アリマタヤのヨセフ、アハスヴェルはすべて、エッセネ派と呼ばれる古代ユダヤ教団の一員だという。そしてアハスヴェルが不死であること――彼は文字通りのさまよえるユダヤ人であると自称している――は、罰としてではなく、パウロとルカによる偽のキリスト教が隆盛を極めた時代に一貫して真理の輝きを伝えるために、キリストから与えられたものだというのだ。

彼は自分の主張の正しさを証明しようと、こう断言している。パウロ＝ルカのキリスト教は、今や危険なものである。十九世紀を経て、ついに彼が進み出て、真実を教えるときが来たと。古い教義は滅びようとしている――。

古き儀式は去り
新しき典礼を迎えん

祝禱でもこう歌われるようにね。そこで、アハスヴェルは人々に〝真実〟を伝え、大いに利益を得ているんだ」

「特に害はなさそうですが」マットはいった。

ウルフは鼻で笑った。「今夜、彼を見てみるといい。彼の話を聞き、聴衆を観察するんだ。献金籠もね。帰っていく人たちの話を聞いてごらん。そのあとで、黄色い衣の男を無害と思うかどうか教えてくれ」

十ブロック先に、空に白く輝くネオンサインが見えてきた。

LIGHT

という言葉が現れる。最初は全部の文字が、続いて一文字ずつ、そしてまた全部の文字が光った。六ブロック手前まで来ると、渋滞が始まるのがわかった。三ブロック手前で、ハリガンは駐車場へと方向転換した。

「これもアハスヴェルの懐《ふところ》に入るんだ」係員に駐車料を払いながら、彼はマットにいった。

光の寺院は、かつては静かな脇道だったところに建つ、簡素な白い木造の建物だった。田舎の裁判所を思い起こさせる。正面を覆い尽くす曲がりくねったネオンがなければ、大きさ以外に特に目立つところはない。

「光だ」ウルフが説明した。「アハスヴェル本人も、自分をアフラ・マズダとごちゃまぜにしているのではないかと思うことがある。あらゆる色が見えるだろう。ネオンガスにない色は、色つきのガラスを使うんだ。ただし、黄色はない。彼自身は、過去の聖職位剥奪のシンボルとして黄色を身につけるが、信者には許されていない。黄色い表紙の本を読んだり、黄色い食べものを食べたりすることもできない。彼らは喜んでそうしているんだ」

建物に入っていく信者には、特に華やかなところも、洒落たところもなかった。伝道集会や地方バンドのコンサート、近所の映画館に、たまたま集まった人々に見える。ただひとつ、珍しい特徴があった——若者がいないことだ。四十代以下は見当たらず、その場にいる人々の半数は六十歳以上に見えた。

講堂へ通じる三つの大きなドアには、それぞれふたりの案内係がいた。流れるような白い衣を着た女性と、この天気だというのに白い夏物のスーツを着た男性だ。めいめい白いリボンのバッジをつけ、作り笑いだが愛想のいい笑みを浮かべている。ウルフ・ハリガンを迎えた男性は驚くほど若く、成人したばかりに見えた。だが、ほかのふたりは年配で、落ち着いていて、腹が出ていた。女性たちはソーヤーズ・コーナーの縫製組合や文学者団体の役員のように見えた。

若者がほほえんだ——ウルフは明らかに顔を知られているようだ。「お越しいただき光栄です。今夜は特別なことがありますから」彼はデパートの売場監督のような話し方をした。続けて〝三番通路へどうぞ〟とでもいいそうだ。

「特別なこと？」

「ええ。〝ナイン・タイムズ・ナイン〟を行うのです」彼の笑みがさらに広がった。智天使《ケルビム》のような笑みというやつだ、とマットは思った。ほほえみというより満面の笑みで、丸い顔が輝き、思わず背中から羽が生えているのではないかと確かめてしまう。「バルコニーに一番いい席がありますよ」彼はつけ加えた。

「それで」マットは階段を上りながらいった。「ナイン・タイムズ・ナインというのは？」

「だからね、ベッシーにいったの」通りすがりに声がした。「当然よって。好奇心と利益は両立しないものよってね」

「今にわかるさ」ウルフがいった。「実のところ、わたしは驚かないよ。たとえ……。いや、成り行きを見よう」

「近づかずにいようとしかいえないね。ヨーロッパじゅうにならず者をはびこらせたければ、そうさせておけばいい。だが、近づかないことだ」

「わたしは四十年間民主党に投票してきたが、ジョージ・ワシントンでも大統領は二期で十分だというのなら、どんな人間だってそうだろう」

「だけど、キャリー、ここで彼女に会うまで待っていてくれ！　メイベルおばさんにいったように、ぼくのリリアンが……」

マットはがっかりしていた。あまりにも普通すぎる。バンカー・ヒルのおんぼろホテルで、毎日耳にしているようなことばかりだ。広い講堂の上で輝く、驚くばかりの照明をもってしても、集まった人々は、ただの中西部への移住者、正直で素朴なアメリカ人にしか見えなかった。

オルガン奏者が「木々」や「夜明けに」を即興で静かに演奏していた。マットは、脱色した髪に色あせた普段着の、二百ポンドはありそうな女性の顔に浮かぶ美しい笑みを楽しんでいたが、そのとき、腕に手が触れたのに気づいて振り向いた。

「どこかで見た顔だと思ったよ」右側にいた痩せた男がいった。

マットはにやりと笑って握手した。エンジェルス・フライト・ホテルのもっとも古い住人のひとり、フレッド・シモンズだ。マットはたびたびロビーで彼と一緒に時間をつぶした。アイオワ州のスー・シティから来た、引退した食料雑貨店主で、エイブ・マーティン〔米国の新聞連載漫画の主人公〕的な親切さがあった。

「ここで会えるとは嬉しいな」シモンズが続けた。「若い者があまりいないのでね。おおかたダンスで忙しいんだろう――それに、ダンスをしない連中は青年会議を結成している。だが、若者がこうしたことに興味を持つのは素晴らしい。ちょくちょく来るのかい？」

「初めてなんだ」

「いいときに来た。ナイン・タイムズ・ナインを唱えさせてもらえると聞いたんでね。今にわかるだろう」

「いったい――」

「しっ」シモンズが注意した。オルガン奏者が「命の妙《たえ》なる神秘」を演奏しはじめている。どうやら開始の合図のようだ。聴衆に静けさが広がっていった。続いて、幕の後ろから、高いテノールの歌声が加わった。

最後の一節とともに、虹色の幕が開いた。舞台上はがらんとしていたが、天井からの色とりどりの明かりが、白漆喰の壁に映し出された。舞台の左下には小さなテーブルがあり、椅子と、よくある水差しが用意してある。そこには、小さな銀行の元頭取のような、丸々とした年配の男が座っていた。そして舞台上の中央には、アハスヴェルがいた。

「彼だよ」フレッド・シモンズがいわずもがなのことをささやいた。これまで彼を見たことのないマットでも、見間違えようがない。彼は舞台と、講堂全体を支配していた。だが、細かい容貌を見極めるのは、シスター・アーシュラ以上に困難だった。彼の顔は、アッシリア風に整えた黒いスペード型のあごひげに隠れていた。そして体は、かの有名な黄色い衣にすっかり覆われていた。

衣は金色でも、サフラン色でも、レモン色でも、クロムイエローでもなかった。ただまっ黄色だった。まじりけのない、シンプルな、恐ろしいほどの原色だ。刺繍も、神秘的な記号もなく、デザインの様式もない。それはただの——黄色い衣だった。

袖は長く、黄色い手袋をしているせいで、衣は指まであるように見えた。肩はなだらかでパッドはなく、ウェストには、衣が床まで滝のように流れるのを妨げるギャザーはない。肩から上はフードになっていて、アハスヴェルの体をすっぽりと隠していた。ひげと衣のほかに見えるのは、少なくとも彼の自称する種族の証となる鼻と、深くくぼんだ目、その下の黒いくぼみだけだった。

水差しのそばの男が立ち上がった。「古代人を信奉する皆さん」と、聴衆に呼びかける。「お聞き及びの方もおありでしょうが、今夜は光の寺院にとって特別な夜となります。わたしの話で時間を無駄にしたくはないでしょう。そこで、今夜ここに初めて来られた多くの方々に、ごあいさつだけいたします。ここに来られたのがどれほど正しいことか、皆さんにはおわかりにならないでしょう。新しく来られた皆さんには、隣を向いて、右側にいる兄弟姉妹と握手をしてほしいのです。なぜなら、われわれはみな光の子であり、同胞だからです」

マットは律儀に隣を向き、フレッド・シモンズともう一度握手した。黄色い衣の男と、その威圧的な人となりを目の当たりにしたつかのまの興奮は、すっかり消えていた。会の進行は風変わりで、奇怪で、馬鹿げていたかもしれないが、ごく普通の、健全な、地の塩であるフレッド・シモンズのような人々の集まりに、危険なところがあるはずもない。

「さて」元頭取が呼びかけた。「お待ちかねのお話を聞く前に、教祖様はわれわれが『古きキリスト教』の一節を歌うことを希望しておられます。さあ、皆さん。張り切って歌いましょう」

舞台奥の壁で踊っていた明かりが消え、代わりに舞台上の映写機から、歌詞が映し出された。オルガン奏者が「ジョン・ブラウンの亡骸」〔アメリカ南北戦争時の流行歌。「リパブリック賛歌」の原曲〕を演奏しはじめ、会衆が徐々にそれに加わった。

古代人は真に彼らと一体となるすべを教えたもう
いかにして星を頂く花輪と王冠を手に入れるか
永遠の喜びとともに、新しきエルサレム目指して
われらは歩みつづける

今のところ、歌っているのは会衆の半分ほどにすぎなかった。フレッド・シモンズも含め、一部はハミングしているようだ――歌詞が難しいかのように。しかし、聞き慣れたリフレインに差しかかると、講堂にいる全員が楽しげに、調子外れの声をあげた。

古きキリスト教は墓場で朽ちる
古きキリスト教は墓場で朽ちる
古きキリスト教は墓場で朽ちる
われらは歩みつづける

マットはこれ以上歌声が大きくなることはないと思っていたが、実際そうなっていた。フレッド・シモンズの顔は歓喜に紅潮し、マットも気づけばいつもの落ち着いた歌い方に似合わず、元気いっぱいに加わっていた。合唱の中でウルフ・ハリガンが声を張りあげるのすら聞こえた。それは誰もが知っている言葉だった。アハスヴェルや古代人のことを聞くずっと前から知っている、アメリカ人の一部となっている言葉だ。

栄光あれ！　栄光あれ！　ハレルヤ！
栄光あれ！　栄光あれ！　ハレルヤ！
栄光あれ！　栄光あれ！　ハレルヤ！
われらは歩みつづける！

最後の、途方もなく大きな「つづける！」という声とともに、アハスヴェルが立ち上がり、舞台中央へと進み出た。大声はたちまち静まり、ロシアの聖歌隊のような巧みな効果を思わせた。黄色い片手が、ほとんど見えないほどの合図をすると、白いスーツの係員が舞台袖からどっしりとした聖書台を押してきた。その上では、革の表紙の分厚い本が開かれている。バルコニー席からは、そのページが真っ白なのが見て取れた。

マットは両側をうかがった。ウルフ・ハリガンは緊張し、興味深そうにしている。まるで、珍しい手術の映像を見ようとしている外科医だ。フレッド・シモンズは身を乗り出し、薄い唇から舌先をのぞかせていた。息づかいは速く、目にはマットがこれまで見たことのない光が浮かんでいた。

アハスヴェルはあいさつで時間を無駄にはしなかった。それは水差しの男の仕事だ。代わりに彼は、いきなり説教を始めた。「誰もが、この本を知っているでしょう」いい声だった。太く、生き生きとして、深みがあり、よく訓練されたものでありながら、芝居がかったところは少しもない。わずかなアクセントはあったが、現代人のなまりではなかった。「困難のとき、そして――そう、嘆きのとき、わたしがこれをどのように頼りにしてきたか、皆さんはご存じです。ヨセフによる福音書の第五章に書かれているではありませんか。

そして主は弟子にいわれた。求めよ、さらば見出さん。開けよ、さらば知らん。古代人を知る者は、ほかの者の目には羊皮紙にしか見えぬものを読む力を得るからである。

そこで、わたしは開き、今、読むのです」

こんな調子で、アハスヴェルは聖書を模倣するようにして続けた。彼のいっていることは、キリスト教と神智学を半々にし、デール・カーネギーと共和党国民委員会の自由主義を振りかけたようなものだと、マットは結論づけた。己を知り、古代人と呼ばれる漠然とした高位の力と己を融合するという、ありふれた説教だ。だが、その報いは、未来の祝福を約束するといったような漠然としたものではなかった。古代人を知る者は、友を得て、人々に無限の影響を与えられると、具体的に文書で保証されているのだ。

　アハスヴェルは話しながら、あたかもテレタイプ機の文章を読んでいるかのように、しきりに真っ白なページに目をやった。彼は急に言葉を切り、メッセージをもう一度読み返すようなそぶりをして、さらに続けた。「今、わたしたち善なる者にとってきわめて興味深い交信がありました」（フレッド・シモンズが熱心に身じろぎした）「共産主義者のものである、新型の長距離爆撃機が、昨日アラスカへの試験飛行でシベリアを発ちました。本当の目的は試験ではなく、ノーメ市への爆撃です」（マットは、シモンズが鋭く恐怖のあえぎを漏らすのを聞いた）「しかし、恐れることはありません。ヨセフ自身から情報を受け取りました。危機が迫っていることを察知し、洋上で飛行機を破壊したと。このことは新聞には載らないでしょう。共産主義政府のタス通信は、その事実を隠蔽することにしたのです。しかし、共産主義の教義が外国へ伝えられたと聞いたときにはこのことを思い出し、この悪魔どもの正体を見極めなさい。あなたがたはその実によって彼らを見わけるのです〔マタイによる福音書第七章第十六節より〕」（フレッド・シモンズは熱心にうなずいた）「敵を友や味方にできると考えている人もいるでしょう。そうした人たちには、ただこういいたい。古代のイエスがわたしに告げ、ヨセフによる福音書の第七章に書かれているように〝不正の富を用いてでも、自分のために友達を作るがよい。しかし、その友情の代価を知ることだ〟と」

　不意に、ウルフ・ハリガンがマットの腕をつかんだ。その顔は、興奮に輝いていた。「これを覚えておくんだ！　解決にはならないが、役には立つ。福音書を読んだとき、なぜ見過ごしていたのかわからない。だが、覚えておいてくれ！」

「でも――」マットがいいかけた。

「あとで説明する」

そこで、マットは鉛筆と紙を取り出し、ヨセフによる福音書の引用を、覚えている限り書き記した。そして、説教の残りも書き留めようとした。

だが、続きはあまりなかった。だしぬけに、アハスヴェルは架空の朗読をやめ、こう告げた。

「古代人の説教はここで終わりです。わたしは少し休んで、力を取り戻さなくてはなりません。その後、あなたがたにもっとも大切な頼み事をします」

黄色い衣の男が席につくと、オルガンが「カヴァレリア・ルスティカーナ」の間奏曲を演奏しはじめた。フレッド・シモンズがマットのほうを向いていった。「すごいだろう？　彼のおかげで目が覚めたんだ。世界で何が起こっているか、教えてくれるんだよ」

オルガンの最初の一節とともに、白いスーツの男が献金籠を持って通路を歩きはじめた。熱心に呼びかけてもいないのに、人々は進んで献金した。籠が自分たちの列に来ると、マットは（このショーに見合う金額として十セント硬貨を入れながら）入っているのがほとんど紙幣なのに気づいた。しかも一ドルではない。フレッド・シモンズは二ドル献金していた。そんな余裕があるはずはないのを、マットは知っていた。

ようやくオルガンの音がやみ、集まった紙幣の音だけが聞こえた。アハスヴェルが進み出ると、それも静まった。

「ナイン・タイムズ・ナインについて、わたしが話したことをお聞きでしょう」彼は間を置いた。

会場じゅうに、言葉にならない期待のざわめきが走った。あたかもコンサートの聴衆が、曲の始まりを察したときのように。フレッド・シモンズは口を開け、年老いて骨ばった手を震わせた。「お聞きのはずです」アハスヴェルは続けた。「ヨセフによる福音書を書き写すことを拒んだラマ僧に、ナイン・タイムズ・ナインの呪いがかけられ、その結果、彼がこの世を去ったのを。ほかにもナイン・タイムズ・ナインにまつわる同じような話を。しかし、あなたがたはまだ、ナイン・タイムズ・ナインを唱えるために呼ばれたことはない。今夜……」彼は自分の声が、静まり返った講堂に静かに消えるに任せた。「今夜、あなたがたはそれをするのです」

かすかなささやきだけが聞こえる中、講堂の明かりが暗くなった。舞台上の色とりどりの明かりも消える。一瞬、あたりは真っ暗闇になった。やがて頭上から、禁じられた黄色の明かりが、アハスヴェルを照らし出した。

「この憎まれし色の力により」彼は歌うようにいった。「ユダヤ人街でまとっていた黄色いギャバジンにより、世界に真実を隠しつづけようとした黄色い僧により、あらゆる高貴さと腐敗により、この色が象徴するあらゆる憎しみと死により、古代人を呼び出さん。あなたがたも唱えてください。わたしのあとに続いて。古代人よ！」

声があがった。ためらいがちの声、くぐもった声、甲高い声、高ぶった声。「古代人よ！」

「なんじ古代人は、われわれを滅ぼそうとする者を知っている。邪悪な脳の中で計画が熟し、その計画がわれわれに災いをもたらすことを知っている。そう、そしてなんじ、光の主にも！

そこで、われは九人を呼ぶ！　イエス、釈迦、孔子を。エリヤ、ダニエル、サンジェルマンを。

ヨセフ、プラトン、クリシュナを。みなさん、わたしのあとに続けてください。われは九人を呼ぶ！」

「われは九人を呼ぶ！」

「次は、九人に仕える九人を呼ぶ。智天使、熾天使、座天使を。主天使、力天使、能天使を。権天使、大天使、天使を！　われはナイン・タイムズ・ナインを呼ぶ。わたしのあとに続けてください。われはナイン・タイムズ・ナインを呼ぶ！」

「われはナイン・タイムズ・ナインを呼ぶ！」

「われらの救いの声を聞きたまえ。邪悪な者からわれらを守りたまえ、ナイン・タイムズ・ナインよ！　その者を完全に滅ぼしたまえ！　さあ皆さん、わたしとともに声をあげ、ナイン・タイムズ・ナインに呼びかけましょう。彼を滅ぼしたまえ！」

「彼を滅ぼしたまえ！」

マットは講堂の壁にこだまする声の波に溺れていた。ようやく暗闇に目が慣れると、あたりの人々を見回した。もはや平凡な南カリフォルニア人ではなかった。彼らは憎しみの儀式の参加者だった――目には炎が燃え、唇を開け、歯を光らせている。髪を脱色した、温厚そうな太った女性は、敵を引き裂こうとする中西部の熱狂者となっていた。フレッド・シモンズの素朴な顔までもが、狭量な怒りに歪《ゆが》む仮面となっていた。マットはもはや、この儀式を笑えなかった。どんなに馬鹿げていようと、単純で善良な人々を、狂ったような怒りのるつぼに変えてしまうのだから。

黄色い手袋をした手が軽やかに動き、聴衆はそれを合図と受け取った。

「彼を滅ぼしたまえ！」人々はまた叫んだ。さらにもう一度。「彼を滅ぼしたまえ！」するると突然、前置きもなく明かりがついた。さまざまな色の下、人々が互いにまばたきし、何を口走っていたのだろうといぶかしげにしているのをマットは見た。フレッド・シモンズは目を合わせようとしなかった。

アハスヴェルはいつもの口調に戻っていた。「ナイン・タイムズ・ナインの祈りがいつ叶うかは知らされていません。十二時間以内ということはなく、一か月より先ということもないでしょう。そして、これを疑う人たちに信じてもらうため、黄色い憎しみの悪魔、われわれを滅ぼそうとする悪人の名前を告げておかなくてはなりません。新聞を見ていてください。ウルフ・ハリガンの死を報じる記事を読んだとき、あなたがたは古代人の力を知るでしょう」

マットはウルフを見た。彼は満足そうな笑みを浮かべていた。

五

白衣の主日（〈光の子ら〉によれば復活祭）に目覚めたとき、マットはしばらく自分がどこにいるのかわからなかった。やがて、ダーツの的が目に入り、思い出した。彼はレインコートの男が寝ていた長椅子に横になっていて、誰かが気をつかって毛布をかけてくれていた。

彼は煙草に火をつけ、前の晩のことを思い出した――つまらない会合が、ナイン・タイムズ・ナインによって途方もない熱狂に変わったこと、その後この家に帰ってきて、長い時間懸命に仕事をしたこと。その間ウルフ・ハリガンは情熱に顔を紅潮させ、新しい助手にあらゆるメモやファイルを示し、仕事の原材料となる資料を見せた。マットは集中力が次第に純粋な疲れに変わっていったのを思い出した。最後に覚えているのは、この長椅子に座っているときに、ウルフがヨセフによる福音書からの引用を読み上げていたことだ――キリストがインドとチベットで七年間過ごし、エッセネ派の使者として古代人の秘密を学んだという、馬鹿げた内容だった。

そこで体が持たなくなったに違いない。腕時計を見ると、何と午前二時だった。しかし、ようやくなすすべもない眠りに落ちたのは、朝の五時だったはずだ。

廊下に通じるドアが開き、アーサー・ハリガンが猫背になって入ってきた。「父さんは？」

「さあ。今起きたばかりなので」

「へえ」アーサーは感心したように彼を見た。「父さんを飲みに連れ出したのか？　ここ十年、そんなことをしたやつはいなかったな」

「仕事をしていたんだ」

「仕事だって？」アーサーは男同士が目配せするように横目で見た。

「煙草は？」

「ありがとう。切らしてしまったんだが、店が遠くてね」アーサーは椅子にどさりと腰を下ろし、煙草を下唇に引っかけた。「この家では、きみは変わり者だ」引き延ばすような口調でいう。

「なぜだい？」

「いろいろな経験をしているようだからね。人間的だ。この家にいる全員――ハリガン一族――は、善人にはなれないほどの金を持ち、悪人にはなれないほどの信仰心を持っている。ただ漂っているだけだ。だが、ぼくたちには気をつけることだ。特にコンチャには」

「どうして彼女に？」

「たぶんきみは、妹が必要としているものかもしれない。妹はまだそれに気づいていないけれどね。一昨日には、彼女は聖人になりたがっていた。今はその反動が来て、そんなところへきみが現れた。服装は地獄のようだし、醜さは罪深いほどだ。だが地獄と罪にはいいところもある。特に彼女の年頃にはね。だから、気をつけるんだな」

マットは眉をひそめた。「ぼくは自分がそんな男だとは思わないがね。妹さんのことを、そんなふうにいうのはよくない」

「そうかな？」

礼拝堂のドアが静かに開き、ウルフ・ハリガンの白髪頭がのぞいた。「ああ、起きたか、ダンカン。よかった。朝食は？」

「ねえ、父さん」アーサーが口を挟んだ。「話があるんだ」

「答えは」と、ウルフ。「やはりノーだ。朝はいつもどうしてる？」

「ダンカンの朝食のほうが、ぼくの人生より大事なのか？」

「芝居がかったことをいうのはよせ」

「ぼくにどうしてほしいんだ？　一生ここに尻を据えて、ハリガン家の息子でいたいと願っているとでも思うかい？」彼は煙草をくしゃくしゃにし、放り投げた。「自分の手で何かをしたいんだ。それに、あの人たちは五千ドルにまけてくれた。一万ドルのほうが望ましいが、五千ドルでいいっていうんだ。なのに、父さんは気にもかけない」

「おまえが金を使えば気にかけるさ」

「でも、父さん――」

「だめだ」

アーサーはやり場のない怒りに口ごもった。苛立つあまり、ほとんど背筋が伸びている。「わかったよ。もういい。今夜、彼らと会ってこういうよ。ぼくはパパの天使で、きみたちにはうんざりだって。でも、ぼくたちはもうおしまいだ。ぼくと父さんは。あなたは〝善人〟かもしれないが、とんでもなく頭が固い。誰かがまた呪いをかけるなら――ぼくも参加しますよ」

彼はいきなり部屋を出ていった。

「〝自分の手で何かをしたい〟だと！」ウルフ・ハリガンはせせら笑った。「あいつが口を挟んできたのが、何のことかわかるかね？　賭博場さ。そこの常連なんだ。そのことは知っているが、わたしに何ができる？　とうとう胴元は、別のやり方で息子からもっと金を巻き上げることにしたらしい。あいつを〝パートナー〟に引き入れて、身ぐるみはがすつもりだ。できるものなら、わたしからも搾り取ろうとしている。ところが息子は、自分の人生を生きる権利だとか何とかまくし立てる！」

「すると、ナイン・タイムズ・ナインのことが新聞に載ったんですか？　いい宣伝になるでしょうね」

「いいや、一言も出ていない。なぜそう思ったんだ？」

「アーサーの大演説ですよ。〝誰かがまた呪いをかけるなら〟といったでしょう。昨夜の呪いのことは、家族には話していないだろうと思ったものですから」

「話していない。スワーミのことがあったので、心配させるといけないと思ってね」

「じゃあ、どうしてアーサーはナイン・タイムズ・ナインのことを知っていたんでしょう？」

「さあな」ウルフ・ハリガンはゆっくりといった。

「トーストのお代わりは？」コンチャが勧めた。

マットは首を振り、五枚目のトーストがまだ入ったままの口で「けっこうれす」とつぶやいた。

「家族はあまりトーストを食べないのだけれど、飛び出すのを見るのが好きなのよ。お願い、もう一枚焼かせて」

彼は口の中のものを飲み込んだ。「食べなくてもいいのなら」

「いい人ね」彼女は新しくパンを切り、トースターに入れてレバーを下げた。

彼女は今朝、ミサに出たはずだとマットは思ったが、今着ている黒いスラックスと真っ赤なセーターで行ったはずはない。特に、このセーターはないだろう。彼女は昨日とはまるで違って見えた。子供っぽくも、亡霊のようにも見えず、少女と大人の女性が絶妙に入り混じっていた。

「ねえ」彼女はいった。「ここに住むの？」

「まさか。どうしてです？」

「週末、ずっといたでしょう。それに、そうなったら楽しいと思って」

マットはトマトジュースを飲み終えた。「マダムはとても親切ですね」

「いいえ、本当のことよ。つまり、この家にアーサーのほかに若い人がいてほしいの。兄は覇気がないんですもの」

「グレゴリーは？」

「別の意味で覇気がないわ。でも、あなたは違う。生き生きとしていて、血が通っていて、まるで――」彼女の口調がわずかに変わった。「父のようだわ」

「お父さんは」マットは話題を変えた。「ぼくが長年会ってきた人たちの中でも一番素晴らしい人ですよ。あなたにいい影響を与えている。あなたはお父さんのように、感じ、行動し、努力したいと思っている。それに、お父さんは立派な仕事をしています。最初はただの義務だと思っていましたが、だんだんと……」

少女は口を尖らせた。「父の話はやめましょう。あなたの話をして」

「スラム街のことを知りたいんですか、ミス・ハリガン？　下層の暮らしを──」

彼女は顔をしかめた。「ふざけないで。それと、コンチャと呼んでちょうだい。そう呼ばれるのが好きなの。わたしの本名を知ってる？　マリア・コンセプシオン・ハリガン・ペラヨというの。この名前、気に入ってるわ」彼女が口にすると、ハリガンという苗字までも、流れるようなスペイン語に聞こえた。

マットはほほえんだ。「いい子ですね、コンチャ」

彼女は急に立ち上がった。目は怒り、高い胸が震えている。「そんないい方しないで。子供じゃないわ。もうすぐ十八よ。子供に見える？　そんなふうに思っていないのは、あなたの目を見ればわかるわ。それに、子供みたいな気持ちになるのは嫌なの。わたし、子供には耐えられないこと――恐ろしいこと――を、たくさん知ってるわ。それを大人みたいに胸に抱え、傷ついている。でも、子供にはならないわ。絶対に！」

ぽんという小さな音を立てて、トーストが機械から飛び出した。それで話は中断された。コンチャはしばらくその場に立ったまま、赤い唇を歪めていた。やがて踵《きびす》を返し、部屋を出ていった。彼女が笑っていたのか泣いていたのか、マットにはわからなかった。

その後たびたび、マットはあの日曜の午後のことを思い出してみたが、人々とその行動を正確に頭に刻みつけるのは難しかった。コンチャは朝食の一件のあと、いなくなってしまい、どこに行ったかわからなかった。アーサーは、派手に反抗した割には素直に、シスター・アーシュラとシスター・フェリシタスを迎えにいった。エレンおばさんが、おそらく週末の雨のせいで風邪を引いてしまい、慈善事業の打ち合わせのために修道院へ行くことができなくなったので、特別許可が下りたのだ……（ベタニアのマルタ修道女会では、修道女たちは並外れて自由な生活を送れるらしいと、マットは思った。それまでは、信心深い女性たちはみな、俗世から厳密に切り離され、話すときは鉄格子越しになると思っていた）。その後、どこかの時点でR・ジョーゼフが来て（日曜日には定期的に家族と夕食をとっているらしい）、アーサーのほかに話し相手になる者がいないと知ると、不満そうにあたりをぶらついていた。

その間のほとんどを、マットはウルフ・ハリガンと書斎に閉じこもり、ゆうべ調べきれなかった詳細をさらに検討していた。文字通り〝密室〟にいたのである。

「どうやら」ウルフは笑い交じりに説明した。「金曜の晩のことは、自分でも思った以上に恐ろしいことだったようだ。スワーミがあのフランス窓を開けるのはたやすいことだった。今は上下に差し錠がかかっている。ドアも施錠してある。コンチャは息が詰まって死ぬだろうといったが、大陸の種族のたくましさをいって聞かせたよ」

ようやくウルフは準備作業が終わったと判断した。「わたしたちがやろうとしていることが、大まかにわかっただろう。今のところ大事なのは、きみも気づいているだろうが、〈光の子ら〉だ。あの組織には何かたくらみがあるように思える。力を集め、それを使おうとしている。共産主義者の爆撃機というゆうべの話は、馬鹿げているが示唆的でもある。それに比べればずっと間接的ではあるが、政治的なほのめかしが、古代人のメッセージに頻繁に表れるようになってきている。今、突き止めなくてはならないのは、アハスヴェルの正体と、誰が糸を引いているかということだ」

「まだ何もわからないのですか？」

「そうでもない。考えはある。しかし――正直なところ、ダンカン、きみにもいいたくないんだ。きみにまだ見せていないメモがある。いずれは読むことになるだろう――そして、わたし自身の手で、それをきみに渡せることを願っている」

「どういう意味です？　ほかに誰がいるんですか？」

ウルフはまたダーツの矢を投げた。「つまり、こういうことだ。ゆうべ、きみを長椅子に寝かせたあと、自筆で遺言補足書を書き、きみを遺作管理者に指名した」

「ぼくを？」

「そうだ。この二日間で、きみは家族全員を合わせたよりも詳しく、わたしの仕事を知ることとなった。それに、もっと知りたいことだろう。わたしの死後、すべてのメモや書類はきみのものになり、好きなように使っていい。わたしの見立てがまったくの的外れでなければ、よいことに役立ててもらえるはずだ。それと、きみに警告しておこう」何かいいかけたマットに、彼は重々しく続けた。「大げさな感謝の言葉を、わたしがどう思っているかをね。廊下側のドアに誰がいるか見てくれ」

　マットは差し錠のつまみを回し、ドアを開けた。訪ねてきたのはコンチャだった。また服を着替えていて、今は明るい色の格子縞のドレスに、控え目な黒いベルベットのベストを合わせている。そんな服装だと、十四歳ぐらいに見えた。

「おや」マットはいった。「何かご用ですか？　慣れるまでは、あまりころころ変わらないでください」

「〝女は一時の慰みもの〟よ」彼女は歌うようにいった。「大丈夫、今に慣れるわ。そうよね、お父様？」

「ここで平和にやっていくなら、慣れるしかないだろうな。何の用だ、コンチャ？」

　彼女は指さした。「彼に用なの」

「それだけか？　いいだろう。しばらく解放してやろう。連れていくといい」

「待ってください」マットがいった。「合衆国憲法修正第十三条〔奴隷制廃止を定めた条項〕を知らないんですか？　ぼくはただの所有物ですか？」

　コンチャは、競売台の奴隷を値踏みするように、彼に向かって顔をしかめた。「彼は強そうね、マッサ・ハリガン。力があって強そう。荷運びはできる？」

「もちろんです、お嬢さま」ウルフがいった。

「綿花を摘んだり、ジャガイモを植えたりは？」

「もちろんです、お嬢さま」
「それと、クロッケーはできる？」
「もちろんです」マットがいった。
「包まなくて結構よ。このまま持っていくわ」彼女はマットの腕を取り、楽しげに連れ出した。

今のコンチャは、断固として陽気にふるまっていた。そして、若い娘の気まぐれに慣れようと絶えず奮闘するマットは、二十七歳という年齢よりもはるかに年老いたように感じていた。さらに、何年もクロッケーをしていない人間は、誘われて軽々しく〝もちろん〟と答えてはいけないことを思い知らされた。

だが、それでもゲームは楽しかった。マットがレインコート男と格闘したクロッケー場は、書斎のフランス窓のすぐ前に広がっていた。その日は暖かく、夕方近くの太陽が西向きの窓に熱く反射していた。そんな日差しの中、ひどく落ち着きはないが愛らしい女の子と外で過ごすのは楽しかった。そう、彼女は本当に愛らしいと、マットはじっくりと考えた末に結論づけた。

最初からマットはぼろ負けだった。彼のボールをクロッケー場の端まで打ち出したときのコンチャの喜びようは、まさに悪魔だった。そして、彼が半分も行かないうちに、楽々とゴールのペグにボールを当てた。しかし、手も足も出ずに負けていながら、R・ジョーゼフ・ハリガンが近づいてきたときには、彼は残念に思った。

ジョーゼフは見るからに寂しそうだった。午後いっぱい、誰とも話していなかったし（アーサーは打てば響くような相手とはとうていいえなかった）、自分から話しかけるタイプではなかったからだ。マットは聞き手にうってつけだと思われたのだろう。弁護士は熱心に彼のほうへ近づいてきた。

すぐに退屈が訪れた。コンチャはしばらく残って、マレットをしきりに叩いていたが、とうとうあきらめて裏口から家に入ってしまった。ジョーゼフは、最高裁判所で真に必要とされるのはどのような人物かについて説明していて、それに気づかなかった。

男性ふたりは、フランス窓からクロッケー場を隔てたベンチに座っていた。日が落ちようとしているのに、ウルフが明かりをつけていないことに、マットはぼんやり気づいていた。夕日の最後の光が、カーテンを閉めていないガラス窓に、まぶしく反射していた。

マットはクロッケーのボールを蹴り、ジョーゼフに注意を戻した。徐々にわかってきたが、彼の話はまさに聞くに値するものだった。話し手の立場にはまったく不賛成でも、鋭い意見を楽しみ、尊敬できる。今のマットがそうだった。ジョーゼフの意見のほとんどは、ほかの人の口から聞けば、ただの反動的なたわごとだと切り捨てただろう。しかし、その語り手の中に、マットは揺るぎない誠実さを感じ取り、感銘を受けた。彼はさらに耳を傾け、ごくたまにではあるが、同意している自分に驚いた。金権政治家のような態度やいでたちとは裏腹に、R・ジョーゼフ・ハリガンの中には、マットが彼の弟に感じて敬服するのと同じ強さと目的意識があった。

「雇用促進局の芸術計画の非効率さやずさんな管理について、何をおっしゃろうと構いませんが」マットは反論した。「ぼくはそこで働いていました。たぶん、あなたが聞いたことのない話をたくさん聞かせてあげられますよ。それでも、その必要性と価値を認めなくては――」彼は急に言葉を切った。

「続けたまえ」R・ジョーゼフは興味を示した。

日差しはもはやフランス窓を照らしていなかった。今では、盛んに燃える暖炉の火に、書斎の輪郭がぼんやりと浮かび上がっている。それに、何か別のものも見えた。

「すみません。あの窓を見てください」

ジョーゼフは目をやった。暖炉の火はウルフのデスクの正面を照らしている。ウルフの椅子は陰になって見えなかったが、デスクの上に妙な人影が身をかがめていた。顔は隠れているが、衣服ははっきりと見えた。ウルフ・ハリガンのデスクに身を乗り出しているのは、黄色い衣を着た人物だった。

「きみ」ジョーゼフが張り詰めた声でいった。「中へ入ろう」

マットも同意見だった。アハスヴェルがウルフ・ハリガンの書斎へ来たとすれば、考えられる理由はひとつしかない。その人物がアハスヴェルだということに、彼は何の疑いも抱かなかった。顔は見えないが、衣とフードで十分だ。

マットは窓に近づこうとしたが、慎重で緊急時には有能なR・ジョーゼフが、その腕をつかんだ。

「忘れたのか、あそこには鍵がかかっている。それに、こっちから行けば相手に気づかれてしまう。裏から回ろう」そういって、弁護士は足早に屋敷の角を曲がり、裏口へ向かおうとした。だが、ジョーゼフは機敏なほうではなかった。英雄的な救出劇は、クロッケーのフープにつまずくことから始まった。

マットは立ち止まって手を貸そうともしなかった。書斎にいる黄色い衣のことを考えれば考えるほど、駆けつけなくてはという思いが強まった。耳には、〝彼を滅ぼしたまえ！〟と三度繰り返す怒号が響いていた。ウルフは古代人の脅威を笑い飛ばしたかもしれないが、アハスヴェル自身が乗り込んできたという身体的な脅威は別だ。

裏口まで来て振り返ると、R・ジョーゼフが猛スピードで角を曲がってきた。ところが、足を滑らせ、危うく暖炉の裏側の石壁に頭をぶつけるところだった。切迫した状況でも、あざ笑いそうになるのをこらえるのは難しかった。威厳が台無しになるのを見るのは、危機的な状況でも滑稽なものだ。だが、マットは自分を抑え、そっと廊下に入ると、書斎のドアを激しく叩いた。

答えはなかった。そのとき、いつもの一分の隙もない服装とはいえないジョーゼフが追いついた。

「ノブを回してみろ」彼はいった。

「やってみました。ラッチがかかっています」

「じゃあ、礼拝堂のドアだ。そこなら――」

ミス・エレン・ハリガンは、兄と見知らぬ若者が礼拝堂に突入してくるのを見て、驚いてロザリオから顔を上げた。男たちは書斎に通じるドアを叩き、ノブをがちゃがちゃさせ、木製のドアに肩をぶつけた。

「何をしているの？」

「見たんだ……中に男が……黄色い衣の……ウルフが……危険かもしれない……」ジョーゼフが息

を切らしながらいった。

「かもしれない、ですって？」マットがいった。「何かがおかしい。返事がありません」

「壊せると思うか？」

「やってみましょう。三つ数えたら、ふたり同時にぶつかるんです。ぼくたちで何とかしないと――」

「お待ちください」マットには、その冷静な声がシスター・アーシュラのものだとわかった。振り返ると、礼拝堂の別のドアの前にふたりの修道女が立っていた。「ミスター・ハリガンに何かあったのですか？」

「そうです」

「何事もなければいいのですが」彼女は十字を切り、聖母マリアの絵に目をやった。「でも、何かが起きたとすれば、それを確かめたほうがいいのではありませんか？」

「どうやって？」

「行って、フランス窓から見るのです」

完全に筋の通った提案に、マットは冷静さを取り戻した。その通りだ。何があったかを確かめ、もし――そう、現実に目を向けたほうがいい――警察を呼ばなければならない事態なら、警察が何とかしてくれるだろう。そのほうがずっと筋が通っている。

マットはこうしたとりとめのない考えを口にしながら、再び屋敷を回り込んでクロッケー場へ向かった。窓に近づくと、暖炉の火で部屋の中をはっきりと見ることができた。見えたのは――彼はしばらく息もつけず、喉がからからになった——デスクのそばの床に倒れたウルフ・ハリガンだった。その顔は銃で半分吹き飛ばされていた。

そして、部屋にはほかに誰もいなかった。

六

十年前には、テレンス・マーシャルという名前は、アメリカの新聞購読者にはよく知られていた。変わった経歴の組み合わせは、いい新聞ネタになった。優等生協会《ファイ・ベータ・カッパ》のメンバー、ローズ奨学生、全米フットボール選手。さまざまなことに対する彼の若々しい意見は、全国に報じられたが、より思慮深く落ち着いた三十代になった彼には一番の悩みの種になっていた。

彼がローズ奨学生としてオックスフォードに通っていた頃、特集記事の記者は、また別の異例なネタを見つけた。マーシャルの公人としての経歴はそろそろ終わりだったが、友達を通じて偶然、一生の仕事を得たのである。ラグビーの試合でたまたま隣に座った若者が、戸惑うアメリカ人にイギリス式フットボールの特徴を親切に説明してくれたが、その若者はロンドン警視庁警視監の息子だったのだ。そしてテレンス・マーシャルは、警察組織と捜査の内情に目覚めた。

ロサンゼルスに戻った彼は、教職の誘いやプロスポーツの契約をすべて断った。下積みから始め、ロサンゼルス警察のパトロール警官になった。その活躍ぶりは華々しいものではなかったが、着実に昇進していった。すでに紹介した剝製師の一件は、彼が手がけた重大事件にもっとも近いといっていいだろう。しかし彼は、目の前のありふれた小さな事件でも、しくじることはなかった。今や警部補となり、地方検事局でも、法廷に確固たる訴訟として持ち込める事件をうまくまとめられる警察官として信頼され、重宝されていた。

今、テレンス・マーシャルはハリガン家の居間で、警察人生で初めての大事件となるかもしれない事件の捜査をしていた。彼は堂々たる体軀だった。身長六フィート二インチ、体重は百九十ポンドで、ごつごつした素朴な顔に、髪には早くも白いものがわずかに見えていた。

「ドレーク巡査がパトカーで到着したとき、予備報告書を取っていますが、警察医の報告書が用意できるまで、改めて確認したいと思います。まず、時間の問題を確かめましょう。皆さんが最後にウルフ・ハリガンを見たのはいつですか？」

一瞬、間があって、コンチャが話した。冷静に協力しようと努力しているようだったが、震える声に感情が表れ、声変わりした男の子に妙に似ていた。「夕方近くに、書斎に行きました。ミスター・ダンカンがいて、わたしは彼をクロッケーのゲームに連れ出しました」

「時刻は？」

「さあ――わかりません。五時頃だったと思います」

「ダンカン？」

「それくらいだと思います」

「では、五時以降にハリガンを見た方は？」

「見た、とはいえませんが……」ジョーゼフがいった。

「どうしました?」

「話をしました。ドアをノックしたのですが、仕事中だ、どこかへ行ってくれと怒鳴られました」

「それは何時頃です?」

「六時少し前です。夕食まで一時間以上あるなと思ったのを覚えているので。そのすぐあとに、クロッケー場にいたふたりに合流しました」

「それはいつのことですか、ダンカン?」

マットはそのことを考えていた。「ぼくの考えではこんな具合です、警部補。ぼくは——あのフランス窓から中を見たとき、時間を確認しました。ちょうど六時十五分でした。ぼくたちが黄色い衣を着た人物を見たのは、その二分ほど前です。ミス・ハリガンは、それより十分ほど前に家に入っていきました。そしてミスター・ハリガン——つまりミスター・ジョーゼフ・ハリガンは、その五分ほど前に芝生にいたぼくたちと合流しました」

コンチャとジョーゼフは、同意するようにうなずいた。

「わかりました」マーシャルはいった。「では、五時五十五分頃に、ミスター・ハリガンはお兄さんを怒鳴ったことになりますね。六時十三分には、ダンカンとジョーゼフ・ハリガンが書斎に人影を見て、中に入ろうとした。六時十五分、ダンカンが遺体を発見。その間の空白を埋められる人はいますか?」

沈黙。

「わかりました。さて、どれほど明白な事件でも、お決まりの質問をしなくてはならないのをご理解ください。皆さんに、その二十分間にそれぞれ何をしていたかをお尋ねしなくてはなりません。ミス・ハリガン？」

エレンおばさんはおとなしく、従順だった。その目は泣いていたのと寒さで二重に赤くなっていた。「ええと。六時を少し回った頃、礼拝堂へ行きました。シスターたちと、孤児院の新しい翼棟の計画について話し合っていたところで、その成功をひとりで祈りたかったのです。そこには――ジョーゼフとミスター・ダンカンが入ってくるまでいました」

「六時になる前は？」

「二階のわたしの居間に、シスターたちといました」

「おふたりは、それに間違いありませんか？」

口を開いたのはシスター・アーシュラだった。マットは、シスター・フェリシタスの声をまだ一度も聞いていないことに気づいた。「断言はできませんが、警部補、その頃だったと思います」

「そして、六時以降はどこにいました？」

「ミス・ハリガンのご厚意で、帰る前にポートワインとフルーツケーキを勧めていただきました。執事が呼ばれ、居間にごちそうが運ばれてきました。騒ぎを聞いて下りていくまで、わたしたちはそこにいました」

「ダンカンとハリガンからはもう聞いています。あなたはどうです？」彼はアーサーに問いかけた。椅子に斜めに腰かけたアーサーは、悲劇のことよりも煙草を吸うかどうかで頭がいっぱいのようだった。

「部屋にいました」彼はぼそぼそといった。

「何をしていました？」

「本を読んでいました。シスターたちが帰るのを待っていたんです」

「どうしてです？」

「車で送らなければならなかったので」

「そこにはどれくらいの時間いましたか？」

「一時間ほどでしょうね。それから、あの騒ぎを聞いたんです」

「あとはあなただけです。ミス・ハリガン。クロッケー場を離れたあと、どこにいました？」

「台所です」

「台所？」

「ときどき、ジャネットに手伝わされるんです。貧乏人と結婚するかもしれないからって。わたしは好きでやっていますけれど」

警部補は、ここへ来てから初めて笑顔を見せた。「それで、六時十五分の騒ぎまで、そこにいたのですか？」

「ええ」

「わかりました。さて、その二十分間に銃声を聞いた方はいませんか？　誰もいない？　ミス・ハリガン、あなたは隣の礼拝堂にいたのでしょう？　どうでしたか――？」

「何も聞こえませんでした」

「それに、ほかに誰かがいたのを見た人もいないのですか？　ここにいてはいけない人物のことです。わかりました。ここでお待ちいただけますか？　使用人に話を聞き、書斎を詳しく調べたいので」

警部補がいたことで、全員がある程度の礼儀正しさを保っていたが、その緊張が緩んだ。エレンおばさんは鼻をすすり、コンチャは急に膝をついて、シスター・アーシュラのダークブルーの衣に顔を埋め、激しく泣きじゃくった。

「あの警部補は」ジョーゼフが評した。「しっかりした若者のようだ。態度も礼儀正しい。ふにゃふにゃしたところがない」

アーサーが鼻で笑った。「あなたが大物だと知っているからですよ、ジョーおじさん。バッジを失いかねませんからね」

R・ジョーゼフ・ハリガンは顔をしかめた。「そんな皮肉をいっているときでも、場所でもないぞ、アーサー。それに、煙草を吸わないくらいの遠慮が必要だ」

マットは気まずい思いで、出しかけた煙草の箱を戻した。全員が黙って座っていた。

警察官が顔を出した。「ダンカンというのは？」

マットが立ち上がった。「ぼくです」

「警部補が書斎で会いたいそうです」

死体は運び出されていたので助かった。写真係が三脚を畳み、黒い鞄を持った、痩せた中年男性が、長椅子に座っていた。警部補は無意識のうちにウルフ・ハリガンの大好きな格好を真似て、暖炉の前に立っていた。暖炉の火は今では消えていた。どうやら水をかけたようだ。

「さて、ダンカン」マーシャルは部屋に入ってきたマットにいった。「きみはこの件に、どうかかわっているんだ？」

「どうかかわっているかとは、どういう意味です？」

「ここで何をしているのかということだ。きみはハリガン家の人ではない。同じような家柄の人でもない。だから、どうかかわっているんだ？」

マットは身構えるような気分になった。「ミスター・ハリガンの仕事をしていました」

「仕事？　どんな？」

「彼はぼくを――助手といっていいかもしれませんが――一種の研究員兼ゴーストライターとして雇ったんです」

「いつから？」

「金曜からです」

「彼と知り合いになったのは？」

「金曜です」

「すると、会ってすぐに、彼の助手となったわけか。いい仕事にありついたものだ。もう少し、詳しく教えてくれないか」

マットは不愉快な気分で、大まかに説明した。

「作家計画か」マーシャルは繰り返した。「そこの責任者を知っているから、話をしてみよう。そして、きみが来てからすぐに、この家で事件が起きた。実に興味深い。だが、呼んだのはそのことではない。座りたまえ」

マットは長椅子の中年男性の隣に座った。男性は、黙ったまま愛想よく会釈した。

「きみは」警部補が続けた。「全員の証言によると、多少なりともまとまった時間、この部屋にいた最後の人物だ。ミス・ハリガンはほんの少ししか顔を出していないし、兄のほうはドアを開けてもいない。さて、きみがここにいたとき、部屋は完全に封鎖されていたか？」

「ええ。お話ししたように、ミスター・ハリガンは金曜日の夜に襲われたので。二度とそんなことが起こらないようにしていたんです」

「なるほど。では、この部屋を見回して、最後にいたときのままになっているかどうか確かめてくれ。特に出入口を見てほしい。ものに触れても構わない。すっかり調べたのでね」

部屋を調べるうち、マットは次第に驚きを募らせた。フランス窓は上下ともしっかりと差し錠がかかっていた。暖炉の両側の小さな高窓は、固定されていて開かないようになっている。警察によって壊された廊下側のドアは、今は壁に立てかけられているが、差し錠は施錠の位置に入ったままだった。残るは、押しボタン式の鍵がついている礼拝堂のドアだけだ。そこから出て、ボタンを押したままドアを引いて閉めれば鍵がかかる。だがそこには、エレンがいた。

彼は足を止めた。「ありえない」

「同感だ」マーシャル警部補が鼻先で笑った。「しかし、この状態だったのは確かなんだな？」

「ええ」

「よろしい。ほかにおかしなところは？」

マットは見回した。「デスクの上の書類の配置が、最後に見たときと変わっているようです。しかし、まだ仕事をしていたとすれば当然でしょう。暖炉の火も消えています。最後にここにいたときには、勢いよく燃えていました」

中年男性が初めて口を開いた。「そのいまいましい暖炉のことはいわないでくれ」

「ドクターは機嫌が悪いが、仕方がない。暖炉の火は溶鉱炉のように燃えていたので、ひどく仕事がやりにくくなったんだ。遺体は温まって、殺されたばかりのような状態だった」

「でも、なぜ消したんです？」

「誰かが何かを燃やしたようだ。だとすればうまくいったな。見つかったのはこれだけだった」

マーシャルはテーブルの上の小さな金属片を指した。

「消音装置ですね。誰も銃声を聞かなかったのも不思議ではありません」

「そうだ。このオートマチックを見てくれ。前に見たことは？」

マットはよく見た。「断言はできません。これだという特徴を覚えていないので。しかし、スワーミから取り上げたものに似ています」

「そうだと思った。そのとき、消音装置はついていたか？」

「はっきりとは……いえ、思い出しました。ついていました」

「やはりな。事件の凶器について、とても参考になったよ。ほかに気づいたことは？」

「デスクに引っかき傷がついています。今日の午後になかったのは間違いありません」

「何の傷かわかるか？」

マットは引っかき傷をよく調べた。幅二インチほどの傷が、平らなデスクの端から六インチほど走っている。深くはなく、ワニスを削った程度だ。「いいえ」彼はとうとういった。「わかりません」

「それと、ひとつ訊きたいが」警部補がいった。「あの本棚に、ずっと熱心な視線を投げかけているのはどういうわけなんだ？」

「投げかけるとはいいですね」

「さっぱりわからん。何を見ている？」

「あるものが見つかるのを期待したのですが、見当たらないようです」

「前にあったものか？」

「いいえ。あればいいなと思ったものです。ファイルケースに刺さったダーツの矢です」

警部補と医師は、戸惑ったような視線を交わした。「本当か？　何を期待していたというんだ？」

マットは手がかりを残すというウルフ・ハリガンの考えと、スワーミのファイルに刺さった矢のことを話した。「それで、アハスヴェルのファイルに矢が刺さっているかもしれないと思ったんです。それが役に立つかもしれないと」

「ファイルを見てくれ」マーシャルは短くいった。

マットは見た。アハスヴェルというラベルが貼られたファイルの背に、何かを刺したような小さな穴が開いていた。「じゃあ、これは――？」

「われわれが見つけた。指紋を採るために抜いたんだ。不鮮明だが、あったのはハリガンの指紋だけだ」

「だったら、これで決まりじゃありませんか?」

「そうかな? 来たまえ。家族のところに戻ろう。ドクター、用意ができたら帰ってもらって結構です。明日の朝、報告書をいただきましょう」


家族は、マットが出ていってから一言も口をきいていないように見えた。シスター・フェリシタスとエレンは、ロザリオを繰りながら祈っていた。シスター・アーシュラの手は、コンチャの黒髪を撫でている。少女の肩の震えは止まっていた。アーサーは心もとなげに煙草をちぎっていた。ジョーゼフは何もせず、堂々とした様子だった。

「さて」警部補がいった。「お話を聞いてから、光の寺院に部下を送り込みました。今夜は大規模な復活祭のミサがあり、アハスヴェルは外に出られません。ミスター・ハリガン、まもなくあなたとダンカンをそちらへ送り、あなたがたが見た人物がアハスヴェルかどうかを確認してもらいます」

コンチャが顔を上げた。悲しげな顔に涙が筋を描いていたが、以前マットが見た恐怖はなかった。

「じゃあ――あの男が?」

警部補ははっきりとは答えなかった。「あなたのお父さんは、あの男の詐欺行為を暴こうとしていた。動機は十分です。ゆうべ、彼はお父さんに呪いをかけました――前もって計画していたのです。あなたのおじさんとダンカンは、あの男の奇妙な衣装に身を包んだ人物が書斎にいるのを見ています。そしてお父さんは、彼が殺人者であることを示す、奇妙なダイイングメッセージを残しました」

「それで十分じゃないか?」ジョーゼフがいった。「実をいえば、わたしはウルフの十字軍活動を、まともにとらえたことはなかった。だが今では、弟の遺志を継ごうと思っている。このような危険な狂人が、野放しになっているなんて――」

「確かに、それで十分かもしれません。しかし……ミス・ハリガン、あなたはどれくらいの時間、礼拝堂にいましたか?」

「十分ほどだったと思います、警部補」

「間違いありませんか? 時間の感覚がひどく不正確になることが、たまにありますのでね。一分か、せいぜい二分だったということはありませんか?」

「ええ」エレンおばさんは断固としていった。「わたしはそのとき、第五の神秘について黙想していました。はっきりと覚えています」

「何ですって?」

「ロザリオの祈りを捧げるとき」シスター・アーシュラが口を挟んだ。「わたしたちは神秘について瞑想します――聖母マリアの生涯の一部を――十年ごとに、十個の珠を繰るのです。ミス・ハリガンは、ロザリオの祈りがもう少しで終わるところだったとおっしゃっているのです」

「それはどれくらいかかるものですか?」

「わたしの場合、普通は十分ほどです」エレンがいった。「ですから、礼拝堂には少なくともその時間はいたはずです」

「それで、書斎から人が入ってきたのを見ませんでしたか?」

「まさか、誰も見ていませんわ」

「その十分間、弟さんの書斎を出入りする人は誰も見ていないのですね?」

「ええ、誰ひとり」

「わかりました」マーシャルは辛抱強くいった。「六時十三分、ダンカンとハリガンは、書斎で黄色い衣の人物を見ています。六時十五分にダンカンがふたたび書斎を見たときには、その人物はいませんでした。そして、書斎のドアと窓は、礼拝堂へ通じるドアを除けばすべて内側からしっかりと鍵がかかっていました。外からではかけられない鍵です。さらに、礼拝堂のドアの正面にはミス・ハリガンが十分間座っていましたが、誰ひとり見ていません」

シスター・アーシュラが眉をひそめた。「でも、それは不可能です」

「奇跡というのは」マーシャルが職業につきものの苦々しさを込めていった。「あなたがたの専門なんじゃありませんか?」

「神には」シスター・アーシュラは彼をたしなめた。「不可能なことはありません。しかし、神が手を下されたとは考えにくいですね。証拠に間違いがあるのでしょう」

「間違いなどありませんよ」警部補はうんざりしたようにいった。「疑う余地のない、明白な事件です。容疑者の可能性があるのはただひとり。だが問題は、起こるはずのないことが起こったということです。さて……！　行きましょう、ミスター・ハリガン、ダンカン。これからアハスヴェルの話を聞きにいきます。その間、部下を何人か置いておきます」

ジョーゼフは抗議しようとして、思い直したようだ。「賢明な措置ですな、警部補。このような危険が野放しになっているときには、注意するに越したことはありません」

「その通りです」

「あのう、警部補さん」

「何でしょう、シスター？」

「わたしたちはここにいたほうがよいでしょうか、それとも修道院に戻ったほうが？」

「パトカーで送らせましょう」

「ああ。ありがとうございます」

「笑い事ではないでしょう」

「ええ。でも、わたしたちがパトカーに乗ってきたら、修道院長がどう思うか想像するとおかしくなって」

エレンは兄と警部補とともに出ていった。マットはコンチャに何か声をかけたくて、しばらくその場にいた。励ますようなことをいいたかったが、何も思い浮かばなかった。

出ていこうと背を向けたとき、ささやき声の会話がかろうじて耳に入ってきた。

「メアリー」

「はい、シスター・アーシュラ」

「わたしのために、とても大事な用事を引き受けてほしいのです」

「ええ。何でしょう?」

「これから、明日の朝のミサが終わるまで、おば様のそばを片時も離れないでください。特に、一緒にミサに出かけるときには」

「なぜ――いえ、わかりました」

コンチャは不思議そうだった。警部補を追ったマットも、同じ気持ちだった。

七

「光の寺院にいる間は、目立たないようにするほうがいいと思いますが」R・ジョーゼフ・ハリガンがいった。パトカーの中でさえ、彼は公人のように見えた。通り沿いの見えない群衆相手に、軽く帽子を上げてあいさつでもしそうだ。

「なぜです？」マーシャル警部補が事務的に訊いた。

「理由を訊く必要がありますか？　とにかく、わたしは顔を知られている人間ですからね。ここの邪教信者は、わたしが犠牲者の兄であることに気づくでしょう。そうなれば警戒されます」

マーシャルは考えた。「いいえ」彼はゆっくりといった。「不意打ちも考えましたが、よく考えるとそれほどいいアイデアじゃない。事実をもって立ち向かいましょう」

「もちろん、ご自分の仕事は心得ておられるでしょうからね」ジョーゼフは、明らかに正反対の意見であることをほのめかした。

「お尋ねしたいことがあるのですが」短い沈黙のあと、マーシャルはいった。「ご家族の前では訊きにくかったので。女性関係についてはどうです？」

ジョーゼフは明らかに腹を立てた様子でいった。「質問を理解できているかどうかわかりませんが、わたしが思っているようなことをあなたが考えているのなら、はなはだ不愉快ですね。マルタ――妻を一年前に亡くしてから、弟は断固として独身を貫いてきました」

「わかりました。ありがたいことに、わたしはもう風紀取締班ではありません。しかし、必要とあらば、風紀取締班でなくてもいいはずです。親しい女友達や、再婚の可能性は？」

「親しい友達？　とんでもない。それに、再婚の考えもなかったのは確かです。もちろん、ミセス・ランドールや、〈祭壇とロザリオ協会〉のエレンの仲間、修道女、メアリーの学友の母親には会っていますよ。しかし、親しい間柄の女性といえば、エレンとメアリーしかいません。ウルフはいろいろな意味で、とても孤独な男だったのです、警部補」

「今頃はたくさんの仲間ができているでしょうね」マーシャルはそっけなくいった。

「ドクター・マグルーダー！」

痩せた、穏やかな物腰の警察医は、廊下に立ち止まって修道女を見た。「シスター・アーシュラ！」彼はようやくいった。「これはこれは！　診療所以来ですね。この事件にかかわっているんじゃないでしょうね？」

「ハリガン家とは親しくおつき合いしているのです」

「恐ろしいことじゃありませんか？」ドクター・マグルーダーは気の毒そうに首を振った。「ミスター・ハリガンのような立派な人が、こんなふうに命を落とすなんて。おわかりでしょう、シスター、努力はしているのですが、突然の暴力的な死には慣れていないもので。この仕事を辞めて開業医になれるだけの資金があれば……。まあ、誰だって夢を持ってもいいでしょう」

　シスター・アーシュラはほほえんだ。「それがかなうよう祈りましょう。でも、ふたつ質問をしてもよろしいかしら？」

　マグルーダーは顔をしかめた。「それは認められていないんです。警部補が話す必要があると思えば、話すでしょう」

「警察のやり方はわかっています」驚いたことに、修道女はそういった。「でも、本当に害のない質問なので」

「それなら……どうぞ。答えられないかもしれませんが」

　シスター・アーシュラは、自信をつけるかのように、腰から下げた珠を探った。「ひとつめはこれです。死亡時刻は特定できましたか？」

　ドクター・マグルーダーは気弱な笑みを浮かべた。「わたしよりもずっと冷血ないい方をされますね、シスター」

「慈善病院で働いたあとでは、死はそう恐ろしいものではありませんわ、ドクター。それに、死は勝利に飲まれた〔コリントの信徒への手紙一第十五章第五十四節〕という言葉を、あなたよりもずっと信じています。でも、今は人を改宗させるときではありませんね。質問に答えてくれますか？」

「いいえ、答えられません。といっても、当局の検閲ではなく、わからないのです。もちろん、兄のほうが話をしてから、あの若者が死体を見つけるまでの二十分間ということになるでしょうが、医学的な証明はできません。あの暖炉の熱のせいで、正確な結論を出すことはできないんです」

「ありがとう」修道女は重々しく返した。「もうひとつの質問はこれです。警部補は、ミスター・ハリガンが奇妙なダイイングメッセージを残したとおっしゃいました。それが何なのかご存じですか？」

「うーむ。それは……どのみち明日の新聞に載るでしょうから、構わないでしょう」そういって、彼はダーツの矢のことを説明した。

「ありがとう。神のご加護がありますように、ドクター・マグルーダー。それと、警察を辞めるときには知らせてください。何人か患者を見つけてさしあげますわ」

かさばる修道衣をものともせず、シスター・アーシュラは巧みに廊下の電話台へ近づいた。メモ用紙に短いメッセージを書いて破り取り、折り畳むと、均整の取れた几帳面な字で、〝マーシャル警部補へ〟と記した。

パトカーで待っているシスター・フェリシタスのところへ向かう途中、彼女はそのメモを、玄関で警備に当たっている警察官に渡した。「警部補が戻りましたら、これを渡してください。とても大事なことです」

マーシャルの命令で、パトカーの運転手は光の寺院の前の黄色い一画に、あざ笑うように車を停めた。アハスヴェルの駐車場に献金しても、署の経費にはならない。

光の寺院の入口をたったひとりで固めていたのは、マットとウルフを昨夜迎えた、智天使のような若者だった。押しかけてきた人々を見ると、青年は顔をしかめ、うろたえているようだった。

マットはなぜだろうと思った。警部補は私服で、特に警察官らしいところはない。ジョーゼフは本当に、この若者にもすぐにわかるほど顔を知られているのだろうか？　それとも、彼はゆうベウルフのことを知っていたようだから、マットが一緒だったのを思い出したのだろうか？

三人が入口にさしかかる頃には、智天使の顔にはいつもの歓迎の笑みが浮かんでいた。「こんばんは、皆さん」甲高い声で明るくいう。「ミサに遅れてしまったようですね。そろそろ終わる頃です」

「それはいい」マーシャルが短くいった。「教祖に会いたいのだ」

講堂の中から、難解な口調でだらだらと話しているアハスヴェルの、催眠術めいた声が聞こえてきた。

「それは……」(若者の声に、敬うような響きが混じった)「アハスヴェルのことでしょうか？」

「ここではそう呼ばれているなら、そうだ」

「警部補」ジョーゼフが口を挟んだ。「彼が何者かをご存じで――？」

「そこまで」警部補はそっけなくいった。「どこへ行けば彼に会えますか？」

中の声がやみ、オルガンが「古きキリスト教」を奏でた。

「これで終わりです」若者は知らせた。「そろそろみんなが出てくるでしょう。少しお待ちいただければ、舞台裏へ案内します――〈瞑想の部屋〉へ」

「歌詞が違うな」有名な讃美歌の新版を聴きながら、警部補が文句をいった。

「美しい歌詞でしょう？　アハスヴェルが聖書で読んだ、古代人の言葉なのです」

　マーシャルは感想を口にしなかった。

最後の「つづける！」の大合唱を聞いて、マットはドアがぱっと開くのを予想した。「ほらね」若者はいった。「では、ご案内しましょう。こちらへ」

　彼は三人を講堂に入れ、脇の通路を歩いた。〈光の子ら〉の流れに逆らうのは容易なことではなかった。マットは周囲の声を聞いた。

「今夜は素晴らしかったな」

「本当の感謝祭がいつなのかわかってよかったと思わないか？　あのお方が、古代人からどれだけのことをもたらしてくれたかと思うと……」

「まさに考えさせられるね。この国を何とかしなくてはならない。そして、それはわれわれの役目なんだ」

「ゆうべのことを覚えてる？　本当にわくわくしたわ」

「それに、ナイン・タイムズ・ナインの呪いをかけられた、あのいまいましい男がどうなったか知りたいものだ」

　まったく害のない人たちなのだと、マットは思った。気の毒なお人よしなのだ。だが彼は、ゆうべナイン・タイムズ・ナインを唱えたときの彼らの顔を思い出した。それに、彼らがよれよれの服のポケットから差し出した金の莫大さを。彼はウルフ・ハリガンの書斎に戻って仕事を続けたいと心から思った。

「ここです」智天使のような青年は、講堂の袖に作られた部屋のドアの前で立ち止まった。「教祖様」彼はドアをノックし、アハスヴェルと同じ古めかしい言葉でいった。「話をしたいという者が参っております」

中から低い声が響いてきた。「体は空いていますし、何も拒みはしません。通しなさい」

智天使がドアを開け、三人は小さな黄色い部屋へ入った。混じりけのない黄色に、誰もが一瞬圧倒された。壁紙も、絨毯も、長椅子も、アハスヴェルが足を組んで座っている祈り用の座布団も、すべてが彼の衣と同じ真っ黄色で、同じ色彩が一体となり、教祖の姿はそれにほぼ隠れ、ひげだけが宙に浮いているように見えた。

「聖職位剝奪と」三人の考えを読んだように、彼はいった。「瞑想はひとつです。それを学ばなければなりません。したがって、わが〈瞑想の部屋〉は、聖職位剝奪の色に彩られているのです」マット、ジョーゼフ、警部補の顔ぶれに、多少なりとも驚いたとしても、アハスヴェルは見事にそれを隠していた。彼らは教祖を訪ねてきた熱心な信者かもしれないのだ。「おまえは下がってよろしい」静かに智天使に告げる。

「しかし、教祖様」若者が抗議した。「この者たちは――」

「この人たちが誰であろうと、わたしやおまえに関係があるだろうか？　彼らはわたしを訪ねてきた、それで十分だ。行きなさい」

智天使はしぶしぶ出ていった。「さて」アハスヴェルは客に向き直り、礼儀正しく長椅子を指した。「何をお知りになりたいのでしょう？」

「わたしが知りたいのは」テレンス・マーシャル警部補がいった。「今日の午後六時、あなたがどこにいたかです」

エレン・ハリガンが『キリストに倣《なら》いて』を読んでいると、コンチャが部屋に入ってきた。手には銀の背のブラシを持っていて、短い黒髪に毎晩百回のブラシを几帳面にかけていた。

「エレンおば様」彼女は思い切っていった。

「どうしたの、メアリー？」

「お邪魔してごめんなさい。でも、もしよければ……あのう……今夜、ここで一緒に寝てもいいかしら？」

「もちろんよ。わたしはちっとも構わないわ。でも、風邪がうつらないように気をつけてね」

「風邪ですって！　こんなときに風邪の話なんて――いいえ、ごめんなさい。読書をお続けになって」

エレンは本を閉じた。「神が大事にするようにと与えてくださったのは、自分の魂だけではないのよ。話し相手が必要なら、メアリー……」

コンチャはベッドに腰かけた。「何が必要なのかわからないわ。何かが必要なの。とても必要なの」機械的にブラッシングを続ける。

「わかるわ。でも、お父様のことは心配しないで。わたしたちはお父様がどこにいるかを知っているし、心配ないことも知っている。もちろん、ミサの言葉には耳を傾けなくてはいけません。でも、あなたのお父様が煉獄にいる時間は、そう長くはないと思うわ」

「明日、一緒にミサへ行ってもいいかしら、エレンおば様?」

エレン・ハリガンの、年老いて乾いた顔が、喜びに輝いた。「もちろんよ。いつでもいらっしゃい」

「わたし――おば様のように聖体拝領を受けるべきだとは思わないけれど、ぜひ行きたいの……エレンおば様」

「何かしら?」

「お父様が最後に告解に行ったのはいつだった?」

エレンは眉をひそめた。「先週の水曜よ。聖木曜日の聖体拝領に行くので――いつものように。でも、どうして?」

「だったらいいの。考えたくないものだから――」

「何を考えたくないの?」

「何でもないわ……エレンおば様?」

「え?」

ブラシを持つ手が止まった。「おば様なら知っているかもしれないわ……知っている人がいるとすれば。教えて。何かをひどく望むことは罪になるの?」

「何かを強く求めるのは、悪いことではないわ。もちろん、他人のものであれば別だけれど。それは十戒に反することですからね」

「いいえ、そうじゃないの。わたしがいっているのは、何かが起こってほしいと願うことなの――何か恐ろしいことが」コンチャの口調は真剣で、激しかった。

エレンはベッドの姪の隣に座り、空いているほうの手を取った。「考えることは罪ではないわ。わざとその考えをもてあそんだり、いつまでもこだわったりしなければ。それに負けない限り、心に誘惑が忍び込むのは誰の責任でもないわ。わたしたちの主も、誘惑されたのですから」

「でも、いつまでもその考えにこだわってしまったら――嫌でも考えずにいられなかったら――その恐ろしい出来事が起こってほしいと思いつづけたら――それは罪になるの？」

「次に告解へ行ったときに、オトゥール神父に話してみるといいわ。すべてを打ち明けるの。でも、それまでは悩まないことよ。それほど恐ろしいことではないと請け合うわ」

「でも、恐ろしいことだわ」若々しい声は切々と訴えているようだった。

「そう気に病んではだめ。そんな考えは追い出してしまいなさい。その恐ろしいことを、これ以上考えないようにすればいいのよ」

「でも、考えずにはいられないの、エレンおば様。本当よ。だって――現実になってしまったんだもの」

エレン・ハリガンは、少し驚いて手を引っ込めた。コンチャは疲れたようにブラシを取り上げ、また髪をとかしはじめた。

威圧するような〈瞑想の部屋〉で、アハスヴェルは（まさしく瞑想にふけるように）黄色い手袋をはめた片手でひげを引っぱっていた。「今日の午後六時にどこにいたかですって？　それがあなたにどう関係し、どういった権利があってそれをわたしに尋ねるのです？」

　マーシャルは無言でバッジを見せた。

「まことに？」アハスヴェルはほほえんだ。「それで、そちらの紳士方は？」

「目撃者です」

「何の目撃者ですか？」

「質問に答えてください」

「いいでしょう。この国を統治する警察の邪魔をする立場ではありませんからね――今のところは。六時とおっしゃいましたね？」

「ええ」

「六時……ご存じの通り、警部補、今日はイースター・サンデーです。いや、口出しはなさらないでください。あなたも古い迷信にとらわれているのでしょう。今にあなたにも新たな真理がわかりますよ。これなどはその真理の中でもごく小さなことです。今日はイースター・サンデーなので、ひとりの古代人が、より古い古代人のところへ昇天した輝かしい日を記念するため、もっとも中枢となるグループの集会を開きました。九聖人の十二使徒の集まりです。

　ご存じの通り」彼は見下すような態度で説明した。「九人の偉大な古代人がいて、それぞれ十二の使徒がいます。そのため、初期からの中枢グループは、古代人にもっとも近いところにいた九人に十二人をかけ、百八人からなっています」

「講義を受けたければ、定例の儀式に参加しますよ。六時のことをお聞きしましょう」

「この非公開の集会は」アハスヴェルは落ち着き払って続けた。「五時から七時まで続きました。この講堂で行われたのです。わたしはほぼ二時間、しゃべり通しでした」

「つまり、あなたが今日の五時五十五分から六時十五分の間、この建物にいたと証言できる人が、百八人いるということですね？」

「そうです。ですが、証言しなくてはならない理由がまだわかりません。理由を教えてくれませんか？」

それに答える代わりに、マーシャルはマットのほうを向いて「どうだ？」と訊いた。

マットはかぶりを振った。「断言はできません。確かに同じ服装です――それは間違いありません。でも、この人だと断言することはできません」

「あなたは、ミスター・ハリガン？」

ジョーゼフは教祖をにらみつけた。「ここにいるのは、弟を殺した男だ！」彼は芝居がかった口調で宣言した。

「まあまあ、ミスター・ハリガン。決めつけや意見は結構です。わたしが知りたいのは、弁護士として、あなたが見たのはこの男だと法廷で証言できるかどうかということです」

ジョーゼフ・ハリガンは、さも重大なことのように咳払いした。「警部補、ひとりの人間として、わたしはこの詐欺師は道徳的に有罪だと思っています。しかし、証拠の規則と、目撃者の証言の信頼性に敬意を払わねばならない弁護士としては――警部補、残念ながら答えはノーです。証言できるのは衣服だけです」

ジョーゼフの言葉を聞きながら、カルト宗教家の顔にゆっくりと笑みが広がった。「何をそんなに恐れているのです、ミスター・ハリガン？　あなたの弟さんは、どんな些細な疑問にも頭を悩ませることを許さなかったでしょう。もっと踏み込んで、わたしが犯人だといえばいいじゃありませんか？　だって、わたしがやったのですから」

ハリガンは長椅子からぱっと立ち上がった。「よくもそんなことを！」彼は怒鳴った。「そんなところに座ったまま、わたしの目の前で、弟の顔にオートマチックを突きつけ、汚い手で死に追いやったというなんて、厚顔無恥もいいところだ。神にかけて――」

「落ち着いて」マーシャルがささやいた。「彼を抑えていてくれ、ダンカン。興奮しているんだ。あなた、それは自白と取っていいのですか？」

アハスヴェルは落ち着いた、自信たっぷりな態度で、まだ笑みを浮かべていた。「結構ですよ、警部補」

「いいでしょう。だが、あなたが差し出そうとしている九人かける十二人の、百八人の目撃者はどうなります？」

「まさにそれこそが、わたしがこうして告白をしている理由なのです。わたしは今日の午後、ウルフ・ハリガンを殺し、それと同時に九聖人の十二使徒に説教をしたのです。ヨセフによる福音書の第十一章に書かれているではありませんか。

それゆえ、人が偽りを認めたときでさえ、あらゆるものに真実があることを知るべし。しかし時に、真実と真実とが同じ重みで釣り合い、いずれも信じられない場合もある。

しかしこの場合、釣り合いが取れているとはいえません。真実の人であるというわたしの評判にもかかわらず、あなたがたはわたしの一言に、百八人の証人が反対するのを受け入れることでしょう。あなたがたが受け入れなくても、法廷はきっと受け入れます。それはよいことです。なぜなら、わたしは自由の身で仕事を続けなくてはならないからです。その仕事は、国家がわたしを処刑しようと永遠に無駄な努力を繰り返す間も、中断してはならないのです」

奇妙な告白をするうち、アハスヴェルは新たな力を得たように見えた。今の彼は、単なる自信過剰な興行師ではなくなっていた。静かにほほえみながら永遠の審判を下す、生と死の決定者のように見えた。マーシャル警部補は、思わず声に畏怖の念が混じるのを抑えながら訊いた。「つまり、同時にふたつの場所にいたと、ほのめかしたいわけですか?」

「ほのめかしたいのではありません、警部補。事実を述べているのです」

マーシャルは首を絞められたかのように見えた。顔を真っ赤にしていう。「続けて。どういうことか説明してください」

「ミスター・ハリガンは」アハスヴェルは冷静に続けた。「危険で邪悪な人物でした」

「気の毒な弟がこんなふうに罵倒されるのを、このまま聞いていなくちゃならないのか?」ジョーゼフが叫んだ。

「座ってください」マーシャルがうなるようにいった。「異議は認めません。続けて」

「彼が邪悪であったことは、理解してもらわなくてはなりません。古い教団の邪悪な迷信のみを信じていたからです。彼の頭と魂を満たしていたのは、パウロとルカの歪んだ教えを、何世代にもわたって教皇や枢機卿がさらに歪めたものでした。光を滅ぼそうとした彼は危険であり、光が彼を滅ぼさなければならなかったのです。わたしは光の代理人なのです。

ゆうべ、われわれ光の子ら全員が、古代人の命に従い、ウルフ・ハリガンにナイン・タイムズ・ナインの呪いをかけました。わたしの力はそこから来ていますが、わたしは古代人ではありません。信者の中にはそう考えてわたしを喜ばせる者もいますがね。わたしは光ではありませんが、光の証人です。わたし自身は、不死の迷宮をさまよう哀れなユダヤ人であり、外からの力がなければ思いのままに幽体を解き放つことはできません。ナイン・タイムズ・ナインを通して、その力が与えられ、使命を遂げたのです」

マーシャルは催眠術のようなアハスヴェルの言葉に引き込まれまいとした。「どうやって?」疑わしそうに尋ねる。

「わたしの体の一部が、ここで九聖人の十二使徒に説教しているとき、別の、もっと重要な一部が——」

「実に不愉快なたわごとだ!」R・ジョーゼフが口を挟んだ。「鍵のかかった書斎のことをどれほどうまく説明できても、幽体など認めることはできん。弟は霊ではなく人間に殺されたのだ。わたしは犯人を見た。このペテン師だ。幽体などという話で、われわれを騙せると思うなら——」

「続けてもよろしいですか、警部補？」

「どうぞ。お気持ちはわかります、ミスター・ハリガン。お気の毒だとは思いますが、最後まで聞きましょう」

「ありがとうございます、警部補。正確な時刻はわかりませんが、わたしがミスター・ハリガンの家に来たのは、六時少し過ぎのことでした。彼は書斎に閉じこもっていました。明らかに、ナイン・タイムズ・ナインを恐れているようでしたが、その用心がまったくの無駄だと証明されようとしていることも知らずに。凶器は……」（アハスヴェルは慎重に言葉を選んでいるようだった）「凶器は、いうまでもないことですが、幽体には持ち運ぶことができません。かつてチベットで使うことを余儀なくされた、古代人の念力を使うつもりでした。しかし、オートマチックが彼の……デスクの上にあるのに気づいたとき、この手を使えば念力を温存できると思ったのです。わたしは彼の顔を撃ち、二度とその口から嘘がつけないようにしました。というのも、ヨセフによる福音書の――」

「わかりました。彼はどこに倒れましたか？」

「まだ足りないのですか？　続きは告訴されたときにお話ししましょう」

マーシャルが立ち上がった。「素晴らしい話じゃありませんか。宣伝が必要なあなたにとってはね。失礼しますよ。愉快なお話をありがとう」

寺院の外で、私服警官が警部補に近づき、何やら言葉を交わしてから、持ち場へ戻っていった。

例の皮肉そうな表情にもかかわらず、マーシャルは明らかに念には念を入れていた。

「自宅へ戻っても構いませんか？」R・ジョーゼフ・ハリガンが訊いた。「あの見下げ果てた異教の殺人者ですら、好きなようにふるまえるなら――」

「お待ちください。わたしの返事も聞かずに威張り散らしてほしくはありませんね。もちろん、帰っていただいて結構です。あなたは弟さんの弁護士をされていましたか？」

「私的なことではね。もちろん、仕事に関しては、弟は地方検事局と協力していましたよ」

「明日、遺言の件でご連絡します。それでは、幽体にお気をつけください。警察官に家まで送らせましょうか？」

「大通りでタクシーを拾います」R・ジョーゼフ・ハリガンは肩透かしを食ったかに見えた。礼儀正しく扱われたせいで、憤慨する機会を失ったようだ。

「ぼくはどうすれば？」マットが訊いた。

「屋敷に戻って、ハリガンの書類を調べるのを手伝ってもらいたい。彼がきみを助手として訓練していたのなら、ほかの誰よりも助けになりそうだ」

「じゃあ、本気で思っているんですか？」パトカーの中でマットはいった。「アハスヴェルは潔白だと」

「誰がそんなことをいった？　逮捕しなかったのは、彼がそうされたがっていたからだ。明日の朝一番には、令状を持った弁護士と百八の宣誓供述書を用意して、善良な殉教者面で自由の身になったろう。まさに思うつぼだ」

「すると、あなたの考えは――」

「わたしの考えは」マーシャル警部補は重々しくいった。「ひげと衣では、ほとんど何の証明にもならないということだ」

八

「ここで待っていてくれ」マーシャル警部補に命じられ、マットは警部補が書斎に入っている間、おとなしく暗い廊下で待っていた。中からダイヤルを回す音がして、いつになく抑えた警部補の声が聞こえてきた。

それを除けば屋敷は静まり返っていた。死による沈黙ではなく、誰もが寝静まったあとの、ごく普通の静けさだった。ほんの数時間前に、暴力と恐怖がこの静かな家を支配していたとは、にわかに信じがたい。

マットは煙草に火をつけ、書斎の問題に集中しようとした。黄色い衣をまとった何かがここへ来て、姿を見られ、人を殺し、最初からいなかったかのように姿を消した。秘密の抜け道というような、まったく現実離れした考えから先へ進めずにいるうちに、警部補が再びドアを開けた。ドアは彼らが出かけている間に、警察内の無名の大工の手によって、一応はまた使えるようになっていた。「入ってくれ」マーシャルがいった。それから、どれだけ明かすか判断するように、少し間を置いた。「マイク・ジョーダンと話をした」彼はようやくいった。「何年も前からよく知っている男だ。

その男が信用していいというなら、わたしはそれを信じる。きみは作家計画で彼とうまく行っていたようだな。解雇されようとされまいと」

「素晴らしい仕事仲間でした」

「誤解しないでくれ」警部補は急いで続けた。「だからといって、きみの背中から羽が生え、〝無実〟とラベルを貼った光輪が浮かんだといっているわけじゃない。ただ、あまり心配せずにきみを使えるということにすぎない」

「それで、ぼくに何をしてほしいんですか？」

マーシャルはまた暖炉の前に立った。「家族というのは」彼は教師のような口調でいった。「自分たちのことを驚くほど知らない。もし、ある人物の偽りの姿、本人とは似ても似つかぬでっち上げを知りたければ、その人物にもっとも近く、もっとも愛している人に訊くといい。わたしが手がけたどの事件も、一週間もすれば、当事者がお互いについて話すことよりはるかに多くを知ることができた。われわれは彼らをありのままに見る。日常生活が作り上げたあらゆる美化を排して、本質を見るのだ。

だが、それには多少時間がかかる。いったように、一週間ほどだな。さて、今回、きみは警察よりもずっと有利な立場にいる。冷静に家族の中に入り込み、緊張と興奮の中にいる彼らを見て、外部からの意見を持つことに、われわれよりも二日先んじている。家族全員を評価できるほど長くはないが、わたしよりもよく知っているはずだ。

そこで、率直にいうが、きみにはここにいてほしいんだ。わたしはいいたいことをいうし、きみにもそうしてもらいたい。きみがその気なら、大いに役に立ってもらえるだろう」彼はまた言葉を切り、まっすぐにマットを見た。「取引成立かな？」

「いいでしょう」

「よろしい。もう少し自由に話し合おう。供述の必要はない。ただ話してほしいんだ。きみの考えを話し、妥当な範囲で知りたいことを訊き、わたしに吟味させてくれ。何か重要なものを発見したら、あとで正式な供述をしてもらえばいい。これは完全に非公式のものだ」

「いいですか。まず質問させてください。そういうやり方をするということは、つまり、家族の犯罪だと思っているのですか？」

「ダンカン、それはわからない。それに答えるには、自分の考えをすべて大声で明かさなくてはならない」

「いい考えじゃありませんね」マットは思慮深くいった。

「殺人がいい考えだったためしがあるか？　殺人者が被害者と何の関係もない、あるいはせいぜい、まったくの仕事関係の人物だったとしたら、もっと愉快ですっきりしたものになるのか？　実験のために見知らぬ人を殺す倒錯者、金のためにパートナーを殺すビジネスマンのほうが、一緒に暮らすのが地獄だといって父親を殺す娘よりも妥当だというのか？

いいや、ダンカン。この事件について話し合うときには、殺人者は殺人者でしかないと思わなくてはならない。法が判断する以外、殺人の等級というものはない。法というのは、混乱した陪審員の傲慢な気まぐれではない。殺人は――」マーシャルは言葉を切り、きまり悪そうなそぶりを見せた。「すまない、ダンカン。オックスフォードではよく討論をしたものだから、それが身についているんだ」

「続けてください」マットは笑みを浮かべた。「普段の警察官としての口調よりも好きですよ」

マーシャルは笑った。「わたしがかつて——あろうことか——優等生協会のメンバーだった事実を隠そうと不断の努力をしているのを知っていたら……！　まあいい。きみなら心配ないだろう。わたしはいいたいことをいうし、それが警部補の言葉に聞こえようと、ローズ奨学生の言葉に聞こえようと構わない」

「でも、あなたは」マットは食い下がった。「この家に端を発する、個人的な犯罪だとお考えですか？」

「さっきもいったが、わからない。こういうことだ。科学的な犯罪学がどれほど進歩しようと、どれほど多くの手がかりがある方向を示そうと、刑事が真っ先に知りたいのは、被害者を殺したいと思う人物は誰かということなんだ。動機は、手段や機会という証拠よりもはるかに強力な手がかりとなる。結局は、昔からいわれるクイボノ〔ラテン語で「誰の利益になるか」の意〕に戻るんだ。わたしの口からラテン語が出るのをハーディング警部に聞かれたら、バッジを取り上げられるだろうな。

さて、この事件では、被害者の生活そのものが、まったく違うふたつの動機を指し示している。彼は（a）裕福な人物で、（b）犯罪を暴いた。そこでだ。彼が裕福であることは——遺言状を見るまでは、こう仮定しても構わないだろう——家族全員に動機があるということになる」

「待ってください」マットが口を挟んだ。「それは馬鹿げています。遺産目当てで遠い親戚を殺す人がいるのは認めますが、兄弟や父親を殺すなんて……」

マーシャルはため息をついた。「きみの困ったところは、人間性を信じていることだな。ある女――しかも、魅力的な女――が、三人の子供に保険金をかけ、惚れた男にまともな生活をさせるため、ひとりずつ毒殺したと知ったら……」

マットは降参した。「お好きにどうぞ。ぼくにはまだ信じられませんが、先を続けてください」

「いいだろう。動機のあるグループのひとつは、彼の死によって金を得る可能性のある人々だ。もうひとつのグループは犯罪者や宗教詐欺師だ。過去に暴露された復讐のため、あるいはこれから暴露されるのを未然に防ぐため、誰もが殺す動機を持っている。今回は、ふたつの種類の犯罪のどちらにもなり得る――どちらになるかは、きみと同様、わたしにもわからない」

「動機に期待できないなら、馬鹿にしていた手段と機会についてはどうなんです？」

「手段は大いに助けになる。ウルフ・ハリガンは君がスワーミから取り上げた銃で撃たれていた。シリアルナンバーを確認したんだ。一年ほど前、ヘルマン・サスマウルに公然と売られたものだった。彼は迫害を受けている――命を奪うと脅されている――と主張し、所持許可を得ていた。どこかで賄賂が使われたのではないかと思うがね。弾道の検査もした。あれが凶器だったのは疑う余地がない。

いいだろう。それで何がわかる？　きみは金曜日の夜、その銃をハリガンに渡した。それ以来、誰も見ていない。たぶん、ここのデスクにしまっておいたのだろう。そして、彼は何らかの理由で取り出した――おそらく金曜の夜の話をしながら。いいや、手段はあまり役に立たないな」

「ほかの可能性もあります」

「きみのいいたいのはこうだろう。金曜日の夜、きみが帰ったあとに彼がサスマウルに銃を返した。したがって犯人はサスマウルだと。いいだろう。ハリガンでも、ほかの誰でも、あのような状況で〝ほら、ピストルをお忘れですよ。また来てください。次は幸運を祈っていますよ〟とでもいうだろうか？　きみには想像できるか？」

「いいえ」

「そうなると、オートマチックはこの家、おそらくこの部屋に、週末の間あったことになる。ウルフ・ハリガンに近づけた者は、銃にも近づけた。いい換えれば、機会が手段を提供した。そのふたつは一緒なんだ」

「それで、機会については？」

「それはきみが誰よりよくわかっているだろう。殺人者がどうやってこの部屋に入ったかという問題は、しばらく後回しにしよう。となると、誰もが入れたことになる。つまり、ウルフ・ハリガンが部屋に入れようと思えばね。ミス・ハリガンは修道女たちと一緒だったが、ここへはひとりで来ている。ジョーゼフはあたりを歩き回っていた。料理人ははっきりと時間を覚えていないが、娘がきみと別れた時間と、台所に姿を見せた時間との間に空白があるかもしれない。アーサーは部屋にひとりでいた。

　そして全員が、廊下に通じるこのドアが見えないところにいた。裏口を知っている外部の人間なら、誰でもこっそり部屋へ入ることができる――もちろん、ウルフが招き入れればの話だが。一見、家族の犯行に思えるかもしれないが、機会では家族に絞り込むことすらできない。確かに、使用人でさえ、周囲で怪しい人物は見かけていないといっている。だが殺人者というのは、人目につかないようにするものだ」

「それで、結局どこへたどり着くんです？」マットが訊いた。

「どこへもたどり着かない」

「しかし、ウルフ・ハリガンの命を狙っていた人物が、ひとりいるじゃありませんか」

「ふたりだ」マーシャルが訂正した。「アハスヴェルのナイン・タイムズ・ナインを入れればね。しかし、きみはやはり、スワーミのサスマウルを怪しいと思っているんだろう？　いいだろう。今にわかる。今夜にもやつは引っぱられるだろう。明日、何か聞き出せるか確かめてみよう」

マットが飛び上がった。「あれは？」

ドアに繰り返し、小さなノックの音が響いた。慎重に、右手を自分のピストルにかけながら、マーシャルがドアを開けた。

見張りの警察官のひとりが、メモを差し出していた。「忘れるところでした。修道女があなたへと残していったんです」


ちょうどその頃、クラウター巡査部長は雑然とした、いまいましいアパートメントの真ん中にいた。刑事が乗り込んできてから、窓を開けて冷たい夜気を入れていたが、胸の悪くなるような安っぽい香のにおいが、まだ部屋を汚染していた。

これほど徹底的に捜査する必要はなかった。スワーミ・マホパディヤヤ・ヴィラセナンダが、いつもの寝ぐらにいるかどうかを確認するだけでよかったのだ。だが刑事の妻は占い好きだったので(幸い、もっと安い占いだったが)、クラウター巡査部長は住まいをめちゃめちゃにすることに、悪意に満ちた私的な喜びを感じていた。

今、彼は自分が破壊した超高級家具を眺め、にやにやしていた。「ここにはいないようだな」満足げにいう。

管理人はガウンをさらにきつく体に巻きつけた。「もう五回はそういったじゃありませんか」彼女は抗議した。「金曜の夜から、誰もあの人の姿を見ていませんよ。出ていったきり、帰ってきていないんです」不安そうな目で金縁の鏡に映る自分を見て、慌てて拭いたコールドクリームの残りがついているのに気づく。「もうお帰りいただけますか?」

「だが、どうしてここにいないとわかる?」クラウターは引き下がらなかった。「出入りする者を全員見ているわけじゃないだろう?」

「それは――見張っていたんですよ」管理人はふてくされていった。

「というと!」クラウターが食いついた。「家賃の支払いが滞っているのか? 騒ぎを起こしているのか?」

「スワーミは」彼女は憤然といい返した。「今までで一番いい住人ですよ。騒ぎなんてこれっぽっちも起こしません。それに、家賃をきちんと払うだけじゃなく、ただで水晶占いもしてくれるんです――紫のインクまで使って。スワーミが女性の人生をどれほど幸せにしてくれるかを知ったら、こんなひどいやり方で迫害したりしないでしょう」

「幸せ！」巡査部長は鼻で笑った。「いっておくが――」彼はいいかけてやめた。妻の気まぐれは彼の心に重くのしかかっていたが、公言するようなことではない。「なぜ彼を見張っていた？」

管理人は顔をそむけ、袖口でコールドクリームを拭おうとしたが、うまくいかなかった。

「さあ。何を怪しんでいたんだ？　聞かせてもらおう」

「ええ。スワーミにはちゃんとした理由があるに違いないと思ったのですが、それでも少し心配だったんですよ。何といっても、ここはちゃんとしたアパートメントですし――」

「はっきりいうんだ」

「あの人……廊下にいるとき、誰も見ていないと思ってベルトを締めたんです――銃を持っていました」

巡査部長はうめいた。これだけ骨を折って、収穫は最初からわかっていた事実だけとは。「わかった」彼はいった。「帰るとしよう。だが、あのならず者が姿を見せたときに通報しなかったら……」彼は間を置き、強く印象に残るような法律用語を探した。「逃亡者隠匿罪になるからな」

管理人は待ちきれない様子でドアを開けた。だが巡査部長は、途中で足を止めた。「前回アパートメントを掃除したのは？」

「金曜の朝です」

巡査部長は考え込むように灰皿を見下ろした。半分は、よくある半インチほどの吸い殻だった。もう半分は、ほぼ二インチの長さで、二つに折られていた。

マーシャル警部補は修道女のメモを開き、素早く目を通してマットに渡した。そこにはこう書かれていた。

警部補殿

どうか不真面目なお願いだと思わないでください。ハリガン家の人たちやドクター・マグルーダーにお訊きになれば、わたしが思いつきで行動する人間ではないことを保証してくれるでしょう。

お願いというのは、アハスヴェルのファイルのほかに、ダーツの矢が刺さった形跡のあるファイルや本があるかどうかを確かめていただきたいのです。

このお願いの理由を申し上げて、あなたの職業的な聡明さを侮辱するつもりはございません。それどころか、差し出がましいお願いをしたのではないかと心配です。このような調査は、すでに済んでいるに違いないでしょうから。

敬具

メアリー・アーシュラ　O・M・B

「どういうことです？」マットが訊いた。

「わたしを大馬鹿だと思っているのさ。だが、お上品なのでいわないんだ。それに、まったくその通りだ。きみの話を聞いていながら、ほかのダーツの矢の跡を探そうとも思わなかった。さあ、ダンカン、警察の捜査をするチャンスだぞ。探してみよう」

それは長く、遅々として進まない作業だった。警部補はポケットから拡大鏡を出し、マットはデスクの上に拡大鏡を見つけた。彼らは注意深く、ダーツの的の下に収められたそれぞれのファイルの背を調べた。ほどなくして、警部補がぬか喜びの発見に歓声をあげたが、ぶつぶついいながらファイルを元に戻した。

「どうしました？」マットが訊いた。

「見つけたと思ったんだ。スワーミ＝サスマウルのファイルの背に穴が開いていた。だが、そこで金曜日の話を思い出したんだ。あって当然だ」

「穴はひとつだけでしたか？」

「ひとつだけだ」

次の発見をしたのはマットだった――奇妙なことに、それはファイルではなく、歴史書の棚にあった一冊だった。警部補はその本を見て、鼻で笑いながら脇へ放った。

だが、徹底的に調べた結果、有力な痕跡があるのはその本だけだった。「この本棚にあるはずなんだが」警部補は考え込みながらいった。「ほかの本棚はまともに狙うには遠すぎるし、角度もほぼ不可能だ。それでも、見つかったのはこの本だけだ」彼は表題のところを開き、読み上げた。

イングランド王ウィリアム二世の治世
および
第一回十字軍がイングランドの教会に及ぼした影響に関する詳細

「これは役に立つ。彼はきっと練習していたんだ——本を狙って矢を刺せるかどうかを確かめるために」

「さて」マットがいった。「警察の最初の捜査が終わったところで、これが何だったのか教えてもらえませんか？　なぜここに、ダーツの刺し跡のあるファイルがもうひとつあるんです？」

「それははっきりしている。自分で気づくべきだった。何者かがアハスヴェルに罪を着せようとしたんだ。いい換えれば、黄色い衣はわざと見せられたんだ。いいだろう。つまり、ダーツも罪を着せるためのもので、殺人者がアハスヴェルのファイルに刺したのだ。とはいえ、ハリガンが本当の目的に向けて矢を投げた可能性はある。たとえば、スワーミのファイルに第二の痕跡が見つかれば、ハリガンは実際にスワーミを指す手がかりを残すためにそこに投げたのに、スワーミがそれを引き抜いて、アハスヴェルのファイルに刺したとも考えられる」

「アハスヴェルが濡れ衣を着せられたと思いますか？」

「質問が多いな。濡れ衣か、真犯人のどちらかとしか考えられない。アハスヴェルか、彼を巻き込もうとしている人間でなければ、黄色い衣を着る理由はどこにもない。ダーツの矢にも同じことがいえる」

「しかし、アハスヴェルにはアリバイが――」

「そうだ。百八人が、寺院で黄色い衣の男を見ている。そしてきみは、ここで黄色い衣の男を見ている。アハスヴェルを見たのは誰だ？　アハスヴェルを見た者がいるか？　全員が見たのは、衣とひげだけだ」

「ぼくたちはひげさえも見ていません」

「何だって？　うろついていた幽体は、ひげを剃っていたとでも？」

「わかりません。顔は窓のほうを向いていなかったし、ラマ僧のようなフードで覆われていたので。見えたのは衣だけでした」

「なるほど。それが助けになるか、かえってややこしいことになるのかわからないな……。ダンカン、寺院のアリバイは、わたしが今まで手掛けたどんな事件よりも簡単に見抜けるが、崩すのは一番難しい。百八人の弟子はひとり残らず、ヨセフによる福音書にかけて、今日の午後アハスヴェルを見たと誓うだろう。実際に見ていたのは、アハスヴェルの衣装を着けた別人だったのに。だが、何とか証明してみせよう。アハスヴェルの正体さえわかれば……」

「逮捕すれば、正体を暴くことも、何でもできますよ」

「そうかな？　逮捕は論外だ。われわれが逮捕できないように、彼はすぐさま弁護士を雇うだろう……。きみもあまり役には立たないな、ダンカン」

「ぼくが？　なぜです？」

マーシャルはデスクから一枚のタイプ原稿を取り上げた。「見たことがあるか？」

マットはそれを見た。「いいえ。今日の午後、彼が打ったものでしょう」

「読んでみろ」

マットは読んだ。


このアハスヴェルというペテン師個人の身元と、背後で彼を操る力の正体は、今もって謎である。確立された宗教や、あらゆるリベラルな哲学に対する、彼の教養の強い偏見（彼は名誉あるマーティン・ダイスや、カフリン神父〔米国のカトリック司祭。ラジオを利用して反共主義と反ユダヤ主義を唱えた〕さえもしのいでいる）は、その活動が政治的目的を持つ可能性を示している。

アハスヴェルは壇上での演説に非常に優れているため、その目的のためだけに雇われていると考える者もいる。また、〈光の子ら〉のほかのメンバーの中に、背後で指導力を発揮する者がいるという考えもある。このメンバーの正体に関するわたしの推測は実に驚くべきものだが、残念ながら、まだ実際の証拠がないため、今はわたしの胸だけにとどめておくしかない。


「彼は何かを知っていたんだ」マーシャルはいった。「きみは彼が信頼する助手だった。どう思う？」

「何か考えがあるようでした。今日の午後、謎めいたことをいっていましたね——そうだ！　思い出した。ぼくにも見せられない秘密のメモがあるとか」

「何をぐずぐずしてる?」マーシャルは断固とした態度で、書類が積まれたデスクを指さした。

九

長い二時間が過ぎ、マットは広げた書類から力なく顔を上げた。「いいですか」彼はつぶやいた。「ぼくはこの部屋で、夜遅くまで仕事していたんです。ここで夜を過ごすのは三度目ですが、すでに睡眠というものが、はるか遠くの美しいものに思えてきましたよ——きらめく甘い思い出のように」

「少なくとも」マーシャルはぶつぶついった。「きみは独り身だろう」

マットは書類を押しやり、椅子に深くもたれた。ウルフ・ハリガンはよくここに座ってダーツの矢を投げていた。最後の訪問者を迎えた午後にも、ここに座っていたに違いない。「ひとつだけ確かなことがあります。秘密のメモはここにありません。痕跡さえも。でも、この時間は無駄ではありませんでしたよ。ハリガンがどんな仕事をしていたか、すっかりわかったんですから」

「取るに足りないものばかりだ。通り一遍の調査をして終わりだろう。頭を悩ませるだけの重要人物は、依然としてアハスヴェルとスワーミだけだ。安占い師どもが、商売のために殺人罪で刑務所に入る危険を冒すはずがない」

マットは立ち上がって伸びをした。「そろそろ家に帰ってもいいでしょう？　わが家の薄汚い寝室が、今夜はどれほど素晴らしく見えることか」

警部補も立ち上がった。「誘惑するのはやめてくれ、ダンカン。レオーナのことを考えると、こんな仕事は全部放り出して、家に飛んで帰りたくなる。だが、もうひとつ仕事があるんだ」

マットはうめいた。「何ですか？」

「この部屋をすっかり調べるんだ。きみを除いて、死体が見つかってから警察官以外は誰もこの部屋に入っていない。一日放っておけば、どんな偽の手がかりが仕掛けられるかわかったものじゃない。今、ここで、この密室の仕掛けがどういうものだったかを見つけ出すんだ。座ってくれ。まずは少し話をしておきたい。

最初に、この不可能に見える状況を定義することだ。いいだろう。ひとりの男が、一見、誰も出ることのできない部屋の中で射殺された。最初に、どんな合理的な可能性を思いつく？」

「しかし、誰かが外に出たのは間違いありません。ジョーゼフとぼくは――」

「わかっている。だが、しばらくそのことは忘れてくれ。ほかにどんな説明ができる？」

「自殺ですか？」

「そうだ。可能性その一、自殺。さて、わかっている事実で、それをどう検証する？　銃弾の方向は問題ない。凶器の存在も問題ない。動機は不明。それでも、ひとつの事実がなければ、うまく説明がついただろう。パラフィンテストで、ハリガンの両手には最近銃を撃った形跡がないのがわかったんだ。即死に違いないので、手袋を取る時間もないはずだ。彼は素手のまま死んでいて、その手に痕跡はなかった。したがって、自殺は除外される」

「手に痕跡を残さずに引き金を引く、機械的装置はどうなんです？」

「なぜだ？　嫌がらせのためか？　仮にそうだとしても、その装置はどこへ行った？　捜査員たちがイナゴの襲来のようにこの部屋を探したんだぞ。いいや、自殺はない。さて、そのほかに、誰もいない部屋で男を射殺する方法は？」

マットはおずおずといった。「外から射殺して、武器を投げ込むこともできます」

「いいぞ。可能性その二、外からの射撃。だが、殺人者の出口がないのと同様、銃弾が通る隙間もなければ、ましてオートマチック銃を投げ込む隙間もない。そして決定的なことに、ハリガンの顔には火薬による火傷《やけど》が残っていた。彼はこの部屋の中で撃たれたのであり、殺人者は実際に、彼とこの部屋にいたのだ」

「だから」マットはいった。「ジョーゼフとぼくが最初からそういっているじゃありませんか。それを証明するのに、どうしてこんな回り道をするんです？」

「証明する必要があるからだ。わからないのか？　寺院の照明効果の話を聞いてから、わたしは不安に思っていたんだ。覚えているか？　アハスヴェルは映写機を使って舞台奥の壁にさまざまな色を投影していた。きみが見た黄色い人物は、投影された画像という可能性もある。だから、何者かが実際にそこにいたと証明しなくてはならないんだ」

マットはにやりとした。「あいにくですが、警部補、そんな面倒なことをしなくても、映像説は間違いだと証明できますよ。思い出してください――ぼくたちが外にいたのは夕暮れどきで、暖炉の火が明るかったので中が見えたんです。外から窓に向かって投影されたのなら、後ろからの明かりで見えなかったはずです。中からスクリーンや壁に投影されたものなら、自殺装置と同じことがいえますよ。イナゴの襲来で見つかったでしょう」

マーシャルはそのことを考え、うなずいた。「いいだろう。映像は全面的に除外だな。視覚的なまやかしはない。殺人者はこの部屋にいた。したがって、何らかのやり方で部屋を出て、すべての鍵をかけたことになる。どうやって？

ひとつずつ出口を確かめてみよう。項目、廊下に通じるドアひとつ。警察によって壊され、ラングレン巡査がある程度修理したものだ。このドアは中から差し錠がかかっていた。差し錠を見たまえ。こちら側には丸いつまみだけがある。これを右に回すと、頑丈なボルトが脇柱に差し込まれる。左に回すとまた開く。重要なのは、中から回さなければならないということだ。留め金を滑らせておいて、外に出てから鍵をかけることはできない。外から細工することもできない。糸でスライド錠を動かすといった問題ではない。つまみを実際に押して回さなくてはならないのだ。しかも固い――たっぷり油を刺す必要がある」マーシャルは言葉を切り、マットを見た。「納得したかね？」

マットはうなずいた。「ここから出たのではありませんね」

マーシャルは北側の壁に近づいた。「項目、高い壁の小窓ひとつ。これは開かない。パテは少なくとも一年前のもののようにひびが入っている。納得したかね？」

「しました」

「項目、暖炉ひとつ。広いが煙突はすすだらけだ。必要に迫られれば上れるかもしれないが、煙突のてっぺんは、灰がクロッケー場に散らないように細かい網で覆われていて、その上のほこりとすすは手つかずだった。納得したかね？」

「しました」

「項目、小窓がもうひとつ。先の説明に同じ。項目、大きなフランス窓ひとつ。上下に差し錠がかかっている。こちらも油を差す必要あり。納得したかね？」

「いいえ」マットは調査の途中で足を止め、膝をついて下の差し錠を見た。「固いのは認めます」

「試してみてからいう。「しかし、窓を勢いよく閉めることで、差し錠をはめることはできませんか？」

マーシャルは首を振った。「できないこともないだろうが、わざわざそんなことをする意味があるとは考えにくい。だが、たとえやったとしても、上の差し錠はどうやってかける？　確かに差し錠が落ちるほど強く閉めることはできるだろう。だが、差し錠が上に突き出るようにするには、どうすればいい？」

「紐です」マットは即答した。「いいですか。これならうまくいきますよ。上の差し錠の周りに紐で輪を作り、両端を外側に垂らしておきます。それから外に出て、下の差し錠が落ちるようにばたんと窓を閉めます。続いて滑車のように紐の両端を引っぱり、上の差し錠をかけるんです。その結果、出られない部屋の出来上がりというわけです」

マーシャルは顔をしかめた。「窓がばたんと閉まる音は聞こえたのか？」

「ドアを叩いていたので、聞こえるはずがありません」

「いいだろう。その素晴らしい思いつきを確認する方法がひとつありそうだ」警部補は椅子を窓のそばに引っ張っていき、上に立って両側の窓を開けた。注意深く上の縁を見て、下に降りる。

「残念だったな。枠の上には一面にほこりの層ができている。それを乱さずに紐を引くトリックが使えるとは思えない。納得したかね？」

「ええ」マットは認めた。

「これで、この部屋の出入口はすべて調べたわけだ。ただひとつ、礼拝堂側のドアを除いてね。そのドアは、出たあとで鍵をかけられる唯一の出入口だ。参考までにつけ加えておくが、この部屋に秘密の通路や横に滑る羽目板、司祭の隠れ場所、そのほか不届きなからくりがないか、徹底的に調べた。この調査の結果、次のものが発見された。項目、大きな本棚の後ろの隅に直径三インチの打ち捨てられたネズミ穴。項目、暖炉の後ろ側に、石と石との間のセメントがはげ落ちてできた直径二インチの穴。残りは礼拝堂側のドアだけだ」

「そして、礼拝堂側のドアの前にはエレン・ハリガンが十分間座っていて、誰も出入りしていないと断言しているわけですね」

「その通りだ」マーシャル警部補の口調は今では厳しく、重々しかった。「つまり、どういうことだ？」

「ぼくたちはどこかで、何かを見落としているということです」

「そうかな？　あるいは、エレン・ハリガンが誰かをかばっているか――そうなると、明らかに加害者はこの家族に限られるが――それとも――」

またドアを叩く音がした。今度はもっと興奮した、有無をいわさぬ叩き方だった。

マーシャルは推理を中断した。訪ねてきたのは別の見張り役の警察官で、めったにないほど興奮していた。「警部補！　見つかりましたよ！」

「家の人たちを起こすことはない。何が見つかったって？」

「裏へ来てください」

マーシャルの合図で、マットもついていった。暗い裏口を出て、台所と使用人室のある建て増し部分に沿って進む。

「外で物音がしたんです」警察官は説明した。「わたしは空き巣狙いだと思って、何事か確かめることにしました。外に出てみると、誰もいません。猫か何かだと考え、引き返そうとしたとき、においがしたんです。それから、焼却炉で火が燃えているのが見えました。さっきは消えていたと思い、調べることにしたんです。それが何なのかわかったので、そのままにして警部補を呼びにきたわけです。〝これは重大だぞ〟と、わたしは心の中でつぶやきました。〝警部補ご自身の目で見てもらったほうがいい〟と」

今や裏庭まで来ていた。立派な建物に似合わない、みすぼらしい、実利的な庭だった。洗濯物を干す紐や灰入れ、古い缶や瓶でいっぱいの箱。そして庭の真ん中には焼却炉があり、鼻を刺すような煙が立ち上っていた。

マーシャル警部補は大股で庭を横切り、くすぶっている塊を取り出した。「懐中電灯を当ててくれ、ラファティ」

その物体はすでに一部が焼けていたが、どんな性質のものかは見間違いようがなかった。それはアハスヴェルのためにデザインされた黄色い衣だった。

マットは前にもこんな時間に、薄汚い小さなホテルに帰ってきたことはあったが、今ほど寒々と陰気に感じたことはなかった。いつもなら、何も気にせず急いでロビーを抜けるところだが、今はその味気なさが疲れを通して身に染みてきた。ほこりの積もったふたつの裸電球は、たるんだ顔の中でまばたきもしない年老いた目のようだ。夜勤のフロント係の長々としたいびきだけが、場違いに聞こえない唯一の人間の声だった。

がたついた階段を上りながら、マットは自分もまたウルフ・ハリガンの死によって利益を得る立場にあることに気づいて驚いた。そうなのだろうか？　遺作管理者は、ハリガンの著作の印税から利益を得るのだろうか、それとも好きでやる仕事にすぎず、収入は直接家の財産に流れ込むのだろうか？　とにかく、その地位によってマットはハリガンの出版業者に名を知られるだろうし、自分の作品がもっと受け入れられるようになる可能性はある。いつまでもこんなホテルに住んでいることはないかもしれない。

ハリガン家で過ごしたあとでは、この環境がそれまで以上に耐えがたくなっていることに、彼は怒りとともに気づいた。確かに、あの屋敷は死の家だ。だが快適な家でもあり、十分な食べもの、お湯、水道設備が揃っていた。裕福な人々にとっては、死はそれほど恐ろしいことではないと彼は思った。金持ちにとって、死は帳尻を合わせるだけのものだが、貧乏人からは最後の持ちものまで奪い取ってしまう。

マットは身震いした。眠れないほど疲れたこんなときでなければ、これほど陳腐なことを考えたりはしないだろう。彼は部屋の鍵を開け、暗闇の中を手探りして、明かりのスイッチを入れた。

何も起こらない。

彼は馬鹿みたいにまたスイッチを入れ、さらにもう一度試した。部屋は暗いままだった。彼は小さく悪態をつくと、ドアを閉めた。

「鍵をかけるな」静かな声がした。

マットはぎくりとした。「何だって――」

「鍵をかけるなといったんだ。マッチも擦るな。手探りでベッドへ行け。自分の部屋ならよくわかっているだろう。それから腰を降ろせ。話し合いができるようにな」

マットはためらった。「いわれた通りにしろ」声が断固としていった。「いうまでもないが、武器を持っていなければ、こんな脅迫じみた要求はしない」

英雄になるのはそれなりにいいことだが、無意味なときもある。マットは素直に手探りでベッドのほうへ行き、腰を下ろした。窓のブラインドを開けたままにしておいたはずだが、今は下ろされ、部屋は真っ暗だった。

「本当かどうか聞かせろ」声は冷静に続けた。「惜しくも亡くなったウルフ・ハリガンは、おまえを遺作管理者にしたのか？」

「遺言はまだ読まれていない」

「おいおい。噛み合わない話はやめようじゃないか。心霊術の助けがなくても、まだ読まれていないことはわかる。本当なのか？」

嘘をいっても信じないだろうとマットは思った。それに、相手に話を合わせてここへ来た目的を知るには、本当のことをいうしかない。「本当だ」彼は答えた。

「いいだろう。徹夜で張り込んでいたのは無駄にならなかったな。それに、このひどい部屋を探し当てるのにどんなに苦労したかを知ったら、おれの粘り強さに大いに気をよくするだろう」声が一瞬途切れ、それまでよりも事務的に続いた。「ミスター・ダンカン、自分の誠実さにいくらの値をつける？」

「さあね。そんな申し出を受けたことがないので」

「頼むぜ。冷やかしをいいにここへ来ているんじゃない。お互いこれほど頭がよくなければ、もっとよく理解し合えただろう。手に入った書類から発見したものを、全部利用する気なのか？」

「ああ」

「それに、ミスター・ハリガンの習慣通り、地方検事局と協力するつもりか？」

「そのことは考えていなかったな。たぶんそうするだろう」

声がクックッと音を立てた。「大いに結構、ミスター・ダンカン。きみにはふたつの選択肢があるといわなくてはならない。どちらも受け身のものだ。買収されるか、殺されるかだ」

沈黙の中、マットは声のするほうへ目を凝らした。椅子の形がぼんやりと見えるだけだったが、人が座っている気配はない。「あまり選択の余地はなさそうだな？」彼はついにいった。

「いいぞ。分別のある相手と取引をしているとわかって嬉しいよ、ミスター・ダンカン。では、条件を申し出よう。五千ドルなら興味があるか？」

この男の正体の手がかりをつかむまで会話を長引かせていられればとマットは思った。かすかにアクセントのある話し方だが、アハスヴェルとは違う。それに、声はカルト教団の教祖の声よりもやや高かった。「誠実さに払うとしてはお粗末な額だな」

「こんなホテルで暮らしている人間の誠実さに払うには、お粗末とはいえまい。だが、おれは気前のいい男だ。七千五百ドルでは？」

「そのほうがましだな」

「じゃあ、同意するか？」

「そうはいっていない。ぼくに何をしてほしいんだ？」

「ミスター・ハリガンが集めたものから、あるファイルを渡してほしい。そして、地方検事局にそのことを訊かれたときには、中身をすべて忘れるんだ。簡単なことだろう？」

「どのファイルだ？」

「熱心だな、ミスター・ダンカン。はっきり同意するといえば、どのファイルか教えてやろう」

マットは音を立てずに、何もない暗がりに手を伸ばした。その動きは気づかれなかったようだ。声はとがめなかった。

「さあ、ミスター・ダンカン。もうひとつの受け身の役割を引き受けさせるのは、非常に残念だ。

本当に、おれは後悔するだろう。きみも同じに違いないと思っている。それに、おれがホテルという神聖な場所で銃を撃つのを恐れると思わないでもらいたい。確か、ドレッサーはベッドの横にあったな。聞け」

マットは消音装置をつけた銃がポンと音を立て、続いて銃弾が木にめり込む音を聞いた。彼は伸ばした両手を静かに鼻のあたりに持っていき、指を動かした。こんなあざけるようなしぐさにも、声は何もいわなかった。

「決断を急いでもらわなければならない」声は冷酷に続けた。「いびきをかいていた夜勤の職員は、おれが入ってくるのを見ていない。おれがここにいるのは誰も知らない。気がとがめることは何もない……」

平坦な恐ろしい声が続く間、マットはまた腕を伸ばした。だが、今回は目的があった。今では、声の主は暗がりを見ることができず、記憶だけを頼りに発砲したと確信できた。そしてマットは、窓のブラインドの妙な癖を知っていた。体は動かさずに――動かせば、ひどいきしみが起こるだろう――指先でかろうじてブラインドの端に触れた。だが、これで十分だ。

指先で、彼はそっと端を引っぱった。突然、騒がしい音を立てて、ブラインドが跳ね上がった。すぐさま男が椅子から立ち上がり、窓のほうに発砲した。ガラスの破片が下の通りに落ちる。

男が防御を立て直す前に、マットは背後から両腕を取り、男の体に押しつけた。またしても金曜の夜の格闘の再現だった。泥はないが、人物は同じだった。窓から差し込んだ最初の明かりで、マットは声の主がスワーミ・マホパディヤヤ・ヴィラセナンダ、またの名をヘルマン・サスマウルであることに気づいた。

マットが男の手首をひねると、消音装置をつけたオートマチックが床に落ち、マットの足が素早く凶器をベッドの下に蹴り入れた。「さあ」マットがいった。「もっと騒ぐといい。誰かが見にくるのが早いほど、ぼくには好都合だ」

スワーミはまたしてもマットの知らない言語で悪態をついた。窮地に陥ったときの助けを求めているのだろう。そして今回、どんな奇妙な神を呼び出したかは知らないが、その神は金曜日よりも慈悲深かったようだ。肩が外れてもおかしくないほどの勢いで体を引っぱり、男は一瞬自由になった。マットはベッドのほうへ後ずさりし、オートマチックに近づかせないようにしたが、スワーミの頭にはもはや銃のことはなかった。窓の外の非常階段に気づいた彼は、マットが遮る前に窓から飛び出し、張り出しを飛び越えて鉄の階段を降りていくところだった。

マットは悔しい気持ちで、サスマウルが緩めていた電球を締めた。部屋はひどい状態だった。格闘のせいだけでなく、明らかに留守中に行われた徹底的な、そして無駄骨だったに違いない捜索のためでもあった。

彼はベッドの下の黴臭《かびくさ》い床に潜り込み、オートマチックを手にくしゃみをしながら出てきた。しばらく手の中でもてあそぶ。〝あの男は〟と彼は思った。〝所構わず持ちものを置いていくようだ〟

その夜、ようやく帰宅したマーシャル警部補を迎えたのは、ハリガン邸の甘やかすような快適さでも、マットのホテルの気が滅入るような安っぽさでもなかった。彼は南カリフォルニアでよく見る五室のバンガローの居間に入り、ばったりと倒れた。

眠気の中、何とか立ち上がり、幼いテリーの引っぱるとガーガーいうドナルドダックのおもちゃを取り上げた。ソファに放ったが落ちてしまい、爪先立ちで寝室へ向かった。

彼が入ってくると、レオーナはダブルベッドの自分の側の明かりをつけた。マーシャルは戸口で立ち止まり、彼女にほほえんで、寝不足のぼんやりした状態でも喜びを感じた。自分の妻がさっぱりとした顔でベッドにいて、自分を人間らしく迎え、とんでもなく愛らしい様子でいるのが嬉しかったのだ。

「大変だったの？」レオーナがささやいた。

「ひどいものだ。朝になったら話すよ。もうぐったりだ」彼はコートを椅子の上に適当に放り、レオーナが顔をしかめるのにも気づかなかった。「ひとりで何をしていた？」

「眠くなるまで本を読んでいたの」

「またミステリーか？」その声には、職業から来る軽蔑がこもっていた。

「ええ、すごく面白かったわ。密室の問題なの。こういうのが大好きなのよ。煙草ある？　切らしてしまって」

「やめてくれ――！」マーシャルは怒鳴った。

「テリーが起きちゃうわ」

「やめてくれ」彼は抑えたささやき声で繰り返した。「密室の話をするのは」

「靴下は」レオーナが指摘した。「ごみ箱じゃなくて洗濯袋に入れてちょうだい。でも、本当に面白いのよ。まる一章が〝密室講義〟というタイトルなの」

「やめろといっているだろう――！」

「シーッ」レオーナはあくびをした。「あらゆる可能性を検討して、密室状態のあらゆる解決法を教えてくれるの。素晴らしいわ」

マーシャル警部補は一瞬、裸のまま眠そうに立っていた。やがて背筋を伸ばし、激しくまばたきして睡魔を追い払った。「その本はどこにある？」彼は訊いた。

十

昼過ぎに目覚めたマットは、あらゆる二日酔いの始祖になった気分だった。部屋を見回したが、気分はよくならなかった。起きて真っ先に、ドレッサーに開いた銃弾の穴が目に入り、銃で割られた窓から吹き込む冷たい風を感じるのは、気持ちのよいものではない。

朝一番の煙草の一服さえ、心を鎮めてはくれなかった。慰めに一番近いのは、枕の下に忍ばせた、スワーミのオートマチックの硬い感触だ――とはいえ、心強い武器も、すぐに警察に引き渡さなければならない。

彼は古いスラックスと継ぎの当たったポロシャツを着て、今日の予定を決めようとした。ハリガン家の人たちと連絡を取るべきだったが、ウルフが亡くなってからのあの家での自分の立場は、特異なものに違いない。ゆうべの侵入について報告するだけなら、マーシャル警部補に連絡すべきだが、どうすれば警部補に会えるのだろう？　どこへ行けばいい？

しかし、大衆食堂で朝食をとる頃には（もっとまともな仕事についている人たちは、すでに昼食をかき込んでいた）、彼はそんな問題も忘れて朝刊に没頭していた。幸い、一面に載っていたのは戦争と政治に関する記事だったが、ハリガン事件はあらゆる編集者に強い印象を与えたようだ。犯罪の不可能性については、ほとんど触れられていなかった。明らかにマーシャルは、新聞発表で、密室という点には軽くしか触れなかったらしい。見出しとなったのは殺人そのものではなく、アハスヴェルの途方もない主張だった。ほとんどの新聞で〝幽体殺人事件〟と呼ばれていた。

記事にはアハスヴェルへのインタビューや、その他何十人というオカルトの指導者（というのも、彼らはロサンゼルスではダース単位で増えていたからだ）へのインタビュー、著名な神秘主義作家マンリー・P・ホールへのインタビュー（彼はこのような主張に何ら驚きを感じていないようだった）、さらにはボリス・カーロフへのインタビューまであった。うまい巡り合わせで、彼は近日公開のユニバーサル映画でこのような犯罪者を演じていたのだ。

ライバルのオカルト信仰者たちは、ふたつの意見に分かれた。想像力に乏しい人々は、アハスヴェルをまったくのペテン師と非難し、もう少し利口な人々は、そんなことはたやすくできるが、自分たちは法を守る市民なのだと主張した。

さらには写真があった。アハスヴェルの写真、寺院の写真、またアハスヴェルの写真、そして一枚だけ、肩透かしのように、R・ジョーゼフ・ハリガンの写真があった（宴会でフラッシュ撮影されたものだ）。その一枚を除けば、ハリガン家の人々は無視されていて、マットはそれをありがたいと思った。新聞カメラマンがいなくても、彼らには会わなければならない人がたくさんいるのだ。

彼は注意深く記事を読んだが、わかったことは何もなかった。新聞の読者は、ウルフ・ハリガンは行きずりの不審者にたまたま殺され、アハスヴェルは自分の評判を高めようとそのチャンスに飛びつき、さらには感受性の高い目撃者が、黄色い衣を見たと証言したという印象を受けるだろう。この説は、事実とはまるで逆の時系列でなければ成り立たないが、ある程度の説得力を持っていた。マットは、マーシャル警部補本人が抜け目なくこの説を吹き込んだのではないかと思った。マスコミをなだめるための骨で、彼らがそれをしゃぶっている間に、警察が邪魔されることなく捜査できるように。

その日の予定が決まらないままマットがホテルに戻ると、フレッド・シモンズがロビーのたわんだ長椅子に座っていた。周囲には、各種号外が広げられている。

「やあ」マットはいった。

痩せた元食料雑貨店主は、いつもなら素朴な親しさで若者のあいさつに応えるのだが、今朝は敵意に満ちた険しい顔を上げた。「寺院へ行ったのはそういうわけだったんだな。なのにわしは、若い人の姿が見られて嬉しいなんていった！　おまえと、ご立派なウルフ・ハリガンは、偵察していたんだ！　嘘はいわんでいい。目撃者として名前が載っていたぞ。それに、あの男の友達なら、寺院に対してよからぬことを企んでいたんだろう。だが、これでわかったはずだ。ナイン・タイムズ・ナインに何ができるか、その目で確かめただろう」

「そうかな？　自分でもそれをずっと問いかけていたんだ。ぼくはこの目で何を見たんだろう？」

「小賢しいやつめ。だが、ナイン・タイムズ・ナインには、おまえが見たものよりもっとすごいことができるんだ。そのことを覚えておいたほうがいい。ここの州知事が共産主義者なのは知ってるか？　よく考えることだ」

マットは笑ったが、フレッド・シモンズの目を見てやめた。ナイン・タイムズ・ナインがカリフォルニア州知事を攻撃するなどとは、少しも心配していなかったが、〈光の子ら〉の背後に強い政治的意図が隠されているというウルフ・ハリガンの懸念を思い出した。アハスヴェルの教えが、人々の目に激しい憎しみの光をもたらすことができるなら……。

「おい!」古参のフロント係が叫んだ。「ダンカン! ご婦人から電話があって、折り返してほしいとさ。エレン・ハリガン。番号はこれだ」

マットはフレッド・シモンズのそばを離れ、メモを受け取った。「ありがとう」

「昨日殺された男の姉じゃないか?」老人の目が、安物の眼鏡の奥できらめいたが、それはよくあるサディスティックな好奇の光で、気まぐれな渇望にすぎなかった。個人的なものではない流血は好きだが、自分は特に血を流したくはないという類《たぐい》だ。

マットの電話に出た執事は、主人が殺されたくらいでは動揺する様子もなく、エレン・ハリガンの内線に取り次いだ。

「マット・ダンカンです、ミス・ハリガン。お話があるとか?」

「ええ」エレンおばさんは単刀直入にいった。「あなたに客用寝室を使っていただきたいのです。お願いですから、ミスター・ダンカン、遠慮したりして話の腰を折らないでください。弟は、大まかにいえば、仕事の手伝いのためにあなたを家に置いていると申しておりました。そして、この重圧と悲しみのときに、あなたがますます必要だと思っておりますの。お願いですから、来るとおっしゃってください」

「ぼくがいては、お邪魔になるだけだと思いますが。こんなときに他人が入り込むのは……」

「あなたのいうように、こんなときだからこそ、他人が助けになるのですわ、ミスター・ダンカン。兄のジョーゼフも、いいことだといってくれました。特にあなたが弟の書類を扱ってくださるなら。それに、マーシャル警部補ともお話ししましたの。警部補から見ても好都合だと思っているようでした」

マットの遠慮はうわべだけのものだった。おいしい朝食と柔らかい寝具は、良心の呵責に勝っていた。


不愉快なのは執事とのやり取りだった。大いに気が進まなかったが、マットは根負けして、みすぼらしいスーツケースを彼に手渡した。確かに、見苦しくない服に一番近いものだけを注意深く選んで詰めてきた（その最中に、スワーミの銃弾が、まずまずまともな三枚のシャツの一枚をだめにしているのに気づいた）が、それさえも、執事の厳しい目には不合格だったようだ。

「ミス・ハリガンがクロッケー場でお待ちです」横柄な執事はいった。「ご案内しましょうか？」

「いいや、結構。場所はわかっている」マットは記憶を頼りに歩きながら、執事がめいっぱい伸ばした手にスーツケースを持って二階へ運ぶのを目にした。

芝生は太陽に明るく照らされていた。フープとペグが、緑のビロードの上に広げられた、派手な模造宝石をちりばめた襟巻のようにきらめいている。そして、マットとジョーゼフがフランス窓を見ていたベンチに、ミス・ハリガンが座っていた――ミス・コンチャ・ハリガンが。

「あなたでしたか」マットは間が抜けたようにいった。

「え？」コンチャは自分を見た。「もちろんよ！　誰だと思ったの？」

「執事が〝ミス・ハリガン〟といったので――おばさんだと思ったんです」

「気を悪くすべきかしら」

「許してください。ところで、執事は何という名前なんです？　名前はあるんでしょう。執事としか覚えていないのは馬鹿みたいですからね。まるで象徴劇だ――男、女、警官、みたいにね」

　コンチャは彼を見た。「やっぱりね」

「やっぱりって？」

「昨日、わたしの父が殺されたから、わたしを見て戸惑っているんでしょう。うまくお悔やみをいえなくて、明るくふるまい、どうでもいいことを話そうとしている。そしてすぐに警官のことを口にする。わたしたち、そこから離れられないんだわ」

「頭のいい子ですね」

「子供じゃないわ」コンチャは大真面目にいった。「そういったでしょう。それと、執事の名前は」ゆっくりと笑みを浮かべながら続ける。「バニヤンよ」

　マットは笑った。「ジョン、それともポール？〔ジョン・バニヤンは『天路歴程』の作者で、ポール・バニヤンは伝説上の巨人の名前〕」

「おかしな名前でしょう？　アーサーは、あか抜けない名前だといってるわ」

「ミス・ハリガン、妹さんにこういっては酷ですが、正直、彼ならそういうだろうと思いましたよ」

「アーサーのことが好きじゃないのね？」

「あまりね」

「兄もあなたが好きじゃないわ。あなたが来てから災難が始まったというの」

「まあ……そうじゃありませんか？」

「うーん。来たのを後悔してる？」

「いいえ」

「わたしもよ」彼女は手を差し出した。「握手」

マットは彼女の隣に座り、長い脚を伸ばして目を閉じ、上を向いた。「日差しが気持ちいい」彼はつぶやいた。

「また頭のいい子に戻ってもいい？」

「もちろん。どうぞ」

「あなたはこう思ってる。〝何もかも素晴らしい。ここは素晴らしいし、彼女はとても愛らしい、その他もろもろ。でも、ゆうべ父親を殺された娘のような態度ではない〟」

コンチャの声が少しかすれた。目を開けたマットは、彼女が立ち上がっているのに気づいた。

「でも、わたしにどうしろというの？」彼女は訴えるようにいった。「みんな同じじゃないわ。誰だって。エレンおば様のように、四六時中父のために祈ってはいられないし、ジョーゼフおじ様のように仕事に没頭することも、アーサーのようにふさぎ込んで歩き回りながら、くだらない文句をいうことすらできない。それに、わたしは泣いたりしないわ。子供じみているもの」

「座って、話を聞かせてください。ぼくが何を考えているかなんて気にしないことですよ。それがあなたにできることです。それとも、クロッケーをしてもいい」

「話をするほうがいいわ……。今日、学校をさぼってしまったの」まだとても若い彼女は、恐ろしい罪を告白しているかのような口調でいった。

「当然では？」

「でも、これは違うの。急にさぼる気になったわけではないのよ。シスター・アーシュラにそうしろといわれたの」

「修道女からの立派なアドバイスですね。アメリカの教育機関を、間接的に弱体化させようとしている。煙草を吸っても構いませんか？」

「どうぞ。ねえ、おかしいでしょう。一晩じゅうエレンおば様のそばにいて、今朝は一緒にミサへ行くようにいわれたの――悔悛みたいでしょう？　でも、あなたにはわからないでしょうね」

「悔悛というのは、告解のときの罰だと思っていましたが」

「罰！」一瞬、スペインとアイルランドの気質が燃え上がった。「ああ」彼女は冷静になって続けた。「人って、ひどく馬鹿げたことを信じるものね。告解で罰を受ける必要はないわ。悔悛というのは、償《つぐな》いのために何かをすることよ――たいていは、お祈りを何度か」彼女は昔を思い出したように笑った。「アーサーが十八歳だったときを思い出すわ。土曜日に告解から帰って、わたしの部屋へ来たの――わたしはお人形のお茶会の最中だった――そして、兄はこういったわ。〝悔悛で何を唱えなくちゃいけないか知ってるか？〟わたしは、主の祈りを五回、アヴェ・マリアの祈りを五回だと思ったわ。これまでで一番悪いのがそれだったから。そうしたら、兄は笑っていったの。〝いいや、ロザリオの祈りを三回さ。ぼくはもう一人前なんだ！〟って」

「ぼくはカトリックではないし、鈍い人間なので、それの何がおかしいのかわかりませんね」

「だと思ったわ」彼女は小さくため息をついた。

「でも、シスター・アーシュラは、なぜあなたにそんなことをさせたんでしょう？　それとも、ぼくには理解できない何かがあるのかな？」

「わたしにもわからないの。それが気になって。教会から帰るときに、シスターを訪ねて、エレンおば様の行動をすべて話したの。シスターは特に、おばが告解と聖体拝領に行ったかどうか知りたがっていたわ」

「それで、おばさんは行ったのですか？」

「聖体拝領にだけね。おばは毎日聖体拝領を受けるの。とにかく、おばが神の恩寵を受けていないときはないと思うわ。でも、これもまた、あなたにはわからないでしょうね」

「あいにく、わかりませんね」

コンチャは彼をじっと見た。「あなたはカトリックが嫌いなのね？」

「何も異存はありませんよ」マットは慌てた。「ここは自由の国です。でも、母は昔ながらの不可知論者だったので――わかるでしょう、トマス・ペインとか、ロバート・グリーン・インガーソルみたいな。〝聖職者の横暴から人間を解放せよ！〟というやつですよ。ぼくはそこからすっかり抜け出していないようだ」

「そして、わたしの母は」コンチャが静かにいった。「神を信じ、神を愛し、神に奉仕した。そして、目を悪くして死んだの」

それは奇妙な言葉だった。続く沈黙の中、マットは頭の中でそれを引っくり返し、何らかの意味を見出そうとした。〝目を悪くして死んだ……〟どういうわけか、彼の脳裏にはまたあの書斎と、怯えた少女と、落ちた拍子に開いたヒヨスのページが浮かんでいた。

バニヤンがフランス窓のそばに立っていた。「お嬢様、ミスター・グレゴリー・ランドールがお見えです」

「まあ、うるさいわね。わたしは寝込んでいるといってちょうだい」

「寝込んでいる？　それもよろしいかと思いますが、ただの頭痛のほうがもっともらしいのではありませんか？」

「行ってください」マットが促した。「彼と会うんです。彼はいいやつですし、あなたは彼にひどい仕打ちをしたでしょう」

「どんな？」

「第一に、尼になるという話ですよ。彼がそのことにどれほど打ちのめされたか知らないでしょう。すっかり自分を見失っていましたよ。それに、今、彼を追い払ったら……」

「わかったわ。バニヤン、ミスター・ランドールをここへ呼んで」

「お嬢様とふたりきりでお会いしたいとおっしゃっていましたが」

マットは立ち上がった。「ぼくは書斎にいますよ。書類に目を通しておいたほうがよさそうだ」

「だめよ」コンチャが頑としていった。「ここにいて」

グレゴリー・ランドールは、マットを見て明らかに驚いたようだった。あいさつは親しげだったが、二日酔いに見舞われていた日曜日に、マットがもうろうとした意識を通して伝えようとしたことをすっかり忘れていた。

お決まりのあいさつが終わると、グレゴリーはコンチャに向き直り、手を取った。「恐ろしいことだね」熱心にいう。

「ええ」コンチャはそういっただけだった。

「きみの気持ちはよくわかるよ。こんなときに、きみの嘆きの邪魔をしていいものかどうか、しばらく迷ったくらいだ。でも、少なくとも、そばにいるべきだと思って。女性には、もたれて泣く肩が必要だろう」それは、冗談めかして思いやりを伝える効果を狙ったものだった。

「肩ならもうあるわ」コンチャは手をほどき、マットのほうへ向けた。「触ってみて。びしょびしょよ」

グレゴリーは友人に、にらみつけるような視線を送った。「もちろん、きみを――元気づけてくれる人がいるのは嬉しいよ。でも結局は、結婚しようとしている相手と、赤の他人とは違うだろう？」

「残念だけど」コンチャがいった。「そういうことはわからないわ」

「恐ろしいことだ」グレッグは最初の話題に戻った。「きみのお父さんは素晴らしい人だった――

こういってよければ、偉大な人物だった。お父さんを失ったことは、とうてい埋められない穴となるだろう。ウルフ・ハリガンのことを知る人は少ないが、知っている人たちは、彼を亡くすのがどういうことかわかっている。とりわけ、きみにとって――家族にとって――どんなことを意味するか」

「やめてちょうだい」

「お父さんはきみを守り、保護してきた」グレゴリーは続けた。「そして今、きみは世間の嵐と荒波にさらされている」

コンチャは意地悪くほほえんだ。「わたし、今からでも修道院へ行けるわ」

「何てことを！　まだそんなおかしなことを考えているのか？　この期に及んでも――」

「考えていないわ。金曜からいろいろなことがあったのよ。そうでしょう、マット？」

「そういういい方もできますね」マットはそっけなくいった。

グレゴリーは疑わしそうに彼を見た。「じゃあ、神に身を捧げるなんて馬鹿な考えは、もう捨てたんだね？」

「いいえ。その方法はひとつだけではないと、シスター・アーシュラに教わっただけよ」

「シスター・アーシュラ？　だが、ぼくの考えでは、彼女は――」

「ねえ、この話はやめましょう。もう終わったことよ。それで――どうしてここへ来たの？」

グレゴリーはすっかり驚いていた。「どうして？　どうしてだって！　婚約者が困っているときに、何をすべきだと思う？　ぼくにできるのは――」

「わたしのそばに飛んでくること?」コンチャが先をいった。

「きみのそばに飛んでいくことだ」グレッグは大真面目にいった。「その通り。ぼくの居場所はきみのそばだ。今も、これからもずっと」

「ぼくは」マットがいった。「書類の確認に行ったほうがよさそうだ」

「どうしてもか?」グレッグが慌てて訊いた。「きみを追い払うようなことはしたくない」

「わかってる。だが、仕事は仕事だ」彼は窓のほうへ歩きはじめた。

コンチャが手を伸ばして止めた。「だめ」小さな声でいう。

「だけどね」グレッグが抗議した。「ダンカンに仕事があるなら、邪魔をする権利はぼくたちにはない。もちろん、彼と一緒にいるのは楽しいが、義務の声に呼ばれたのなら――」

「彼は最近、仕事のしすぎなの。ここにいたほうがいいわ」

「仕事? ここで?」

「ああ。ミスター・ハリガンに、助手として雇われたんだ。土曜日に全部話すつもりだったが、きみは聞こうとしなかったから」

「ああ。ひどい頭痛でね」グレッグは少女に説明した。「片頭痛さ。ときどきあるんだ。ということは」彼は考え込むように、マットをじっと見た。「日曜日には、ここで仕事をしていたのか?」

「ああ」

「すると、いわば事件の渦中にいたわけか?」

勘繰るような口調に、マットは腹を立てたが、無視することにした。「ああ、そうなんだ。聞いていないのか？　警部補が今日にも、ぼくの逮捕令状を取ることを」

「おいおい！」ランドールは、驚きと喜びがないまぜになった口調でいった。「だが、それなら――つまり、どうしてまだここにいるんだ？　どうして――」

「ミスター・ダンカンは」コンチャが冷ややかにいった。「皮肉をいってるのよ。顔の傷に似合うと思っているんだわ」

「そうか！　一瞬、本気にしてしまったよ。もっと早く気づくべきだったな。だが、事件が起こったとき、きみが実際ここにいたと考えると……。それに、ぼくがミセス・アプトンのガーデンパーティーをのんびり楽しんでいて、ちっとも知らなかったことを考えると――」

「ねえ」コンチャがいった。「レディがこんなふうにいきなり演説を始めるものではないのはわかっているわ。ミスター・ダンカンがあまりにもざっくばらんなので、修道院で学んだ礼儀を忘れてしまうの。でも、いいかしら。もう一度訊くけれど、どうしてここへ来たの？　ただお悔やみをいったり、わたしの美しい目を覗き込んだり、ミセス・アプトンのガーデンパーティーの話をするために、大好きな仕事を放り出してきたんじゃないはずよ。どうしてここへ来たの？」

「説明しようと思っていたんだ」グレゴリーは堅苦しくいった。「ダンカンが書類仕事をしにいったら」

「彼は行かないわ。さあ、話してくれない？」

「ねえ」マットはいった。「ぼくは本当に――」

「だめ！　さあ、グレゴリー……？」

「いいだろう。ぼくが来たのは、コンチャ、結婚式の日取りを決めるためだ」

コンチャは笑った。「あらまあ！　それが礼儀にかなったことだと思ってるの？　あなたの地位にふさわしいと？　ランドール家の人は、葬儀も終わっていないうちから結婚式の日取りを決めるの？　それとも倹約か、ホレイショー？〔『ハムレット』第一幕第二場より〕焼いた肉が出るかどうかはわからないけれど」

「何の話をしているのかわからないよ、コンチャ。わかるのは、きみは今では、天涯孤独の身になったということだ――」

「おじやおばや兄に囲まれているわ」

「それに、頼れる男性が必要だ。ぼくに、きみを守る栄誉を与えてほしい」

「何てわくわくすることかしら！」

「どうしてそんなふうにぼくを笑えるんだ？　ぼくはきみに、家と、慰めと、安心を差し出しているのに、きみは――そこに突っ立って、目の前でぼくを笑うなんて。しかもその一方で、ぼくの友達に笑みを向けている！　そんなのはおかしいよ」

グレゴリー・ランドールは鈍感だった。グレゴリー・ランドールは尊大で、想像力に欠け、人間離れした美男だった。だがこのとき、マットは彼に心から同情していた。この人騒がせな子供は、彼を徹底的にひどい目に遭わせていた。それは見ていて楽しいものではなかった。

「ねえ、コンチャ」マットは仲裁に入ろうとした。

「きみは黙っていてくれ、ダンカン」グレッグが鋭くいった。「とにかく、ここで何をしているか知りたいね。書類の確認だって！　いかにもありそうな話だ！」

　そのとき、何かが起こったに違いない。その場に、わずかながらも険悪な緊張が走った。グレゴリーが目を怒らせて叫んでいる間、マットは右腕を構えるように曲げた。

　だが、そこに「おや、おや、おや」という声が響き、R・ジョーゼフ・ハリガンが近づいてきた。

「グレゴリー！」彼は叫んだ。「よく来てくれた！」

　見るからに苦労して、グレゴリーは自分を抑えた。「ごきげんよう。父が、お悔やみを申しておりました」

「感謝するよ。それに、きみも来てくれてありがとう」

「とんでもない。恐ろしいことです。何といったらいいか――」

「その話はしないでおこう」

「ここへ来るべきだと思ったものですから。馬鹿げた考えなのはわかっていますが、ぼくがミセス・アプトンのガーデンパーティーなど行かずに、ここにいたら――」

「無意味なことだ、グレゴリー。きみに何ができた？　われわれに何ができた？　ダンカンとわたしに？　われわれはあの極悪非道な僧を見た――あそこの窓から見たんだ――しかし、何ができた？　とはいえ、メアリーはこんな話をしたくないと思うが」

「どうかしら、ジョーおじ様。もっと不愉快な話題があるんですもの」

　ジョーゼフは眉をひそめたが、それ以上訊かなかった。「夕食までいられるかね？　エレンが喜ぶだろう。今夜は家族会議があるのだが、きみも部外者にはならないだろう。何といっても――」

「グレゴリーには、仕事関係の会食があるの」コンチャがいった。

グレッグは彼女を見て、反論しようとしたようだったが、気を変えて腕時計を見た。「ああ、そうなんだ。思い出させてくれてありがとう。残念ですが、急いで帰らなければなりません。それじゃあ、コンチャ」彼はマットには声をかけなかった。

ジョーゼフは彼を見送り、剃髪したように禿げ上がった頭をさすった。「あの青年と何かあったんだな」彼はいった。「本当に、お悔やみをいうためだけに来たのか？」彼はコンチャに、おじらしいまなざしを遠慮がちに向けた。

「いいえ」彼女はほほえんだ。「ミセス・アプトンのガーデンパーティーの話をしにきたのよ」

急に、マットは不安を感じた。それは、もしかしたら本当だったのかもしれない。

十一

夕食は、事件がなかったら素晴らしいものだった。料理人もバニヤンと同じくらい、周囲の出来事に動じていないようだ。実際のところ、家族全員が、見事に冷静な外見を装っていた。卓上での会話は、死者が出た家であることを少しも感じさせなかった。いつものように、ジョーゼフの雄弁家らしい朗々とした声、アーサーの安っぽい皮肉、エレンの静かで敬虔な指摘、そして予想のつかないコンチャの、騒がしい的外れなおしゃべり。

夕食のあと、R・ジョーゼフはマットの肩を明るく叩いた。「わかってくれるね。ちょっとした家族会議なんだ。すぐに済むよ」

マットはうなずいて理解を示し、ぶらぶらと出ていった。その家族会議に出てみたかった。興味深いことがあるかもしれなかった。特に、予想通りにジョーゼフが遺言状を開けるとすれば。だが、彼は参加をあきらめ、話し相手を探すことにした。

目当ては台所にいた。警官のラファティが、たっぷりの冷たい夕食を、高いグラスに入った黒光りするビールで流し込んでいた。

警官は明らかに、親しげな感じだった。「こんばんは」おおらかにいう。「ゆうべ警部補と一緒にいた人だね？」

「ええ」マットはいった。「今は誰も相手にしてくれません。ここに座って構いませんか、それとも庭へ出ていって、虫でも食べたほうがいいですか？」

「ジャネット！」ラファティが料理人を呼んだ。「こちらの方に、もう一本ビールだ！ここの料理は絶品だよ」彼はありがたそうにいった。「妹がビバリーヒルズのお屋敷に雇われているんだが、ああいう金持ち連中が食費をどんなにけちるか知ったら驚くだろうね」

ジャネットは丸々とした器量のよい女性で、髪は真っ白だが若々しい顔をしていた。ビールを置きながら、好奇心丸出しでマットを見る。「あの男を見たんでしょう？——ミスター・ジョーゼフと一緒に」

「ええ」マットは認めた。「少なくとも、何かを見ました」

「あの男に決まってるわ。人間が悪魔になれば、ほかの場所にいたと何人が証言しても関係ない。そして悪魔にでもならなければ、ミスター・ハリガンを殺せるはずがないわ」

「ひょっとして」マットは思い切っていった。「あの日、周囲で何か妙なものに気づきませんでしたか？」

「日曜日の夕食のために誰も食べたことのないような料理を用意して、しかもあのかわいい子が、料理を教えてくれとせがんでいるときに、どうやって気づけというんです？」

「ぼくたちがドアを叩いている音を聞いたとき、ミス・ハリガンはここにいたんですか？」

「間違いなくいましたよ。〝あの音は何、ジャネット？〟っていったんです。〝おおかた、ミスター・アーサーのいたずらでしょう〟と、わたしはいったんです。ああ、何も知らずに……」

「そうだろうとも、ジャネット」ラファティが合いの手を入れた。

「それで――」自分でも何を探ろうとしているのかわからなかったが、マットは内なる好奇心に突き動かされていた。「ミス・ハリガンはここにいる間、料理のこと以外に何か話していましたか？」

ジャネットは額にしわを寄せた。「そんなことを訊かれるなんて変ね。でも、確かに話していたし、あの子がなぜそんな話をしたのか気になっていました。何でも、空中の死とかいう考えを持っているみたいでした」

「どんなことを話していました？」

「お母様のことです。ああ、何か訊かれましたわ――あまり答えてやることはできなかったけれど」

「お母さんの死のことですか？」

「ええ。あの子は当時、修道院に入っていました。かわいそうに、最後の数週間、母親がどんな様子だったか知らなかったんです――盲目になりかけていて、そのことに悩んでおられました。ミセス・ハリガンは誇り高い方でした――スペイン人らしい誇りをお持ちでした。世の中を見る目や、歩き回る力をあきらめきれなかったのです。確かに、それに苦しんでいました」

「ミセス・ハリガンは、どのようにして亡くなられたのですか？」

「はっきりとはわからないんです。心臓だと思いますけれど。水曜日のことでした――わたしの休みの日です。朝、わたしが家を出たときには、何事もないご様子でした。ふさぎこんで、悲しそうでしたが、目のことを除けばお元気でした。その夜、戻ったときには、気の毒に亡くなられていたんです。そのほうがよかったんでしょう。盲目になり、何もできなくなることには耐えられなかったでしょうから。神様のお慈悲なのですわ」

「そうだろうとも」ラファティがいった。「それと、ジャネット――ビールをもう一本」

マットは、自分の煙草に警察官が鋭い目を向けているのに気づき、神経がぴりぴりした。

「スワーミを捕まえたのもきみなんだろう？」ラファティが、大げさすぎるくらいの何気なさで尋ねた。

「この前の金曜日のことですか？　ええ」

「やつはまだ見つからないんだ。すっかり姿をくらませている。ゆうべ、クラウター巡査部長がやつのアパートメントへ行った。影も形もなかったそうだ」彼はまだ煙草をじっと見ていた。

「警部補は今夜、ここへ来ますか？　スワーミのことで知らせたいことがあるのですが」

「本当か？　だが、クラウター巡査部長がやつのアパートメントで面白いものを見つけた話を聞きたいだろう」

マットは最後にもう一度煙を吐き、短くなった吸殻をもみ消した。「何です？」

ラファティ警官は、安堵と失望の混じったため息をついた。「妙な格好に折れた煙草だよ。この家でも見かけたものだ。だが、誰がやったのかわからない。ひょっとしたらと思ったんだ……」

「一インチほどしか吸わずに、二つ折りにした煙草のことですか？」

「ああ。誰のものか知ってるか？」

「もちろん。アーサーですよ」

食堂に通じるスイングドアが開き、テレンス・マーシャル警部補が入ってきた。「ここにいるんじゃないかと思ったよ、ラファティ」

ラファティは立ち上がって気をつけをしたが、上官の手ぶりでまた腰を下ろした。「人間、食べなくてはなりませんからね、警部補」

「食べるなといったか？」警部補はビールを指した。「そいつはもっとあるのか？」

「もちろんです。しかし、聞いてください、警部補。手がかりをつかんだんです！　クラウターがいった吸殻を、スワーミのアパートメントに残していったのは誰だと思います？　アーサー・ハリガンですよ！」

「それが何の証拠になる？」

「ええと、それは……それは……何かの証拠になりますよ、警部補」

「そうだな。さあ、持ち場に戻って、それが何なのか突き止めるんだ」

ラファティは最後にビールをがぶりと飲んで、残念そうに出ていった。

警部補がむっつりと黙っているので、マットはついに切り出した。「手がかりをあげましょうか、それとも、ぼくも出ていったほうがいいですか？」

マーシャルは笑った。「聞いてみよう。今の自分は、愛想がいいとはいえないのはわかっているが、この状況全体が気に食わないんだ。いいだろう、手がかりとは何だ？」

そこで、マットはホテルの部屋の暗がりで声を聞いた話をした。話の終わりに、彼はホルスター（古いサスペンダーから、即興で器用に作ったものだ）からオートマチックを出し、手渡した。

「もうひとつのと同じ型だ」マーシャルが考え込みながらいった。「われわれの友は首尾一貫しているな。ここへ持ってきたのは名案だ。そう思わないか？」

「どうしてです？」

「きみに別の警備をつける必要がなくなったからだ。もちろん、やつはまたやるだろう。そこを抑える」

「あなたは、あの男が……」

「まさか。一見してわかるだろう。やつはハリガン殺しとは何の関係もない――きみを襲ったのがその証拠だ」

「ぼくを撃とうとしたことが、ぼくの雇い主を撃ったのではない証拠になるんですか？　その素晴らしい推理を理解できなくてもご容赦ください、警部補」

「おやおや、頭の足りない人間にだってわかることだぞ！――失礼。怒りっぽいのは仕事の役には立たないな」

「こういう状況をいう、古い言葉がありますよ。〝警察は困惑している〟」

マーシャルはグラスを干した。「笑い事じゃない。それに、きみを非公式のワトスンの地位にまで引き上げたのだから、せめてもう少し敬意を払ってくれ」

マットはにやりとした。「ぼくは構いませんよ。全部聞かせてください、先生。じっと耳を澄ませていますから」

「今は時間がない。家族会議が終わり次第、仕事にかからなくてはならないんだ。こうしよう。突発的な事件がない限り、明日は非番だ。捜査がこの調子で進むなら、わたしがいなくてもいつも通りに運ぶだろう。だから、夕食を食べに来るといい。きみは妻を気に入るだろうし、妻の料理も気に入るだろうし、子供も気に入るかもしれない。それから腰を落ち着けて、このいまいましい事件を徹底的に議論しよう」

「喜んで」

「よし。これが住所だ」彼は走り書きした。

バニヤンがスイングドアのところに現れた。「ミスター・ハリガンが、おふたりに書斎へ来てほしいと申しております」


家族会議は明らかに平和なものではなかったようだ。ジョーゼフの普段はピンクの顔は真っ赤になっていた。アーサーは片隅で肩を落とし、すっかりむくれていた。コンチャは不穏に黙り込んでいたが、それは感情を抑えた沈黙だった。エレンだけが、いくぶん鼻をすすりながらも、いつも通り落ち着いた様子を見せていた。

「こんばんは、おふたりとも！」ジョーゼフが、最大限の夕食後の礼儀で彼らを迎えた（今はそれにある程度の努力が必要そうだったが）。「適当に座っていただけますか？ 結構。警部補、わたしたちは、気の毒な弟の遺言条項をお伝えするのを先送りにする理由はないと判断しました。わたしも職業柄知っていますが、多くの殺人事件で、遺言状は何より重要になります。そして、今から明らかになるように、ここにはそういった重要性がないとしても、通常通りの捜査が必要なことは理解しています。

それに、今回読み上げる内容が、驚くべき性質のものでないこともつけ加えておきましょう。ウルフは遺言による贈与を秘密にしたことはありませんでした――」

「そうかな?」アーサーの声にはあざけりが混じっていた。

「基本的には、ということです。もちろん、細かい点のいくつかは……」

「わかります」マーシャルがいった。「続けてください」

「まず、当然ながら使用人と、ベタニアのマルタ修道女会を含む慈善機関や宗教機関への、通常通りの遺贈があります。詳細をお聞きになりたいですか?」

「いいえ」

「あなたは率直で有能な方だ、警部補」ジョーゼフはほほえんだ。「残余遺産の受取人は、当然、故人の子供ということになります――いい換えれば、ここにいるメアリーとアーサーです」

マーシャルは眉をひそめた。「それだけですか?」

「ええ。妹とわたしが見落とされているのを不思議に思うなら、もう何年も前に、わたしたちは家の財産をウルフと等分に分け合っているのです。彼の取り分を、われわれに戻す理由はないのです」

「残余遺産の額はどれくらいなのですか?」

「今、正確に申し上げることはできません。しかし、それぞれ六桁は行くはずです」警部補は口笛を吹いた。「警官の給料から考えたら、大金に思えますね。どのように管理されるんです？」

アーサーは何ともいえない、だが明らかに好意的ではない声をあげた。

ジョーゼフはそれをとがめないことにしたようだ。「残余遺産はふたつの信託基金に等分されます。ひとつは姪が二十一歳の誕生日を迎えるか、十八歳の誕生日以降に管財人の同意を得て結婚するまで預けられます。もちろん、二十一歳を過ぎれば、自由に結婚できます」

「管財人はどなたです？」

「わたしとT・F・ランドール――ご存じかと思いますが、株式仲買人です。わたしの顧客で、古くからの家族ぐるみの友人です」

「で、あとの半分は？」

「同じ管財人が、甥が二十五歳の誕生日を迎えるまで預かります。そのときになって、管財人のどちらかが賢明と判断した場合、甥が全額を受け取ります。もしも両方の管財人が、全額を与えるのは妥当ではないと考えた場合、彼は半分を受け取り、あとの半分は引き続き信託基金となります。この妥当性の判断は、その後必要に応じて五年ごとに行われます。この間隔を置いて、彼は管財人が妥当と考える通りに半額または全額を受け取り、最終的に四十歳の誕生日を迎えたときに、無条件で全額が贈与されます」

「こんなの不公平だ」アーサーが爆発した。「自分の息子をこんなふうに扱うなんて、最悪だ！」

「アーサー！」エレンがたしなめた。

「だって、そうだろう。ぼくを少しも信用していないなら、どうして相続権を奪うなり、一シリング程度で打ち切るなりしないんだ？　どうしてぼくをジョーおじさんに縛りつけて、全額を受け取るためにおべっかを使わせる？　それに、どうして元金の最初の一セントに手をつけるのに四年も待たせるんだ？　ぼくが自分の人生を生きたいのを知らないのか？」

「たぶん」コンチャがいった。「それを知っていたからよ」

「おまえはそういえるだろうさ。十八歳になり次第、グレッグ・ランドールと結婚すれば、遺産が丸ごと手に入る。かたや、ぼくはおまえにまとわりついて、おこぼれをくれといわなきゃならない」

「あいにくですが」マーシャルがそっけなくいった。「信託基金から六桁の収入をほしがる若者のために、同情心を無駄づかいはできません。たぶん、こうしたものへの見方が違うのでしょう――これで条項は終わりですか、ミスター・ハリガン？」

「ええ……」

マーシャルはそのためらいに気づいた。「ほかに何か？」

「それが……確かミスター・ダンカンは、彼を遺作管理者にするという遺言補足書があるといったかと思いますが？」

「ええ」マットがいった。「ミスター・ハリガンが、土曜の夜に作成しています」

「自分でそれを見たかね？」

「いいえ。そう聞かされたんです」

「うーむ。それを遺言状とともに預かってはいないのだが、となると当然……警部補、書類の中から見つかったんじゃありませんか？」

「いいえ。気づいたか、ダンカン？」

マットは首を振った。「あの中には私的な書類はありませんでした——仕事のメモばかりで」

「となると、その口約束をどうしたものか、わたしにはわかりかねます。特定の遺作管理者について、遺言状に条項はありません。遺言執行者としてのわたしの立場に、当然これらの義務が含まれるのでしょう。しかし、きみにこの難しい仕事を手伝ってもらえるならありがたい。間違いなく、わたしよりもよく知っていることを考えればね。おそらくそれに対する給与は、遺産から出すことができるだろう」

「それは妙ですね」マーシャルが声に出していった。「この部屋から盗《と》られたのは、一組の覚え書き以外にはなさそうです。そして、ダンカンが弟さんを置いて出ていってから、警察の捜査が始まるまでの間に遺言補足書が消えたとしたら、盗んだのはきっと——」

「お入りなさい」エレンがノックに応えていった。

マットは動揺しているバニヤンを初めて見た。「ひどく奇妙な方が見えております」彼はジョーゼフにいった。「そして、特にあなたにお会いしたいといっています、警部補」

「こんなときに邪魔をされたくない」ジョーゼフがいった。「誰なんだ？」

「お名前は」バニヤンはおずおずといった。「アハスヴェルとおっしゃいました」

黄色い衣の男は、力を抑えているかのような効果とともに静かに部屋に入ってきた。その筋肉はよく鍛えられていた。体の動きは最小限の努力で最大限の優雅さを発揮していた。ドアのところで立ち止まり、彼は順繰りに全員に頭を下げた。最初はエレン、次にその姪、ジョーゼフ、アーサー、そして最後にマットと警部補。ただのお辞儀なのに、まるで儀式のように見えた。

「悪いが」ジョーゼフが怒鳴った。「意味のない儀式はやめて、またしてもこの家族を苦しめに来たわけを教えてくれないか？」

アハスヴェルは部屋を見回し、ほほえんだ。「警部補、あなたの部下が徹底的に調べたものだから、この場所を初めて見るような気がしましたよ」

「まるで」マーシャルが軽蔑するようにいった。「見覚えがあるかのようですな！」

「まだ疑っているのですか？　現代人の傲慢な不信感に、どこまで苦しめられなくてはならないことか！　ヨセフによる福音書の第十一章に書かれているではありませんか。


見ていながら、見ようとせず、聞いていながら、聞こうとしない。

まことに、その五感からは、いかなる感覚も入り込むことはない。


たとえ、そうだとしてもです」

「わかりましたよ」警部補がいった。「われわれが捜査する前にここへ来たとき、デスクの上に書類の束はいくつありました？」

「三つです」

何の躊躇もなかった。アハスヴェルは〝一足す二は？〟と訊かれたときのように冷静に、はっきりと答えた。マットと警部補は目を見交わした。確かに三つだった。

「そして」マットが訊いた。「ダーツの矢の箱はどこにありましたか――捜査の前には?」アハスヴェルはほほえんだ。「そう簡単に引っかかると思いますか？　今ある場所にあったのは、よくご存じでしょう。デスクの上、椅子の右肘すれすれのところですよ」

「時間の無駄です、警部補」ジョーゼフが鋭くいった。「この男が弟を殺した犯人であることに、まだ疑いを持っているのですか？　やったかどうかで悩むのはよしましょう。問題は、どうやったかです」

「少し熱が入りすぎじゃありませんか、ジョーおじさん？」アーサーがつぶやいた。

「あなたは熱が入りすぎると指摘することに熱心なようですね？」マーシャルが反撃した。

「お待ちください」エレンおばさんが口を挟んだ。「今、目の前にある問題は、この人が過去に何をしたかではなく、今ここへ来た理由だと思います。さあ、この無礼なふるまいの理由は何なんです？」

「無礼？　マダム、それは不当ないい方というものです。わたしがここへ来たのは、必要な手段を取らざるを得なかったことを心からお詫びするためです。善行からは悲しみが生まれます。その悲しみそのものが、さらなる善行をもたらすとしても。わたしたちはそれを古代人から学びました。

このように、弟さんの死によって真理のために成し遂げられた善行は、あなたがたにとっては喪失という悲しみをもたらします。そのために、同情の気持ちをお伝えしたいと思ったわけです」

それは寺院にいたときのアハスヴェルと少し違っていた。支配的でも、精力的でも、催眠術師のようでもなかった。だが、この物静かな感じのよさ、この完成された演技には、それなりの奇妙な自信が感じられた。声はとても豊かで、抑揚には説得力があり、マットは一瞬、この馬鹿げた謝罪が心からのものであると信じきっている自分に気づいた。

コンチャが立ち上がった。「警部補」と大きな声でいう。「子供のころから、わたしはひげ恐怖症なんです。いいえ、専門的にいうなら、呪物崇拝といったほうがいいかもしれません。乳母にはよく、小さなピンクの手を叩かれたものです。というのも、立派なひげをつかもうとするからですわ。もう何年もその衝動には見舞われていませんでしたが、今、襲ってきそうな気がしています。ですから、その衝動を満たす間、ドアのそばに立っていてもらえません？」

警部補はくすくす笑った。「喜んで、ミス・ハリガン。わたしは近代派ですからね。抑制はしないことです。呪物崇拝を悪化させてはいけません。それに、あなたの特性が、手袋を取ってインク台（デスクの上にあるでしょう）をいじりたいというひねくれた行動にあなたを駆り立てるとしたら、その結果には、はなはだ興味がありますね」

まだにやにやしながら、彼はドアのほうへ向かった。マットは立ち上がり、フランス窓を固めた。家族が満足げに座っている中、コンチャは指をぴくぴくさせながら、ゆっくりと黄色い衣の男に近づいていった。

アハスヴェルは、彼女がすぐそばに来るまでじっとしていた。それから、静かだが力強くいった。

「警部補、このお嬢さんを止めたほうがいいですよ」

「なぜです？」

「なぜなら、わたしは警察の護衛つきでこの家に来ているからです。当然ながら、わたしのような立場の人間は、思慮を欠いた復讐に備えなければなりません。たとえこのような慈悲深い使命に対しても。市議会にいる友人が護衛の手配をしてくれまして、今頃は外で、この家の警備員とおしゃべりをしていることでしょう。仮に、このような状況で、あなたの目の前でわたしがここの家族に乱暴されたという報告が上がれば、警察での出世に響くと思いますが」

マーシャルはしばらく態度を決めかねていたが、進み出てコンチャの腕を取った。「あなたのひとり勝負でしたね」彼はささやいて、そっと少女を押しやった。「さて、親愛なる先生、とっとと消えてもらえますか？　それとも、あなたの護衛は、わたしが警察官らしからぬ言葉づかいをしたと報告しますか？」

「人間には信頼というものがない」アハスヴェルは悲しげにため息をついた。「ここへ来たときのわたしの胸には、キリストの愛以上のものがありました——古代人の愛です——なのに、それに向けられたのは敵意と、脅しと、迫害だけでした。しかし、わたしはそれをも、聖職位剝奪の黄色いシンボルのように受け入れましょう。というのも、ヨセフの——」

「警部補のいったことが聞こえただろう！」ジョーゼフが怒鳴った。「それに、妹がわたしの言葉を気に入るかどうかはともかく、彼の言葉を繰り返そう。とっとと消えろ！」

ゆっくりと、残念そうに、アハスヴェルはもう一度あの儀式的なお辞儀をした。今度は逆の順番で、最後はエレンに。彼は威厳とともに出ていった。入ってきたときと同じ滑らかな動きで。

「馬鹿馬鹿しい！」アーサーがけだるい口調でいった。

「今度ばかりは」とマーシャル。「同感だ。だが、彼の訪問には、どこか不純なものを感じる。これだけのために来たのでは……電話をお借りできますか？」

エレンがうなずくのを見て、警部補はデスクの前に腰を下ろし、てきぱきと素早く指示を出した。一番近くにいたパトカーが、すぐに寺院を警備していた警官と連絡を取り、この家の番号に至急電話をかけるように告げた。

ジョーゼフが重々しくいった。「こうした悪党には、たいてい政治的つながりがあるのは知っていますが、警察にこんな不正行為までさせるとは、夢にも思いませんでしたよ」

「どうでしょう」マーシャルはいった。「彼に護衛をつけた者を責めるわけにはいきません。ある意味、筋の通った要求ですから。しかし、あなたの姪ごさんの素晴らしい思いつきで、台無しになってしまいましたね」彼は称賛を隠さずにコンチャを見た。「あなたは頭のいい子ですね、ミス・ハリガン」

コンチャは彼のいい方に腹を立てたようには見えなかった。「それをお知らせしておこうと思って」

エレンが身震いして立ち上がった。「あの男のことは頭から離れないでしょう。彼は邪悪です。この世のものでもなく、神の世界のものでもない何かがあります」

「よしなさい」ジョーゼフがぶつぶついった。「確かに、やつは邪悪だ。だがありがたいことに、警部補とわたしが太刀打ちできないほどの悪ではない」

「あなたのいう通りだといいけれど、ジョーゼフ。そうであるよう祈ります……。失礼してもいいかしら？」彼女は礼拝堂に入っていった。

「すべての悲しみを解決するのは」アーサーが馬鹿にしたようにいった。「膝を少しばかりすり減らし、上の空で礼儀正しくつぶやくこと。それだけでいい。素晴らしいじゃありませんか？」

ジョーゼフは今回は怒らなかった。落ち着いた冷たい口調でいう。「アーサー、おまえの道を外れた人生で、年長者を畏れ敬うことを教えてもらえなかったとしたら、少なくとも、今夜聞いた信託基金の条項を頭に置いておくんだな」

アーサーは立ち上がった。「そんなものくそくらえだ。それに、ぼくのもっとも尊敬するおじさん、あなたもね。自分の面倒は自分で見ますよ」彼は煙草をくしゃくしゃにして暖炉に投げ込み、ぶらぶらと部屋を出ていった。反抗的な言葉を吐きながら、彼が一瞬、ファイルの入った棚に目を向けたようにマットは思った（それとも、思い違いだろうか？）。

マーシャルは電話のベルを聞いて急いで受話器を取り、きびきびと質問し、報告に耳を傾けた。それからゆっくりと受話器を戻し、ほかの人々に向き直った。

「アハスヴェルは」彼は告げた。「今夜、寺院を出ていないそうです。しかも、彼は今、じきじきにミサを行っていて、それは一時間前から続いているようです」

ジョーゼフは知らぬ間に十字を切っていた。コンチャがあたりのにおいを嗅いだ。

「警部補さん」彼女はいった。「硫黄のにおいがしませんか？」

十二

ハリガン家の人々に誘われたものの、マットは火曜日の朝の鎮魂ミサには参加しなかった。彼が推測した通り、それは実際の葬儀のミサではなかった。検死のあとでなければ埋葬はできなかったし、検死は週の後半に延期されていた（マーシャルは、このありえない混乱を検死陪審員の前に提出するのを渋って、あと数日調べれば片がつくだろうと楽観的に考えているのかもしれないと、マットは思った）。

家族の悲嘆とわけのわからない儀式の中にいても、気まずい思いをするだけだろうとマットは判断した。ウルフ・ハリガンの死に対する心からの悲しみを示すには、家に残り、ウルフの仕事を続けるのが一番だ。そこで、厳粛な大ミサで「怒りの日」が歌われ、香炉が振られているとき、マットは亡くなった雇い主のデスクで、かつてここに座っていた主の仕事ぶりにさほど劣らないことを祈りながら仕事に励んだ。

特にアハスヴェルのファイルには注意を引かれた。それは見事に完成しかけていた。少なくとも、破壊的でありながら名誉棄損には当たらない特集記事を書くのに十分な資料がすでに揃っていた。

しかし、ひとつ欠けている部分と、ひとつ過剰な部分があるのが腹立たしかった。欠けている部分はもちろん、アハスヴェルの正体とその背後にある力に関する、失われたウルフの推測だ。過剰な部分はマット自身のメモだった。光の寺院で急いで走り書きした、不正な富に関するものだ。この言葉が全体のどこに当てはまるのか、彼にはわからなかった。それでも、ウルフの仮説がどんなものであったにせよ、それを補強するものに違いない。

仕事中、彼はどんな紙切れも注意深く調べた。警部補と急いで目を通したときよりもはるかに徹底的に。彼はふたつのものが見つかるのを期待していた。遺言補足書と、アハスヴェルの背後にいる人物を特定する極秘のメモだ。そのどちらについても、残念ながら、調べはまったく無駄だったと認めなくてはならなかった。

終わりのない徒労に疲れきって、ついに彼は椅子にもたれ、ダーツの矢を手にした。最初の一投は大きく外れて壁に当たり、床に落ちた。二投目は的の端に刺さり、そのまま震えていた。マットはやる気が出てきた。あと二、三回やってみたら……。ダーツを仕事中のリラックス法に使ったウルフは、たぶん正しかった。想像力に乏しいマットは、決まってトランプのひとり遊びだった。

三投目は二投目と似たり寄ったりのところに刺さった。四投目は、一投目と同じく失敗だった。マットは五本目の矢を、今度こそ完璧に投げようと構えたが、ドアにノックの音がして中断された。

どうぞと叫んだマットに応えて入ってきたのはコンチャだった。「やあ」明るくいいかけた彼は言葉を切り、相手を見た。「どうしました?」

彼女は長椅子に腰かけた。「泣いてたの。馬鹿みたいじゃない?」

「さあね。それが助けになることもありますよ」

「そういうと思った。男の人って、女がどんな問題を抱えていても、たっぷり泣けば解決すると思っているのね」

「そうじゃないんですか？」

「そこが一番悪いところよ――まったくその通りなんだから。ただ、いつもは泣けないの。ここに何かが引っかかって、息もつけないし、何も感じない。でも泣けないの。なのに今日、ミサで……。ああ、わたしが間違っているのよ。そうに違いないわ、マット。お願い、わたしが間違っているといって」

「泣くことに関する説ですか？　ぼくは専門家ではないけれど――」

「子供扱いしないで。わかるでしょう、わたしが……いいえ。あなたにはわからない。わかりっこないわ。ごめんなさい。わたしのこと、馬鹿だと思っているでしょう」

「ちっとも」

「今度は甘やかすのね。さよなら！」

彼の目の前で、ドアがぴしゃりと閉まった。マットは肩をすくめ、五本目の矢を投げたが、塗装の外側をかすめただけだった。少しはましになったぞ。もう一度やってみようと、立ち上がって矢を回収しようとしたとき、ドアがまた開いた。

「わたしがここへ来たのは」コンチャはバニヤンのように堅苦しくいった。「教会から家族と戻ってきたシスター・アーシュラが、話をする時間があるか知りたいとおっしゃったからです」

「ぼくと？　いったい何の話でしょう？」

「厚かましく尋ねようとは思いませんでしたわ。会っていただけます？」

「もちろん」

「そう伝えます」コンチャは戸口で立ち止まった。「ねえ。わたし、馬鹿だと思う？」

「ええ」マットはそっけなくいった。

彼女はほほえんだ――思いのほか、明るい笑顔だった。「よかった」彼女はいった。

妙だな、とマットは思った。シスター・アーシュラは単一の存在のはずなのに、いわば、ふたりいるように思えるからだ。彼女がひとりきりでいるのを見たことがない。必ずシスター・フェリシタスがついてくる。彼女は何もせず、何もいわないが、そこにいることが修道院の規則なのだろう。

修道女たちが入ってきて、長椅子に腰を下ろすと、マットは立ち上がった。「どうぞお座りになって、ミスター・ダンカン」シスター・アーシュラが切り出した。「わたしがなぜわざわざ会いに来たか、不思議に思っていらっしゃるでしょうね？」

「そうなんです」

「でしたら、あいさつで時間を無駄にするのはやめましょう。あなたに会いたいと思ったのは、あなたがマーシャル警部補の非公式の助手のようなことをしていると、家の人に聞いたからです。それは本当ですか？」

「非公式という部分を強調してくれるなら、本当です」

「いいでしょう。じかに警部補と話ができればいいのですが、修道院長はそれをふさわしい使命とお考えにならないかもしれません。でも、わたしたちが葬儀に参列するのは自然なことですし、そのついでにあなたとお話しできたら……。おわかりでしょう、ミスター・ダンカン、わたしはウルフ・ハリガンを殺した犯人を突き止めたいのです」

マットはほほえんだ。「それは素晴らしい」

被り物の下で、彼女は応えるようにほほえんだ。「疑わしいと思われるのも仕方ありません。ですが、推理の経験がないわけではないのです。聖餐用のワインに何があったか証明してみせたとき、修道院長はとても驚いておられました。それに、シスター・パーペチュアが彩飾していた祈禱書が誰かに切り裂かれたという蛮行がありました。現に、シスター・イマキュラータにはいつもこう呼ばれて――」彼女は顔を赤くして言葉を切った。「あら、わたしったら！」

「どうしました？」

「どうやら」彼女はゆっくりといった。「誰でもひとつは大罪を抱えているようです――その人の道徳的自己が特に許してしまう、七つの大罪のひとつを。わたしの場合は傲慢です。聖パウロがいわれたように〝わたしの体に与えられたひとつの刺《とげ》。わたしを打つために、サタンから送られた使い〟なのです。そしてわたしは、自分の欠点を誇ることすらできません。なぜなら、誇ることそのものが欠点だからです。ですから、ミスター・ダンカン、わたしを受け入れ、わたしに罪にふけることを強要しないでください」

「いいでしょう、シスター。あなたを受け入れます――そのことに、何か意味があるのなら。さて、どういうご用件でしょう？」

「これは事実をありのままに告げているにすぎないと、良心をなだめなくてはなりませんが、わたしが警察のやり方と犯罪学をよく心得ていることはお知らせしておいたほうがいいでしょう」

「きっとミステリー小説の熱心な読者で、第二章で謎を解いてしまうんでしょうね？」

「わたしをからかっていらっしゃるのね。いいえ、ミステリー小説はあまり好きではありません。けれども父が警部で、わたしも二十歳の頃には婦人警官を志していたのです。その後、健康を害し、長い療養生活の中で別の道を見出したのです」

「婦人警官になろうと考えていたなんて、面白いですね。普通の人は、修道女というのは今も昔もずっと修道女だったように思うものです。あなたの少女時代を想像すれば、身長はそれなりでも、やはり修道衣を着た、おとなしくて柔和な人を思い描きますね」

「修道女というのはおとなしくて柔和だとお考えですの？」シスター・アーシュラは静かに笑った。「もちろん、そういう人もいますけれど。シスター・フェリシタスをご覧なさい（彼女を困らせているとは思わないでくださいね――気の毒に、耳が不自由なのです）。でも一方で――いいえ、名前は挙げないことにしましょう。あなたには何の意味もないことですし、名指しすべきことでもありませんから。でも、警官のブーツを履けば、とても頼もしい婦人警官になれる修道女もいますのよ」

「結構です。非難に甘んじましょう。今後、そうでないことが証明されない限り、修道女は聖なる恐怖だと思うことにします。それで、シスター・アーシュラ、何をお望みなんです？」

「情報です。警部補の信頼を損ねることなく、事件のことをできるだけ教えてほしいのです」

「うーん。それは構いませんが、まず、なぜそれほどこの事件を解決したいのか、教えてもらえませんか？」

「難しい質問ですね、ミスター・ダンカン。ウルフ・ハリガンとその家族を愛しているからでもあり、わが修道会がハリガン家から多大な恩恵を受けているからでもあり、ただひたすら正義を求める気持ちからでもあり、今も脅威となっている危険を打ち砕くためでもあり、正直に申し上げますと、わたしの体の刺のせいでもあります。しかし何より――そう、一番の理由はこれですわ。今、悪の奇跡と考えられているものを、解明したいのです」

マットは自分の説明に対するシスター・アーシュラの鋭い反応と、巧みに差し挟む質問に大いに喜び、感心した。彼女の傲慢は、致命的で罪深いかもしれないが、根拠のないものでないのは確かだった。目の前にいるのは、世俗を離れた汚れなき存在ではなく、生き生きとして、分別のある、聡明な女性だった。

彼女はとりわけ〝不正な富〟に興味を示した。「ミスター・ハリガンが何をいいたかったのかわかります」彼女は、半ば自分に言い聞かせるようにつぶやいた。「もちろん、ありえないことではないけれど――愉快な考えではありませんね」

「どういうことです？」

「ミスター・ダンカン、あなたはランスで翻訳された新約聖書をお読みになったことはありますか？――大ざっぱにドゥエ版と呼ばれることが多いのですが」

別のときにも、彼女が答えをはぐらかしたことがあった。密室の説明の最後に、マットが「警部補はエレン・ハリガンが誰かをかばっているという結論を出すしかないようです」といったときだ。

「いいえ、ミスター・ダンカン」シスター・アーシュラはきっぱりといった。「ミス・ハリガンは厳正なる真実を述べています。わたしたちはそう心得、それに頼って問題を解決しなくてはなりません」

「しかし、どうしてそう確信できるんです？」

「メアリーは――いいえ、あなたはコンチャと呼んでいましたね。かわいそうなあの子は、スペイン人の血をたいへん誇りに思っています。わたしがコンチャをミサへ行かせたことは聞いていますか？」

「ええ」

「そこで何があったのかも？」

「ええ」

「だったら、ミス・ハリガンの言葉を信じなければならない理由はおわかりでしょう。では、続けてください」

彼が話を終えると、シスター・アーシュラはしばらく座ったまま考え込んでいた。マットはシスター・フェリシタスがぐっすり寝ているのに気づいて、おかしくなった。「疑問はほとんどありません」シスター・アーシュラは、気持ちを奮い立たせていった。「なぜ遺言補足書が盗まれたのか？　誰が黄色い衣を燃やそうとしたのか？　なぜアーサーはスワーミを訪ねたのか？　そんなところです。でも、大きな問題が解ければ、それらも解決するでしょう」

「その問題とは？」

「覚え書きのようにいわせてください。

A、この犯罪はウルフ・ハリガンの職業に原因があるのか、それとも家族に原因があるのか？
B、いずれの場合でも、誰が犯人なのか？
C、アハスヴェルとは誰なのか、そして、背後に何者かがいるとしたら、それは誰なのか？
（ただし、このことは犯罪とは無関係と証明される可能性がある）
D、なぜ犯人は黄色い衣を着ていたのか？
E、犯人はどうやって部屋を出たのか？

このリストで満足ですか？」

「ええ。それに答えられれば――」

「待ってください。あなたがいい忘れたことがありますわ、ミスター・ダンカン。土曜日の夜、マーシャル警部補はわたしからの手紙を受け取りましたか？」

「ええ」

「それで、ほかに穴の開いた本を探してくれましたか？」

「警部補は、最初から気づかなかったなんて馬鹿だったといっていましたよ。あなたに一点ですね、シスター」

「それで」彼女の声は興奮していた。「見つかりましたか?」

「ええ。でも役には立ちませんでした」

「何だったのです?」

「ファイルではなかったんですよ。十字軍に関する本でした。ミスター・ハリガンが練習に使ったんでしょう」

「かもしれません。でも――それを見せていただけませんか?」

マットは本棚からそれを取り、彼女に手渡した。シスター・アーシュラは表題のページを見て、取り落としそうになった。長椅子に深くもたれ、息をつこうとする。その顔には、純粋な肉体的苦痛が表れていた。「何ということ!」彼女はあえぎながらいった。「イエス様、マリア様、ヨセフ様!」それは罵りではなく、救いを求める祈りだった。彼女は心を落ち着かせるロザリオの珠を探り、声を出さずに唇を動かしていた。

ようやく彼女は立ち上がった。「礼拝堂へ参ります」その声は落ち着きを取り戻していたが、目に浮かぶ恐怖は隠し切れなかった。

マットは眉をひそめた。「というと、つまり――」

「今や、残るは最後の問題だけだということです。そして、わたしは恐れています」

「でも、どうやって――」

「警部補に伝えてくださいと」彼女は苦心していった。「わが修道会の記念礼拝堂の名前を思い出すようにと」

シスター・フェリシタスは、相変わらず穏やかに眠っていた。マットはフランス窓を開け、クロッケー場に出て、煙草に火をつけた。あの表題のページがシスター・アーシュラに何を伝えたのか知りたかった——実際、ほとんど祈りたい気持ちだった。明らかに、たやすく怯えるような女性ではない彼女が、あの無害な題に対して見せたのは恐怖だった。

それでも彼女は、最後の疑問の答えがまだ出ていないことを認めた。マットは芝生を横切ってベンチへ向かい、そこに座って窓をじっと見た。あの部屋で何かを見たのは間違いない。警察が踏み込んだときには、もうなかったものを。今は部屋がよく見えなかった。暖炉の火がないからだ……。

マットは考えを中断した。部屋の中で何かが動いている。はっきりとは見えないが、修道女でないのは確かだ。彼は煙草を放り、芝生の上を（フープがちりばめられた場所で出せる限りの速度で）走り、部屋に飛び込んだ。

アーサー・ハリガンが、レターファイルを収めた棚の前に立って、手を伸ばしていた。マットが入っていくと、彼はその場で動きを止めた。どんよりとした目をゆっくりと向ける。

「どうした？」彼は間延びした口調でいった。

「いったい何をしているんです？」

アーサーは生気のない笑みを浮かべた。「感傷だよ、わかるだろう。ここは父の部屋だ。鎮魂ミサから戻って、ここへ来るのは自然なことじゃないか？」

「ええ、とても感動的ですよ。では出ていって、もう入ってこないでください」

「いいとも」アーサーはゆっくりといった。「ぼくはただの息子にすぎない。きみは七百人の熾天使に囲まれた全能の神だものな」

「ぼくはこの部屋を預かっているんです。だから、出ていってください」

「へえ？　きみがあれほど主張していた遺言補足書は、出てきていないようだが。誰かが持っていくなんておかしいね――本当にそんなものがあればの話だが」

「いっておきますが――」

「きみだってぼくと同じく、ここにいる権利はない。それどころか、ぼくよりもずっと権利はないはずだ。それに、何をそんなにそわそわしているんだ、ダンカン？　この部屋に、ぼくに見つけられたくないものでもあるのか？　ぼくに感づかれたと思っているのか？　きみがどうやって、この部屋に鍵をかけて――」

「もう一度いってみろ、アーサー。どんな結果になるかわからないぞ。面倒を起こしたくなければ、今すぐこの部屋を出ていくんだ」

「ずいぶんせっかちなんだな。いいや、ぼくのことを、密室の謎が解けるほど利口だとは思っていないはずだ。それが心配なんじゃないだろう。ほかに何がある？　何かの手がかりか？　妹がここに残していったものじゃないだろう。きみが――」

「警告はしたからな」マットはいった。

巧みなパンチだった。徹底的にやっつけるというよりも驚かせるためのもので、その目的をきちんと果たしていた。アーサーがまだ床に倒れ、信じられないように力なく首を振っている間に、シスター・アーシュラがまた入ってきた。

「すみません」マットはいった。「やむを得なかったんです」

「うまくやりましたね」彼女は静かにいった。「シスター・フェリシタスを起こしもしませんでした」

アーサーはよろよろと立ち上がり、机につかまった。「修道女め！」彼はつぶやき、もつれる足でフランス窓から出ていった。

「必要なことだったというのを」シスター・アーシュラはいった。「疑ってはいません。でもこの家で、不必要な暴力はおやめください。ここで何が起こったか覚えているでしょう。わたしたちは、もう十分激情と戦っているのですから、さらに加えることはありません」

彼女がシスター・フェリシタスを起こしにいこうとしたとき、コンチャが入ってきた。「シスターを送っていくためにアーサーを探していたんですが、見つからなくて」

シスター・アーシュラはほほえんだ。「わたしたちなら大丈夫です。ああ、ところで、メアリー──この家でクロッケーをする人はどなたです？」

「ひと試合やりたくてうずうずしていらっしゃるの？　わたしがお相手しますわ」

「この服では、そんなことができるかどうか。いいえ、ただ知りたいのです」

コンチャは問いかけるようにマットを見たが、彼は答えなかった。「ええと、もちろんわたしはやります。たぶん、一番好きなんじゃないかしら。ミスター・ダンカンも腕は悪くありません──

ええ、本当よ。エレンおば様はまったくやらないわ。アーサーはできるけれど、お金を賭けなければやらないし、それだと面白くないでしょう。ジョーゼフおじ様は、威厳を忘れていいときに、たまにやります」

「ありがとう」シスター・アーシュラは、話題とはまったく不釣り合いな、深刻な顔をしていた。

「おば様は、居間にいらっしゃいます？」

「ええ」

「ミス・ハリガンのところへ行きますよ！」彼女はシスター・フェリシタスに大声でいい、年上の修道女をドアのほうへ連れていった。出がけに、彼女は一瞬振り返った。「ありがとう、ミスター・ダンカン。またお会いしたいときには、ここにいらっしゃいます？」

「しばらくは、シスター。それと、できれば――」

彼女の目が、コンチャの前ではこれ以上何もいうなと警告していた。「重ねてありがとう」そういって、彼女は出ていった。

「何のお礼だったの？」

「知りたいですか？」

コンチャはデスクに腰かけ、ほっそりした素足をぶらぶらさせた。「今日、グレッグから電話があったの。バニヤンに、留守だといってもらったわ」

マットはフランス窓に近づき、それを閉めて、差し錠をかけた。「あなたはお馬鹿さんですね、かわいいお嬢さん」

「わたしがかわいいお馬鹿さんだといいたいの？　いいの、答えないで。今、何をしているの？」

彼は廊下側のドアに引き返し、ノブを回した。「鍵をかけているんです」

「鍵を……」だしぬけに、コンチャは言葉を切って身震いした。「つまり、あのときのように……」

「犯罪の再現じゃありませんよ。あなたがいいたいのがそれなら。普通に戸締まりをしているだけです。ここへ入りたがる人がいるようなので」

「誰？」

「たとえば、あなたの大好きなお兄さん。それから、ぼくの友達。妙な名前で、しょっちゅうとんでもないところにオートマチックを落としていくんです。礼拝堂に通じるドアの鍵を持っているのは誰ですか？」

「ジョーおじ様だと思うわ」

「午後、彼のオフィスに寄って、もらってきますよ。行きましょう」彼はコンチャの腕を取り、礼拝堂へ連れていった。

「出かけるの？」

「夕食の約束があるんです」彼はばね錠のボタンを押してからドアを引いて閉め、がちゃがちゃ揺すった。しっかりと鍵がかかっていた。

「あら……」彼女はしょんぼりした声を出した。

マットは頭の中で出入口を確認し、最後にもう一度礼拝堂のドアを引っぱって、満足した。「誰かがもう一度、あのトリックを試してくれるといいのだが」

十三

マットがそのひげに気づいたのは、知らぬ間にアハスヴェルを意識していたからだろう。ただしそれは、アッシリア風のスペード形には似ても似つかなかった。ふさふさとした、濃い赤褐色のひげだ。だがマットは、広告用語なら〝ひげ意識〟とでもいうべき状態だったので、それほどの違いがあっても注意を引かれていた。

それはR・ジョーゼフ・ハリガンの法律事務所へ向かうエレベーターの中でのことだった。そして、マットはその奇妙で贅沢で立派なひげを思い出して楽しんでいた。ミスター・ハリガンはすぐに参りますと言われてから、贅沢で上品な控室で十五分は待たされている。受付係に、もう一度陳情に行こうとしかけたとき、怒号に近い声がR・ジョーゼフ専用のオフィスから響いてきた。

ハリガンの声には違いないが、感じのよさも、思慮深さもなかった。こんな怒鳴り声をあげるなら、ジョーゼフのピンクの顔は真っ赤になっていることだろう。そして、その爆発の勢いで飛んできたミサイルのように、グレゴリー・ランドールがドアから飛び出してきた。

マットは立ち上がり、手を差し出したが、グレゴリーは足早に通り過ぎていった。わざと無視したのか、自分の切迫した考えで頭がいっぱいで見過ごしたのか、マットにはわからなかった。ただ、グレッグのハンサムすぎる顔が、怒りと屈辱で歪んでいるのがちらりと目に入った。続いてR・ジョーゼフが、いつもの落ち着いた、堅苦しい様子で戸口に立ち、彼をオフィスに招いた。

鍵の用件はあっさりと済み、たった今の出来事にはひとことも触れられなかった。ジョーゼフは、部屋に鍵をかけるのは賢明な対策だと同意した（マットは如才なく、アーサーがこそこそうろついていたことは告げなかったが）。そして、遺言補足書がなくても、マットが管理人であることは理にかなっているといった。

鍵束から鍵を外しながら、R・ジョーゼフ・ハリガンは、相手側の重要証人に向けるような目を彼に向けた。「きみはグレゴリー・ランドールの友達だったね？」

「ええ。でも、最近になるまで何年も会っていませんでしたが」

「では、きみは……これは個人的な質問で、答えたくないかもしれないが、彼の現在の経済状態について、何か知っていることはないかね？」

「あいにくですが、何も知りません。でも、ランドール家の一員なら……」

「ああ、もちろんそうだ。だが、ままならない世の中なのでね。ランドール家やハリガン家さえも、運命の逆転とは無縁ではない……。たぶん、ありのままを話したほうがいいだろうな。さっきの残念な場面を見たからには、説明を聞く権利があるだろう」

「いいえ、その必要は……」

「今となっては、なぜメアリーが昨日、ランドール家の息子にあれほど冷たかったかわかったよ。

彼が結婚を急がせる態度は、明らかに礼儀を欠いている」

マットは友人の弁護をしようとした。「姪ごさんは魅力的な女性です。隠された意図がなくても、ぜひ結婚したいと思うでしょう」

「遺言状のことを考えても？　それに――ここだけの話だが、ダンカン――弟が、実際に結婚に反対したわけではないが、少なくとも数年は先延ばしにすることを望んでいた事実を考えても？　弟が亡くなった今、自分の父親とわたしが仲がいいのを知るランドール家の息子は、管財人のわたしを説得して、すぐにも結婚に同意してもらえると思ったようだ。あの青年は、まだまだ勉強が足りないな」

R・ジョーゼフは、現代の服を着たポローニアスのように、したり顔でうなずいた。それから立ち上がり、鍵を渡した。「今の話は忘れてくれ」ぶっきらぼうにいう。

マットが廊下に出たとき、エレベーターを待っていたのは、またもひげの男だった。今度は、マットはその男をもっとよく観察した。サングラスをかけ、帽子のつばを下ろしているのに気づいて、マットはなぜだろうと思いながら笑みを浮かべた。

マーシャル家へ出かけるまで、あと三十分は時間をつぶさなければならなかった。ロサンゼルスのダウンタウンで三十分の暇つぶしをするなら、パーシング広場に勝るところはない。ひげの男にも楽しんでもらえるといいが、とマットは思った。

パーシング広場は、ロサンゼルスのハイド・パークと呼ばれることもある。好意的な比喩だが、エイミー・センプル・マクファーソンのアンジェラス寺院をロサンゼルスのウェストミンスター教会と呼ぶのと同じくらい不正確だ。確かにイギリスは、変わり者や個性的な人であふれているが、パーシング広場にいる人々を描写するには、もっと新しい、生き生きとした言葉が必要だ——突飛《スクリューボール》だとかいかれてる《クラックポット》といった、アメリカの言葉が。

広場では、堅苦しい話は聞かないし、壇上から大衆に呼びかける演説もない。それどころか、（誰も目もくれないが）歩行を邪魔することは厳重に禁ずるという看板さえある。演説の自由という権利を行使したい衝動に駆られたら、通りすがりの人を引き止め、大声で話してみるといい。五分もすれば、少なくとも二ダースの聴衆が集まり、三ダースの反対意見が声高に発せられるだろう。

いつもなら、マットは半ダースほどの戦線で激論が交わされるのを見られただろう——あるグループではローズヴェルトについて討論し、別のグループでは共産党の党路線について、また原理的な宗教について、そして、タウンゼント計画やけちくさい話題について討論するグループが、少なくともそれぞれひとつはある。だが、今日のパーシング広場は、奇妙な意見の一致に支配されているようだ。あらゆる話題が、ひとつのテーマに帰着していた。

ファシズム「そうとも、上流階級が望んでいるのはそれなんだ——われわれがヨーロッパのファシズムを恐れるあまり、わが国のファシズムに目もくれないことだ。このアハスヴェルとは何者だと思う？　小型のヒトラーだ。そろそろ、誰かがやつを踏みつぶさなくては」

共産主義「黄色い衣の男について、ほかに何といわれようと、彼はひとつだけ名案を持っている。共産主義の一掃だ。このアメリカで、それが受け入れられないことがあれば……」

宗教「これもまた、ほかのものと同じ福音ではないか？　ほかの福音を信じるなら、それを信じないということもあるまい？　そして、ヨセフによる福音書には、はっきりと……」
年金生活者「いいだろう、やつを上院へ送り込んだのは誰だ？　ごく普通の人々だ。そして、やつは何をした？　われわれを裏切り、売ったんだ。このアハスヴェルこそ、われわれの味方だ。われわれには生きる権利があり、われわれがそのために戦っていることを、彼は知っている」
扇情主義「あの男は社会に対する脅威だ。あんなふうに人を殺すのは呪術によるものだ。聖書には何と書いてある？　さあ、何と書いてある？　〝呪術を行う女を生かしておいてはならないだ！」
マットはベンチに置かれた新聞紙を見下ろした。見出しにはこう書かれていた。

暴動寸前で回避
怒れる群衆、光の寺院を襲撃

この混乱した大騒ぎは、ハリガン事件の拡大版だった。だが、マットを混乱させていたのは、小さな事柄のほうだった。ジョーゼフの言葉は、いわれるほどたやすく忘れられるものではなかった。グレゴリー・ランドールが、生前のウルフ・ハリガンが反対していた結婚を、無作法なまでに貪欲に進めようとした事実を忘れることはできない。それにR・ジョーゼフが、捜査担当警部補の非公式な腹心の部下であるマットにその疑わしい事実を伝えようとして、驚くほど彼らしくない態度を見せたのも。

路面電車は満員だったので、マットは太ったビジネスマンと、山ほど荷物を抱えた老婦人の間に窮屈に挟まり、ひげの男への疑惑を確かめることができなかった。だが、電車を降りてから角で待ち伏せすると、今では見慣れた派手な人物が、次の停車場からこちらへ引き返してくるのが見えた。ひげの男が自分をもう一度見つけようとしているのを確認するまでその場にとどまり、それからマーシャルの家へ向かった。

警部補が自分で呼び鈴に応えた。フリルのついたゴムのエプロンをして、赤毛の二歳の子供を抱えている。自分でも間が抜けて見えることはわかっていながらも、さほど気にしていない様子だ。

「レオーナの手伝いなんだ」彼はいった（その口調は「文句があるか？」といわんばかりだった）。

「入ってくれ」

マットは肩越しに、ひげの男が通りの向こうの木の陰にうまいこと身を隠すのを確かめてから、家に入った。

「いい家ですね」

「気に入っている。お察しの通り、この子がテリーだ」

「やあ、テリー」マットは真面目な、少し落ち着かない口調でいった。

「ちゃんとごあいさつしなさい。このお兄さんを何と呼ぶ？　ミスター・ダンカン？　マットおじさん？」

「傷《スカッチ》」テリーは興味津々の様子でマットの傷跡を指さした。

マットは笑った。「スカッチはよかったな」

「それで思い出した」マーシャルがテリーをソファに下ろした。「夕食前にスコッチとソーダはどうだ？」

「いいですね――ただし、ぼくのはストレートでお願いします」

「わたしもだ。ソーダといったのは冗談だよ。こちらのミスだ」

マーシャルは台所へ入っていき、マットはテリーの大きな目に見つめられながら、ひとり途方に暮れていた。おずおずと変な顔をしてみたが、テリーは興味を示さなかった。そのうちに、マットは部屋の隅にドナルドダックが転がっているのを見つけ、それを取ってくると、できるだけアヒルの鳴き声らしい声をあげながら敷物に沿って引っぱった。

「だめ」テリーが断固としていった。「アヒルが鳴くんだよ。おじさんじゃなくて」

マットは恥ずかしくなって黙り、アヒルが本当にちゃんと自分で鳴くのを聞いた。テリーはしばらくそれを見ていたが、ソファから這い下りてその下に手を入れ、ピノキオが描かれた大きなゴムボールを取り出してマットに渡した。「ほら」

マットはボールを見た。「ほら？」

「ほら」テリーが強くいった。

「ほら……」マットは考え込むようにいった。「これは困ったな」

テリーは小さいこぶしでマットが手にしたボールを叩き、地団駄を踏んだ。「ほら！」

マーシャルが戻ってきたのを見て、マットはほっとして目を輝かせた。警部補は瓶と小さなグラスを三つ載せたトレイを手にしていた。「通訳の必要がありそうだな」

テリーも父親に訴えた。「パパ、スカッチに、ほらさせて」

「覚えておくことだな」マーシャルは酒を注ぎながら、悟りきったようにいった。「〝ほら〟、というのは〝投げろ〟という意味だ——ボールのときはね」

マットは納得した。少し体を引いて、ピノキオのボールをそっと放ると、テリーは喜んできゃっきゃと叫んだ。

マーシャルがマットにグラスを手渡した。「ありがとうございます。でも、どうして三つあるんです？　これで乳離れさせるなんていわないでくださいよ」

「テリーは乳離れは済んでいるよ」マーシャルは独身者を憐れむ父親のような口調でいった。「十四か月前にね。妻が飲みたがっているとは思わないか？」

マットはグラスを上げた。「では、テリーと奥さんに乾杯！　一杯目にはふさわしいでしょう」

「ほら！」テリーがそういって、ボールを投げた（あるいは、ほらした）。それは完璧な狙いでマットの手からグラスをはじき飛ばし、敷物に大きなウィスキーのしみを作った。

「テリー！」台所の戸口から声がした。息子よりもさらに赤い髪をしたレオーナ・マーシャルが、ほとんどひとつの動作で部屋に飛び込み、テリーを抱き上げ、叱るように指を振り、ボールを長椅子の上に放り、トレイにグラスを戻し、どこからともなく布巾を出し、ウィスキーを拭き取り、自分の手を拭いてから、その手をマットに差し出した。「こんばんは、ミスター・ダンカン。お会いできて嬉しいわ」

「お誘いありがとうございます」

「わたしが誘ったわけじゃないわ。わたしはただの従順な奴隷。でも」彼女は笑った。「そのことをテレンスから聞いたのが今朝でよかったわ。いつもは早くても一時間前なんだから」彼女は息子を見た。「そろそろおねむの時間よ、テリー。おやすみなさいして」

「スカッチ、もうちょっとほら」テリーが抗議した。

レオーナが眉をひそめた。「スカッチ?」

「ぼくのことです」マットがいった。「この傷で」

「ああ。だめよ、スカッチは、また今度ほらしてくれるわ。もう寝なきゃ。この子、とても素直にベッドに入るのよ」彼女はマットにそういってから、すぐにつけ加えた。「と、願っているんだけど」

その通り、テリーは素直に応じ、これにはレオーナ自身も驚いたようだった。「戻ったらすぐに夕食にするわね」テリーを抱っこして連れ出しながら、彼女はいった。「ミスター・ダンカンに、顔を洗いたいかどうか訊いてちょうだい」

「洗いたいか?」警部補が律儀に訊いた。「それとも、お代わりのほうがいいかな?」

マットはグラスを差し出してそれに答えた。

「ダンカン、いい考えだ。しかし、あとで顔を洗ってくれ。レオーナは、お客様用のタオルを使ってもらえないとがっかりするんだ」

驚くほどすぐに、レオーナが戻ってきた。「あなたがいい影響を与えてくれたみたいね、ミスター・ダンカン」彼女はエプロンの紐をほどきながらいった。「まるで天使だったわ。見せてあげたいくらい。パンダと一緒にお布団に入ってるわ。ちょっと覗いてみない？」彼女は熱心に誘った。

マットは慌てて返事した。「起こしてしまうといけないので」

マーシャルがにやりとした。「いつかは慣れなきゃいけないことだぞ」彼は三つ目のグラスを差し出した。「レオーナ？」

「あのう」マットがいった。「どこかでお目にかかりませんでしたか？」

「ダンカン」警部補が笑った。「その台詞はどこで聞いてもまずいが、夫の面前では最悪だ」

「いいえ。そういうことじゃなくて――」彼はグラスを置き、信じられないような目でミセス・マーシャルを見た。「何てことだ、レオーナじゃありませんか！」

レオーナは落ち着き払ってうなずき、もうひと口飲んだ。「ほらね、あなた、恐ろしい過去が追いかけてきたわ。そうよ、ミスター・ダンカン、レオーナよ。炎の女の」

マットは思い切り笑った。「驚いたな。フォーリーズ・バーレスクの桟敷席に座って、レオーナの炎の踊りを見ていた頃を思い出しましたよ！　赤い髪の情熱の華《はな》――そんなふうに呼ばれていませんでしたか？」

「それは」マーシャルがそっけなくいった。「当たり障りのない別名のひとつだ」

「空想までしたものです。いつか、レオーナと会えたら――」マーシャルと目が合い、彼はそこで言葉を切った。「そして、ついにレオーナに会ったと思ったら、完璧な主婦になっていたなんて」

レオーナは酒を飲み干した。「驚きでしょう？ テレンスが風紀取締班にいた頃のことよ。劇場に手入れがあって、全員刑務所に引っ張られて、わたしだけが終身刑をいい渡されたの。それなりに楽しい刑でもあるけれど」彼女はマーシャルの手に軽く触れた――一見、何気ないしぐさだったが、マットはそこに不滅の愛と優しさを感じた。

「昔の生活が恋しくなりませんか？」

「まさか！ それに、テリーがそんな気持ちを解消させてくれるみたい。本業の助けにはならなかったけれど。でも、そろそろ夕食にしましょう。わたしの過去を語っていたら、ローストがぱさぱさになってしまうわ」

「それに、レオーナのローストは」マーシャルが自慢げにいった。「食べてみる価値ありだよ」彼は先に立って食堂へ向かった。

「テレンス！」フォーリーズの元スターがいった。「そんな格好で食事をするつもり？」

「いいや」警部補はきまり悪そうにゴムのエプロンを外した。


三十分後、マットは告白した。「こんなラムの脚を食べたのは初めてですよ。何をしたんです？ その美しい手で触れたら、こうなるんですか？」

「何といっても、ペルシアの調味料よ。名前をいっても信じてもらえないでしょうね。それをオリーヴオイルでペースト状にして、お肉に塗るの。お気に召した？」

「お気に召したかって？」マットは敬意を込めていった。「ぼくが結婚するときには」（と、木のテーブルを鋭く二度叩いて）「花嫁に結婚祝いとしてひと包み送ってくださいよ」

「お代わりは？」

「ぜひ」

レオーナは、大喜びの客にお代わりを給仕する料理人に特有の、満足げな笑みを浮かべた。「いろいろ試すのが好きなの」彼女はいった。「何か思いつくと、テレンスが仕事に出ている間に自分で試食してみて、おいしければ彼に出すのよ」

「それが、いつでもおいしいんだ」テレンスが断言した。

「いつもじゃないわ。わたしの昼食を食べてみるといいわよ」

そのとき、街灯がついた。食堂の窓越しに、マットはひげの男の影がまだ持ち場を離れずにいるのを見た。「見てください、警部補」彼は話を遮っていった。「ぼくは尾行されているんでしょうか？」

マーシャル警部補は体をのけぞらせて、ベストのボタンを大げさに外した。「ああ」彼は認めた。「驚いたか？」

「いいえ。驚くには当たらないと思いますが、あんなに下手にやる必要があるんでしょうか？」

「きみに気づかれたことか？　確かに下手だな。ホームズものに、こんなくだりがあるが――」

「あなたはミステリーが嫌いだと思っていたけれど」レオーナがいった。

「おいおい、シャーロック・ホームズはただのミステリーじゃない。『マクベス』がただの芝居ではなく、『御身が共にいるならば』がただの歌じゃないのと同じだ。ホームズの物語は、素晴らしく、超人的で、別格なんだ。わたしはそれを読んで育ち、崇拝している」

「ただのミステリーでないのは認めるわ」レオーナが、明らかに夫ほどの情熱のない口ぶりでいった。「あんなふうに、誰かが手がかりを差し出してくれたら——」

「そのくだりというのは……」マットが水を向けた。

「そうだ。確か『ライオンのたてがみ』だ。探検家が〝わたしは誰も見かけなかった〟というと、ホームズがこう返すんだ。〝わたしは尾《つ》けるときに、見つかるようなへまはしませんよ〟と〔実際には「悪魔の足」からの引用〕。それが理想の尾行というものだ。警察にはホームズばかりがいるわけではないが、尾行していることを気づかれる者はいない。どうして気づいたんだ?」

「気づかずにはいられなかったんです。大きなブラシのような赤い口ひげを生やして、サングラスをかけているんですから」

マーシャルは笑った。「警察は無罪を申し立ててるよ。中には尾行が下手な者もいるが、そこまでじゃない」

「でも、ぼくはつけられているんです」マットは食い下がった。

警部補はいくぶん酔いが醒めたようだ。「それは興味深い。ほかにきみを尾行しようとする者がいるだろうか? ひとついえるのは——彼がそれほど目立つなら、きみにつけられた尾行が彼に目を留め、ほかの誰かに彼を尾行させるだろう。愉快じゃないか?」

「気に入ったわ」レオーナがいった。「面白いゲームじゃない。わたしも入っていい? それに、テリーも夢中になるに違いないわ。わかるでしょう」彼女はマットに打ち明けた。「警察捜査の真面目な面を知れば知るほど、テリーのことを考えるの。もうお腹いっぱいかしら?」

マットは残念そうにうなずいた。「もう少し胃袋に余裕があれば……」

レオーナは立ち上がり、テーブルを片づけはじめた。「それは残念ね。デザートにブルーベリーのパイがあるの。ブルーベリーはお好き?」

「まだ余裕があります」マットはいった。

十四

「レオーナがいった通り」マーシャルが切り出した。「ミステリーは好きじゃないんだ」

ふたりの男は暖炉の前に腰を下ろし、その間には、持ち込んだテーブルの上に瓶とグラスが載っていた。台所からは、レオーナが夕食の皿を洗う音が聞こえてくる。マットは手伝うといったが、女主人は男性に手伝ってもらうのは慣れていないからと説き伏せた。「テレンスはいつもこういうの。〝男を台所から追い出しておくほど、早く台所から出られるものだ〟って。まだそうなったことはないけれど」彼女は続けた。「今も希望は捨てていないわ」マットはゴムのエプロンを思い出し、マーシャルの亭主関白ぶりも、客がいないときにはさほど発揮されてないのではないかと思った。

「だが、この本は」警部補が続けた。「なかなかのものだ。どうやら密室ものというのは、ミステリー作家にとっては昔ながらのものらしい。わたしの警察の経験では新しいが。それで、この作家はまる一章を割いて、その状況の解決法を残らず挙げて、分析しているんだ。そこで、今わたしがやりたいのは、この解決法をきみに読んで聞かせて、ふたりで、どれが今回の事件に当てはまるか検討することだ。ミステリー小説で事件を解決するときが来るとは、思ってもみなかったがね。しかし、癪《しゃく》に障るが、これはミステリー小説向きの事件だ。通常の捜査方法は当てはまらない」

「作者は誰です？」

「ジョン・ディクスン・カーという男だ。彼のおかげで、ミステリー小説に対する考え方が変わったといっていいだろう。白状するが」（彼はほとんど喧嘩腰でいった）「ゆうべはあんなに眠かったのに、この長編を全部読んでしまった。第一級の作品だ。最近のミステリー小説がこれほど面白いなら、また読んでみてもいいかもしれない。とはいえ、これは余談だ。われわれの関心はミスター・カーの『三つの棺』*の優れた文学性にあるのではない。殺人犯がどうやって密室を抜け出すかが知りたいのだ」彼はコーンパイプに煙草を詰めはじめた。

「さて、カーの探偵、ギデオン・フェル博士は、G・K・チェスタトンにセイウチの血を一滴混ぜたような、実にのっそりとした老人なのだが、まず最初に、密室は確実に鍵のかけられた部屋、つまり、彼のいう〝完全に密閉されたもの〟でなければならないと規定している。初期の作家は、秘密の通路で逃げを打ったりもしたようだが、フェル博士はそれをひどく嫌っている。わたしは美学の面はさほど気にしないが、専門家の証言から、あの部屋には秘密の通路もなかったし、凶器や手が入る大きさの穴や隙間もないことがわかっている。それは事実であり、今のところフェル博士の考えに沿っている。では、彼の分類法を見てみよう。

＊原注　New York, Harper Bros., 1935.

〝最初に！〟と彼はいう。〝完全に密閉された部屋で犯罪が行われ、そこから犯人は逃げ出していない。なぜなら、部屋には犯人がいなかったからだ〟」

「でも」マットは反論した。「ジョーゼフとぼくは犯人を見ています」

「スチュワート・ミルズという男も、この本の中で〝犯人を見て〟いるが、その説明は要点と矛盾しないいんだ。さらに詳しく挙げていこう。

一、殺人ではなく、偶然が重なった結果、殺人のように見えるもの。

われわれの事件に当てはまらない点は？」

「全部です。事故死は完全に論外ですね。もしウルフ・ハリガンが誤って自分を撃ったとすれば、銃に指紋が残るはずです。ただし……オートマチックを落として、手を触れずに発射することはできますか？」

「ハリガンがご親切にも取っ手をきれいに拭いてから、銃を落とし、火薬の火傷を負うためにその上に屈み込んだというのか？　だめだな。第一項、事故死は除外。次。

二、殺人だが、被害者が自殺に追いやられたか、事故死するように仕向けられたもの。

これには、被害者を狂気に追い込むような暗示や毒ガスも含まれるらしい。何か意見は？」

「前に同じです。もし状況が自殺に合わないとすれば、暗示による殺人にも合いません。ウルフ・ハリガンは自分で引き金を引いていません」

「同感だ。第二項、暗示は除外。次。

三、殺人であり、あらかじめ部屋の中に仕込まれ、一見無害な家具の中に探知されないように隠された機械装置によって殺すもの。

この〝探知されないように〟というのは気に食わないな。警察の捜査への褒め言葉とは思えない。だが、何かが〝探知されないように隠され〟ていたと仮定して考えよう」

「できるとは思えませんね。まるで〝不可能なことが可能だと仮定して、しかもそれが起こりえない理由を説明せよ〟といわれているようなものです」

「いいだろう。これはわたしが引き受けよう。あのオートマチックを発砲する仕掛けがあったとして、それは何らかの形で凶器に取りつけられていなければならない。だとすれば、警察が踏み込む前に誰かがそれを外す必要がある。そして、取り外すために誰かをあの部屋へ送り込むとすれば、そいつを殺し屋にしてしまったほうがいいはずだ。これは助けにならないな。第三項、機械装置は除外。

四、自殺だが、殺人のように見せかけたもの。

この変型には、凶器を取り去るものも含まれている。たとえば、警察が刺殺体の手にナイフがないのを見て、殺人だと判断する例だ。だが、われわれが抱えている問題は正反対だ。死体と凶器があるのに、死体が凶器を使っていないことが証明されたのだからね。第四項、自殺は除外。次はいささか狡猾だ。

五、殺人であり、幻影やなりすましから謎が生まれるもの」

「ぼくにはよくわかりませんが」

「わたし自身、彼が挙げている例を完全に理解しているかどうか疑わしい。殺人者が被害者のふりをして、鍵がかけられる直前に部屋に入ったと見せかけるが、実は被害者はしばらく前に殺されて、部屋の中に倒れていたのだ。もちろん、われわれの事件には当てはまらないが……」

「あなたがそれに惹かれる理由がわかりますよ。〝幻影〟という言葉でしょう。投影された場面説に戻ったわけです。いっておきますが、幻灯機のショーはありえませんよ。ご自分で、後ろで暖炉が燃えている窓に投影してごらんなさい」

警部補はゆっくりと煙を吐いた。「わかっている。だが、きみの見た人物は……何かしていたか？　動いていたかね？」

「一瞬見ただけで、中へ入ろうとしたものですから。あのときは動いていなかったように思いますが、断言はできません」

「では、それが人間でなかったとしたら……？」

「人間でなかったとしたら、等身大の像でしょうね。それがどうやって部屋から出たんです？　そっちのほうが簡単だとでもいうんですか？」

「いいや。それでも、この幻影説には未練がある。なあ――思い出してくれ。きみが見たという黄色い人物に、何か――おかしなところはなかったか？」

マットは赤い煙草の先を見下ろしながら、黄色い衣の中身をもう一度思い出そうとした。ようやく彼はいった。「ええ。ひとつありますが、役に立つかどうか。やつは手袋をしていませんでした」

マットが煙草を吸い終える頃、警部補はようやく毒づくのをやめた。「手袋をしていなかった！」彼は最後にいった。「馬鹿げてる！　とんでもない話だ！　きみのいっているのは、アハスヴェルがいつもしている黄色い手袋のことだろう？」

「ええ」

「だが、あれはやつの衣装につきものだ。犯人がアハスヴェルだろうと、彼に扮した別人だろうと。……殺人者が犯罪を行う前に手袋をはめた例は数えきれないが、これは将来、殺人者が手袋を脱いだ記録として事例集に載るだろう！」

「あいにくでしたね。でも、思い返せば、ぼくが見たのはそれでした――デスクの上に置かれた、肌色の手です」

マーシャルは鼻を鳴らした。「この混乱を収めようとして、ますます深みにはまってしまったな。

すべてを解決する幻影の手がかりを見つけるつもりが、代わりに手袋を着けず、指紋も残さない殺人者を見つけてしまった。それに、照明の具合で視覚的錯覚の線はなくなった。そして、その幻影が個体だった場合、殺人犯が消えたのと同じ問題にぶつかってしまう。したがって、第五項、扮装と幻影は除外。次。

六、殺人であり、当時部屋の外にいた者の犯行でありながら、室内にいた者の犯行としか考えられないもの。

これはひどく巧妙で、例として挙げられている冗談の中には、うまくいくものもあるかもしれない。少なくとも、検死官をとことん悩ますだろう。だが、そのほとんどは刺殺か撲殺で、この事件とは関係がない。さて、この事件が部屋の外からの犯行だと考えられない理由は？」

「ふたつあります。A、ハリガンの顔の火傷が、犯人が彼のそばにいたことを示している。B、弾道から凶器であると証明された銃は、部屋の中にあった。ネズミ穴や暖炉の隙間から、信じられない角度で銃弾が発射されたという現実離れした解決法を考えつくことはできますが、どちらの穴も、銃そのものが通るほど大きくないと考えられます」

「いいだろう。第六項、室外からの犯行は除外。

七、殺人であり、第五項の正反対の効果によるもの。つまり、被害者は、実際よりずっと前に死んでいたと推定されるもの。

いい換えれば、鍵のかかった部屋を壊そうとしている間、被害者は――たとえば薬で――意識を失っていただけで、ドアが破られ、続いて起こる混乱の中、実際の殺人が行われる。異議は？」

「ドアが破られてから死体が発見されるまで、部屋には警察しかいませんでした。それに、ぼくはドアが破られる前にウルフが死んでいるのを見ています」

「意識を失っている状態だったかもしれない」

「でも、あの顔を見ました……。それを抜きにしても、この説を受け入れるとなると、犯人はたまたま呼ばれた警察官のひとりということになります。それは、幾何学でよくいう不合理ですよ」

「そうだな。第七項、事後の殺人は除外。さて、親愛なるワトスン、これで殺人者が実際に部屋にいなかった状況のリストは終わりだ。どれも当てはまらないということで納得したかな？」

「最初からそう思っていましたよ。殺人者は部屋の中にいたのがわかっているんですから」

「よろしい。さて、気難しくてあっぱれなフェル博士は、今度は殺人者が部屋を出たあとでドアに仕掛けをし、中から鍵がかかっているように思わせる方法を列挙している。まずはこれだ。

一、まだ錠の中に入っている鍵に細工をする方法。

プライヤーと紐を使った見事な例がいくつか挙げられている」

「でも、書斎の出入口で、錠に鍵が差さったままのものはありませんでした」

「その通り。これは除外。次。

二、鍵や差し錠には手をつけず、ドアの蝶番《ちょうつがい》を外す方法。

これへの反論は？」

「フランス窓には通用しません。差し錠が上下にはまっていますから、蝶番を外してもびくともしないでしょう。礼拝堂のドアも無理です。あの出入口は閉まっていただけでなく、見張りもいたのですから」

「あとは廊下側のドアだな。これはどうだ？」

「時間です。殺人者は廊下に出て蝶番を外し、部屋に戻り、差し錠のつまみを回し、廊下に抜け出して、蝶番を元に戻さなければならない。そして、ぼくが廊下側のドアを叩いていた時間と、礼拝堂からもう一度廊下に出た時間との間隔は——正確にはいえませんが、一分以上ではなかったはずです」

「どうかな。蝶番がきれいなら——前もって用意できるだろうからね——三秒きっかりで外せるだろう。時間の要素だけでは確信できない。だが、ほかにもこの説をぶち壊す点がある。ドアの蝶番は部屋の内側についているんだ。よって、第二項、蝶番は除外。次のふたつはこうだ。

三、差し錠に細工をする方法。これも糸を使用。
四、掛け金やラッチに細工をする方法。
われわれは、あの部屋の差し錠とラッチをすべて調べ、その可能性がないことを証明している。残るはこれだ。
五、単純だが効果的な錯覚を利用する方法。犯人は犯行後、外からドアの鍵を閉めて、その鍵を持っている。
その後、ドアが破られてから、鍵を部屋に戻す。何でも鵜呑みにするらしい警察が、最初からそこにあったと思うようにね。反論は？」

「鍵には興味ありません。この状況には関係ないので」

「その通り。さて、レオーナが保証したところでは、この主題に関するフィクションでもっとも権威があるのが、考えられる密室の解決法をすべて網羅したこのリストだというのだ。さて、われわれの場合はどれになる？」

マットは答えを求めていない質問にわざわざ返事はせず、また酒を飲んだ。台所から、レオーナが来る足音が聞こえる。

マーシャル警部補は慌ててポケットから小さな金属の蓋を出し、パイプにかぶせた。「炭を落とさないようにね」彼は説明した。「レオーナは、家具やわたしのスーツに穴が開くのを嫌がるんだ」

「でも、それなしでずっと吸っていたじゃありませんか」

「知っている。だが、レオーナはそのことを知らない」警部補はふたたび『三つの棺』を取り上げ、じっと見た。その表紙を透かして啓示が浮かんでくるかのように。


「わたしはね」しばらくして、男ふたりが無駄な骨折りについて大まかな説明を終えると、レオーナがいった。「密室が好き。それに、あなたたちより有利なことがあるわ。関係者に縛られないし、それを解決できるかどうかが仕事に響かない」

「いわせてもらうが」マーシャルが穏やかにいった。「きみの生活には響くぞ」

「わかってる。でも、すぐにということではないでしょう。あなたの密室を、カーの小説の謎解きみたいに見ることができるし、その観点からいわせてもらえば難題ね。さて、わたしはミステリーの中でも、特に密室に目がないの。説明するのに二ページにわたる時刻表が必要な、巧妙なアリバイなんてどうでもいいし、機械工場の図面が必要だったり、インシュリンの利用に最新の科学を使ったりする、立派な殺人装置もどうでもいいわ。密室さえ与えてくれたら、わたしは幸せなの」

「きみの幸せを妬むわけじゃないが」夫がいった。「密室に関する豊富な経験から、われわれ下々の者に、少しでもヒントをくれれば……」

「夫が嫌味をいうときは、もったいぶった口調になると思わない、ミスター・ダンカン？　重苦しくて床がきしむ音が聞こえるわ。——カーの一章をもってしても成果がなかったのなら、わたしなんかちっとも当てにならないわよ。この主題に関する決定版なんですから。でも、別の分類をしてみせることはできるわ」

「やってくれ。何であろうと手がかりになる」

「いいわ。密室は（もう、フェル博士みたいな口調になれたらいいのに）三つのカテゴリーに分類される。

A、部屋に鍵をかける前に殺人が行われるもの。
B、部屋に鍵がかかっている間に殺人が行われるもの。
C、部屋の鍵が開いてから殺人が行われるもの。

これで助けになる？」

「まだ始まりだな」マーシャルがぶつぶついった。「続けて」

「では、この事件では、Cはただちに除外していいわね。密室が破られてから殺人を犯すチャンスがあったのは、パトカーから降りてきた警察官だけだもの」

「いいだろう」

「Bは、遠隔殺人、機械装置による殺人、または暗示による殺人ね」

「それは全部検討してみましたが」マットがいった。「だめでした」

「いいわ。じゃあ、残るはAね。殺人は部屋に鍵をかける前に行われた。そうじゃない理由がある？　正確な死亡時刻はわかっていないんでしょう？」

「あのいまいましい暖炉の火のせいで、それを知るチャンスが台無しになってしまったんだ。いつだったとしてもおかしくない」

「そう？　それの何が問題なの？　消去法による合理的な結論でしょう？　それが取っ掛かりになるわ」

「力になろうとしている妻をがっかりさせたくはないが、それもだめなんだ。エレン・ハリガンが礼拝堂に入ってきたときには、あの部屋には実際に、きみのいうように〝鍵がかかって〟いた――〝密閉されていた〟といったほうがいいかもしれない。それから、少なくとも五分が経ってから、ダンカンとジョーゼフは衣を着た人物が書斎にいるのを見ているんだ。認めなくてはならない。これは殺人それ自体《アン・ジッヒ》であり、殺人として《クウェイ》の殺人だ――」

「オックスフォード」レオーナがマットにささやいた。「ときどき出るのよ――チックみたいに」

「いいだろう。単純でありふれた殺人のほうがお好みなら、それは部屋が密閉される前に起こったのかもしれない。その可能性は非常に高い。だがそのあとで、黄色い衣の人物が部屋にいたんだ。そして、そいつがどうやって部屋を出たのかという問題は、ダンカンが見たときに殺人が行われようと、それより三十分前に行われようと同じなんだ」

「素晴らしい夫を持ったものだわ」レオーナはため息をついた。「彼はたった今、この密室犯罪が行われたのは、部屋が密閉される前でも、その最中でも、その後でもないことを、とことんまで立証したのよ。すごいと思わない？」

「すごいのは」警部補はうなるようにいった。「きみのおかげで、この密室の問題にすっかり興奮していることだ。普通の警官にいわせれば、答えは明らかに、何者かが出てくるのをミス・ハリガンが見ていて、それを黙っているというところだろう」

「しかし――」マットはいいかけた。

「しかしも何もない。その誰かというのは、アハスヴェルでも、スワーミでも、ほかのどんな宗教詐欺師でもない。それならエレンがかばうはずはないからだ。ダンカン、きみとジョーゼフでもありえない。ふたり一緒にいたのだからな。では、誰が残る？　アーサーかコンチャ・ハリガンだ。この事件全体は、正しく見ればこれほど単純なことなのだ」

「でも、テレンス！」レオーナが抗議した。「それはずるいわ。ミスター・カーは感心しないでしょう。密室を作っておいて〝そうさ！　これは全然密室じゃなかったんだ。きみたちを騙したんだよ！〟というなんて。秘密の通路よりたちが悪いわ」

「ミステリー小説の倫理など、わたしには関係ない。たった今、密室のしきたりはすべて当てはらないと証明したばかりじゃないか？　くそっ、ミス・ハリガンを何とかする方法さえあれば……。強盗の容疑者や殺し屋の情婦相手の尋問というわけにはいかないからな」

「でも、シスター・アーシュラはこういっています」マットが力説した。「ミス・ハリガンの証言は、この出来事全体の中でも確かなものだと」

「そうかな？　シスター・アーシュラはこの事件の何を知っているというんだ？」

「いい忘れていました。彼女はこの事件を解決したいとのことでした」マットは、半ばほほえましい気持ちで、半ば真面目に、シスター・アーシュラの考えと抱負を語った。

「ふむ」マーシャルは考えた。「ありうるな。もっとおかしな出来事があった。同僚の警部補が、去年の夏、チームで一番出来の悪い巡査部長が事件を解決したといっていた。わがチームの巡査部長が事件を解決するとしたら、尼さんだって解決しかねない。それに、ダーツの矢の手がかりはいいところを突いていた。そこから何も得られなかったとしても」

「どうでしょう。彼女はあの十字軍の本を見たとき、とても重要な意味を感じたようでした。彼女はぞっとしていました――しばらく口もきけなかったんです。それから、残る問題は、殺人者がどうやって部屋を出たかだけだといっていました」

「何だって！　どういう意味だ？」

「彼女はいいませんでした。ただ、あなたに修道女会の新しい記念礼拝堂の名前を思い出してほしいと」

「新しい記念礼拝堂？　誰がそんなものを覚えているものか？　聞いたこともない」

「ぼくもです。そこで、ミス・ハリガンに訊きました。彼女が献堂したのですからね。その名はルーファス・ハリガン記念礼拝堂でした」

「ルーファス爺さんか」マーシャルはいった。「ロサンゼルスの誇りだな。ユニオン・パシフィック鉄道建設の労働者として、アイルランドからやってきた。不動産を買うためにバーテンダーをやって金を貯めた――そして、本当に買っちまった！　結婚は遅く、尊敬される市の有力者になってからのことだ。そして、家族を残した――わたしに頭痛の種を与えるために」

「ルーファスのことは知ってるわ」レオーナが静かにいった。「彼が死の床で巡らした計略のせいで、わたしの父は仕事を失ったのよ。それで炎の女が生まれたってわけ」

「しかし、イングランド史の本と密室の間に、いったいどんな関係があるんだ？　きみの大事なシスターは、うまいことわたしの足を引っ張っているんじゃないか？」

「ぼくはそう思いません」マットはいい張った。「なぜだか、そう思えないんです」

「そうかな？」マーシャルは立ち上がり、暖炉に似せた暖房の前に立って伸びをした。「だが、シスターであろうとなかろうと、ルーファスであろうとなかろうと、密室であろうとなかろうと、非番の警察官としてはもう十分すぎるほど考えた。今日はここまでにしよう。いや、帰らなくていい、ダンカン。そういう意味じゃないんだ。ただ、飲んでしゃべって、殺人のことは忘れようじゃないか」

「あなたが暖炉の前で脚を広げているところは、すごく男らしいけど」レオーナがいった。「わたしたちだって温まりたいわ」


二時間後、警察の捜査やバーレスク劇場、そして二歳児の食事について、想像も及ばないほど多くのことを学んだあと、マットはようやく家路についた。

「また来てね」レオーナがいった。「テレンスが相手役を必要としていなくても、歓迎するわ。午後に来て、テリーと遊んでやってちょうだい」

「夕食の時間までお邪魔して、ラムを食べられるなら」

「テレンス、この人、わたしの料理しか好きじゃないみたい。傷つくわ」

「いいか、彼は炎の踊りを見ているんだぞ。ラムにだって、その記憶を消すのは無理だ。夜に訪ねてくるんだな、ダンカン。彼女を守る男がいるときに」

マットはひげの男のことを忘れていた。うっそうと木が茂る脇道を歩きながら考えていたのは、温かさと居心地のよさだけだった——美味しい料理、上等のウィスキー、そして家庭というものを経験する楽しさ。小さな子供にだって我慢できる。だんだん好きになるかもしれない。

突然、背後で争う音がして、幸せな物思いは破られた。振り返ると、ふたりの人物が地面で取っ組み合っている。さらにふたりが、道に停めた車から飛び出し、騒動の現場に走っていった。マットもそうした。近くまで来たとき、突然閃光が走り、一瞬後れて銃声が聞こえた。

十五

マットが駆けつけたときには、格闘は終わっていた。揉み合っていた片方——背が高くてがっしりした男——が、もう片方のぐったりとした体を両腕で支えていた。マットを尾行していたひげの男だ。

車を降りてきた男たちもやってきた。「銃を下ろせ!」ひとりが鋭くいった。「おまえを尾けていたんだ!」

「そういうおまえは」背の高い人物がいった。「ラグランドか。こいつを運ぶのに手を貸してくれ。救急車が来るまで、家に置いておく」

「おや、警部補! どこから来たんです?」

「気にするな」マーシャルがいった。「ここに住んでいるんだ。さあ、手を貸してくれ」

もうひとりの警察官が、銃を下ろしてマットと向き合った。「おい」と怒鳴る。「何の用だ?」

「乱暴にするなよ」ラグランドと一緒になって気を失ったひげ男を運びながら、警部補が肩越しにいった。「そいつはおまえが尾行していた男だ。覚えているか? 彼が必要になるかもしれない。

来てくれ、マット――オートマチックを拾ってな。こいつ、また落としたようだ」

レオーナの主婦としての手腕は、こんなときにも発揮された。ひげ男をソファに寝かすのを手伝ったあと、いったん引っ込んでから、すぐにお湯と包帯を持ってくる。「ほら」あっという間に器用に仕事を終え、彼女はいった。「これでいいわ。応急処置だけど、救急車は呼んだのよね？」

「ああ」

（ほかの警官ふたりは、意地悪そうに笑みを交わした）

「さてと」（彼女は包帯の切れ端で手を拭いた）「いったい何があったの？」

「ぼくも知りたいですよ」マットがいった。

「いいだろう。おまえたち、一杯どうだ？　報告したりはしないぞ」

彼らはそんなことは気にしないようだった。

「ダンカンのひげの尾行が気になってね。ダンカンが帰ったあと、その男があそこの木の陰から出てきて、彼をつけはじめたんだ。そこで、わたしもそれに続いた。すると、ひげ男の手によからぬものが見えたので、後ろからこっそり近づいて飛びかかった。少し揉み合いになって、この馬鹿が、自分の肩を撃ったんだ。どんな具合だ？」

「大したことはないわ」レオーナがいった。

「やつのオートマチックです」マットが手渡した。「また落としたといいましたね。つまり、こいつは……？」

「そうだ。派手な芝居のようにひげをむしり取ってもよかったが、それは救急病院のために取っておいた。まず彼らに、患者のありのままの姿を見てもらいたくてね。もちろん、あのスワーミだよ。ほかに誰がきみを尾行したいと思う？　しかも、こんなお粗末なやり方で？　ほかにも証拠がほしければ、やつは格闘の間、きみが前に説明したような悪態をついていた」

「あの奇妙な言葉で？　いったい何語なんです？」

「スワーミ自身と同じように、混ぜこぜの言語だ。やつの記録を調べた。ヒンドゥー教徒だと自称しているが、両親はユダヤ人とロマ族だ。両方の民族の恥だな。そして、好んで使うあの言語は、ロマ語とイディッシュ語をごちゃ混ぜにしたものだ」

「面白い男だ」ラグランドが冷ややかにいった。

「しかし、まだ彼の役割がよくわかりません。よければ――」

「意識が戻りそうよ」レオーナがいった。

スワーミ・マホパディヤヤ・ヴィラセナンダは、どんよりした目を片方開けて、警部補を見上げた。「きさまは誰だ」

「殺人課のマーシャル警部補だ。聞いて嬉しいか？」

「きさま……撃ったな」スワーミはぞっとしたように口ごもった。

「いい加減、目を覚ませ。自分で撃ったんだろう。教訓、格闘中に引き金を引いてはいけない。健康に悪いからだ。長生きのためのマーシャルの法則第六条。さて、いくつか聞かせてもらいたいことがある」

「話すものか」スワーミの声は弱々しかったが、頑固だった。

「いいだろう。じゃあ、話さなくていい。だが、おまえは病人だ。ひどい怪我をしている。これから病院へ運ばれる——警察病院だ、サスマウル。協力すればちゃんと手当してもらえるだろう。協力しなければ——退院したときのおまえを見たくはないな。胃が弱いんでね」

「馬鹿らしい」彼はそういったが、目からは自信のなさが感じられた。

「馬鹿らしい？　いいだろう。おまえの好きなようにすればいい。手遅れになる前に、考えを変えることだな」

「わたしに説得させてもらえません、警部補？」レオーナがいった。

マーシャルは、彼女が手にしたヨードチンキの瓶を見て、笑いをこらえた。「いいだろう」

彼女は包帯を取り、たっぷりとヨードチンキを染み込ませた脱脂綿を当てた。スワーミが痛みで鋭い悲鳴をあげた。丸々とした全身が苦痛で震える。

「それで」とマーシャルがいった。「大体の見当はつくだろう。口を割らないのは残念だ。こうなったら、二度目の陪審で無罪になってもならなくても、大した違いはあるまい。どうでもいいはずだ」

「もう一度やりましょうか、警部補？」レオーナが有能そうな笑みを浮かべた。

「わかった」スワーミがあえいだ。「話してもいいだろう。少しだけなら。いいか、怖いからじゃないぞ。病院へ送ってくれる親切に応えたいだけだ」

「ああ。そうだろうな。なぜダンカンをここまでつけてきた？　なぜ彼の部屋に隠れ、彼を脅した？」

「正直にいおう、警部補。死んだミスター・ハリガンの、ある書類を渡してほしかったからだ。そうすれば、地方検事局が再びおれを訴えるのが、きわめて難しくなる。書類を渡してくれと頼んでも、法律違反にはならないだろう？」

「銃を突きつけて手に入れるのは、法に反する」

「銃？　ああ、警部補、おれが彼を撃つ気だったといいたいのか？」彼は笑おうとして、喉を詰まらせた。「水をくれ」

「話が終わったらな」

「銃は――ただの効果だよ。水晶球のような小道具さ。手渡す気にさせるための雰囲気作り、それだけだ」

「罪状は」マーシャルは冷たくいった。「凶器による暴行未遂ということになるだろう。小道具うんぬんは陪審員にいうがいい。今はアーサー・ハリガンについて聞かせてもらおう」

「あの馬鹿！」スワーミことサスマウルが激高した。「あの間抜け！　もしおれが――！」彼は急におとなしくなった。「すまない、警部補。息子のアーサー・ハリガンのことか？」

「ああ」

「彼のことは知らないな。父親のほうだと思った。フルネームはアーサー・ウルフ・ハリガンなのでね。いいや、息子には会ったことがない」

「わかった。父親のことを話そう。おまえはウルフを間抜けだと思い、憎み、そして彼は先週の日曜に殺された。そのとき、おまえはどこにいた？」

「一日じゅうどこにいたかなんてわかるものか。いつも覚えているとは限らない。何時頃のことだ、警部補？」

「五時以降だ」

「ああ、それなら教えられる。どこにいたかを証明できるよ」

「チンピラの中には」ラグランドがいった。「何でも誓うやつがいる」苦々しい口調だった。最近の事件を引きずっているのかもしれない。

「しかし、これはでたらめじゃない。とんでもない。先週の日曜日の五時から七時まで、おれはベタニアのマルタ修道女会にいたんだから」

「わたしの前で、そんな汚い言葉を使ったことはなかったじゃないの」レオーナが非難がましくいった。

「いけないか？」

「よく考えれば、いけなくはないわね。もう少し手当てしましょうか？」

「でも、これは本当なんだ、警部補。おれは自分の魂が心配だったんだよ。ミスター・ハリガンのいうことが正しくて、おれが従っているのは本当の神秘の光ではないんじゃないかと」彼は礼儀正しい言葉づかいになっていた。まるで暗記しているかのように。「そこで修道院へ行って、シスターのひとりに声をかけると、次のシスターを紹介され、また次を紹介され、ようやくシスター・イマキュラータと会った。彼女はそこの神学の一番の権威のようだった」

「そこの、何だって？」ラグランドが哀れっぽくいった。誰もそれを聞いていなかった。

「彼女と一時間以上話したが、最後まで納得できなかった。今では、彼女もハリガンも思い違いをしていて、おれのほうが真理に近いと思っている。そこで、ミスター・ダンカンを説得して、ハリガンに感化されておれを迫害するのをやめさせようとしたんだ。だけど、警部補、ミスター・ハリガンが殺されたとき、おれはあそこにいた」

外で救急車が近づく音がしたので、マーシャルはまた怒鳴るのはやめた。レオーナがドアに急いだ。「呼び鈴を鳴らされたら、テリーが起きちゃう」

スワーミ・マホパディヤヤ・ヴィラセナンダが救急病院へ運ばれていくときも、マーシャルはまだ、仰々しい言葉づかいで何やらぶつぶついっていた。

「スワーミの言葉を習ったほうがいいわ」レオーナが提案した。「英語じゃふさわしくなさそうだもの――それを英語といえるなら」

「ひとつだけ確かなことがある」マーシャルはいった。「もちろん、やつのアリバイは確認するが、証明されるのは間違いない。絶対確実のようだ。だが、それほど意味はないだろう。スワーミは宗教に対する良心など、テリーほども持ち合わせていない。それが証明しているのは、やつは何かが起こるのを知っていて、そのためのアリバイ作りをしたということだ」

「さて」マットはいった。「家に帰ったほうがよさそうですね。今度は木の陰から何が出てくることやら」

「ラグランド」マーシャルはいった。「とにかく、きみはウェストハリウッドまでこの男を尾行してきたんだ。面倒を省いて車で送ってやったらどうだ？　こうなったら、こそこそ尾けることもないだろう」

「わかりました、警部補。何でもありですよ」

マーシャルは片手を妻に回し、顔を上げさせて軽くキスをした。「とんだ休みになったな」

「あら」レオーナがいった。「わたしは楽しかったかも」


マットはエレンから預かった鍵を出した拍子に、鍵束にジョーゼフから受け取った別の鍵が下がっているのに気づいた。馬鹿げているがしつこい好奇心に毒されはじめる。靴を脱いで階段のそばに置くと、爪先立ちで暗い廊下を歩き、礼拝堂へ入った。中は、聖母マリア像の前でちらちらとまたたく蠟燭に赤く照らされていた。

マットは手探りで書斎のドアへ向かった。鍵がかかっている。彼は静かに鍵を開け、中に入った。この異常な事件全体の中心となる部屋だ。彼はしばらく立ち止まり、聞くともなく耳を澄ませ、それから明かりのスイッチを入れた。

まぶしさに目が慣れたとたん、彼はファイル棚に隙間があるのに気づいた。部屋を横切り、もっとよく確かめてから、素早く、静かに出入口を確認した。鍵も差し錠もきちんとかかっていたし、残るひとつのドアの鍵は彼の鍵束についている。

だが、誰かが盗みを働いたのだ——といっても、きわめて価値の高いファイルではない。それならば、驚くべき出来事とはいえ、考えられる動機がある。しかし、それはウィリアム二世統治下のイングランド教会史に関する本だった。

翌朝のマットの質問は、無駄に終わった。当てにはしていなかったが、部屋が封鎖される前に誰かが正当な理由でその本を借り、マットがこれまで見過ごしていただけだという可能性はあった。そこで、家族ひとりひとりに、ウィリアム二世に関する本を見ていないかと訊いて回ったのだ――この時代の、あるイングランドの異端について参照する必要があり、ウルフ・ハリガンの本棚にそのような本があった気がするといって。

結果は完全に成果なしだった。何の情報も得られなかったし、興味深い反応さえなかった。ほかにも二か所当たってみたが、やはり収穫はなかった。ジョーゼフへの電話では、彼が知る限り、礼拝堂のドアにはほかに合い鍵はないということだった。もうひとつは焼却炉だ。だが、本を盗んだのが黄色い衣を焼こうとしたのと同じ人物だったとしたら、その処分方法は今回は違ったようだ。どれほど注意深く灰を調べても、本の一部と思われるものは出てこなかった。

盗人の動機は明らかだった。盗んだのは殺人者だ。ダーツの矢に関するシスター・アーシュラの推測は当たっていた。ウルフ本人がイングランド教会史の本に矢を投げ、殺人者はその矢を抜いて、アハスヴェルのファイルに刺したのだ。そして今になって、警察がほかの本に矢の跡がないか調べる可能性に気づいた。警察が何の行動も起こしていないことから、まだ調べていない（あるいは少なくとも、発見したものの意味がわかっていない）と彼は判断した。そこで、単に本を奪ったのだ。

しくじったな、とマットは思った。本を盗めば警察の注意を引くだけじゃないか？　だがそこで、本棚の隙間を見てどの本がなくなったかがわかるのは、ウルフ・ハリガンだけだと気づいた。それが別の本なら――たとえば、グノーシス派の信仰の存続について書かれた、長ったらしいドイツ語のタイトルの本だったら――マットにはどの本が盗まれたのか見当もつかなかったに違いない。いや、この推理で正しいのだ。本を盗んだのは殺人者だ。なぜなら、シスター・アーシュラがそれを見た、あるいはその意味を理解したことを知らないからだ。

だが、どうやって盗んだ？　三つのうちのどれかが真相だろう。A、もっともありそうなのは、あのドアに別の合い鍵があるというもの。B、もっとも魅力的なのは、ゆうべの詳細な議論に出てこなかった、密室を出入りする驚くべき方法があるというもの。C、もっとも突飛なのは、幽体によって本が盗まれたというもの。

だが――マットは不意に物思いをやめ、心から快哉を叫んだ――本が盗まれたのは、殺人者兼盗人がアハスヴェルに罪を着せようとしたからだ。最初に密室に入った方法が超自然的なものだったとすれば、この二度目の侵入の理由が考えられない。アハスヴェルが何かを盗むなら、別のものを示す矢の跡のある本ではなく、自分のファイルを盗むだろう。したがって、最初の脱出は合理的なもので、今回も同じだ。少なくとも、ただ信じないとか馬鹿にする以外に、幽体説の誤りを立証できる根拠ができた。

「何を笑っているの？」

「ああ！　おはようございます、コンチャ。入ってくる音が聞こえなかったものですから」

「ごめんなさい。父はいつも、ノックをせずに書斎に入ってきたらただじゃ済まないと脅していたわ。あなたもそんなふうに厳格だとは知らなかった」

「今後はそうなりますよ。ただじゃ済みません。でも、もう入ってきてしまったのなら……」

「何を笑っていたの？」

「子供じゃないと主張するなら、あれこれ質問するのはやめることですね。その口調には〝どうして、パパ？〟といった響きがあります。それに、とてもしつこい」

「わたしが子供なら、叱りつけても無駄よ。おあいにくさま。でも、何を――」

「わかりましたよ。笑っていたのは、幽体のことを心配しなくてよくなったからです。ほら――これで満足ですか？」

「満足って、いい言葉ね」コンチャは本棚の隙間に目をやった。「なくなっているわね？」

「何がです？」

「あなたが訊いて回っていた、ウィリアム二世の本よ。あなたが思うほどさりげない訊き方じゃなかったわ。自分でも不思議に思っていたら、あなたがみんなにそのことを尋ねていたのがわかったの」

「どこかに置き忘れたんでしょう。ぼくはただ、お父さんのメモにあった参考文献を確認したくて、確かこのあたりで見たような気がしたんです」

「お願いだから、マット、からかうのはやめて。事件はまだ終わっていないんでしょう？　わたし、そのことを知らなければならないの――どうしても」

「なぜです？　お父さんはもうこの世にいません。あなたにはとてもつらいことだと思いますが、もう終わったんです。マーシャルは頭のいい人です。きっと解決してくれるでしょう。それが彼の仕事なんですから。正義が下され、死者は安らかに眠れるようになります。でも、あなたがいつまでも悲しむのはよくありません」

「十歳年上の知恵というわけね」コンチャがため息をついた。「あなたは愚かな年齢なのよ、マット。わたしの歳なら真実を感じることができる。シスター・アーシュラの歳ならそれを知ることができる。でも、あなたやグレッグ、それにたぶん、警部補の歳では、ただあたりを手探りしているだけ。若者の知識と年配者の感覚で知ったかぶりをして、そのどちらよりも優位にいると主張しているのよ」

マットはほほえんだ。「深いですね。それで、あなたが今、感じている真実というのは？」

「あの死が終わりにしたのは、死んだ人のことだけよ。残ったわたしたちのことは、何が終わりにしてくれるのかわからない。父は死んだわ。〝反逆も峠を越した。鋼の剣も毒薬も、内憂も外患も、もう何ひとつ彼には手出しできないのだ……〟去年、修道院で『マクベス』を学んだの」そうつけ加えた彼女は、たちまち子供に戻っていた。

「楽しいお芝居ですね。それを引用する人のことを、俳優がどう思っているか知っていますか？」

「内憂」彼女は続けた。「それよ。何も父には手出しできない。でもわたしたちには手出しできる。それが最悪なところよ。家じゅうにはびこっている――疑惑、恐怖、それより悪いものまで。そしてわたしは、疑惑の恐ろしさを知っている」

「疑惑とは」マットがいった。「ヒヨスのことでしょう？」

彼女の表情が、またしても年齢不詳の恐怖に変わった。「ああ、マット」彼女はあえぐようにいった。「あなたに話せたら……でも、できないわ。あなたにもいえない」彼女は口元に手を当て、しばらく顔をそむけた。

「すみません。頭のいいところを見せようとしてしまったようだ。もう二度としませんよ」

彼女はマットに向き直った。こぶしには歯の跡が白く浮かんでいたが、表情は落ち着いていた。

「あなたは鋭い人ね。本当よ。あなたは素晴らしいわ。でも、どうしてわたしに話してくれないの？」

「何を？」

彼女は隙間を指した。「あれよ」

「いったでしょう。必要な本が見つからなかったんです。たぶん置き忘れているんでしょう」

「わたしを守ろうとしないで！　ゆうべ、あなたが鍵をかけたとき、わたしはここにいたわ。忘れたの？　あのとき、本棚に隙間はなかった――絶対に。だから、置き忘れるなんてことはないはずよ。盗まれたに違いないし、しかもそれは、あなたが鍵をかけてからのことだわ。わたしが怯えているわけが、これでわかったでしょう？　今朝、あなたのあとに続いてここへ来た理由もわかるわね？　この部屋は安全じゃない。ここで何かが起こっているのよ」

「何でもないことで大騒ぎをしているんですよ。覚えていると思い込んでいるだけです。あの隙間はゆうべもありました。これまであの本を探さなかったのは、単に必要がなかったからです。そろそろ昼食の時間じゃありませんか?」

「ええ。でも、マット——」

「昼食には何が出るかご存じですか?」

「わかったわ。いい子のふりをしましょう。樫の大木のそばの小さな花になるわ。あなたが笑えば嬉し泣きをするし、あなたが顔をしかめれば恐ろしさに震える。いつか、わたしがそこにいることを非難したくなるかしら? あなたは女性の悩みを知らないのね。それから昼食は、閣下、卵料理よ。魚かもしれないし、チーズという可能性もあるけれど、たぶん卵ね」

「金曜日でもないのに?」

「似たようなものよ。今日はジャネットがお休みで、エレンおばさんが家事を引き受けているの。そしておばさんは、水曜日には節制しているのよ——四旬節だけじゃなく、一年じゅう。自分の高潔さをこんなふうに他人に押しつけるのが、本当にいいことなのかどうか疑わしいわ」

「魚は嫌いですか?」

「カトリックになるために生まれたんじゃないもの。わたしはお肉が食べたいわ」

「だったら——夕食も四旬節的になりそうなら、今夜どこかで食事でもしませんか?」

「もちろん」彼女はにっこりした。「別にほのめかしたわけじゃないけれど、察してくれたのは鋭いわ。それで決まりね。それと、親切にしてくれたから教えてあげる」

「何です?」

彼女はまた深刻な口調になった。「わたしが怯えている理由を。とにかく、その理由のひとつを」

「怯えることはないのに」

「わかってる。あなたはこの件が、家族とは関係ないと思わせたいんでしょう――父の死で終わったことだと。でも、それはほんの一部にすぎない――それはわたしたち全員を巻き込み、抜け出すことはできないの」

「また真実を感じるんですか？」

「少しね。でも、見えてもいるわ。昨日、わたしはぶらぶらしていたの。学校へ戻ったほうがいいのはわかってる。こんなふうに欠席したままで中間試験が始まったら、成績がどうなるかわかったものじゃないわ。でも、すぐには戻れない。クラスのみんながわたしを見て、お互いにつつき合い、〝見た？　あの子よ！　お父さんが殺されたの！〟とささやくのには耐えられないわ。何日か休むしかないの――みんなが忘れるまで」

「当てにしてはいけませんよ。新聞記者だったからわかります。忘れることなんてできやしない。今から五十年経っても掘り起こされて、こんな見出しになるでしょう。〝殺された男性の娘、素晴らしい曽祖母に〟なんてね」

「たった五十年で？　わたしの子供たちは時間を無駄にしないのね。そうじゃない？」

「ラテンの血ですよ。早熟なんです」

「少なくとも、それを認めてもらえてよかったわ。とにかく――家にいるのはそういう理由なの。でも、家にいるほうがもっとつまらないわ。何もすることがないんだもの。ジャネットはわたしが台所をうろつくのにうんざりしているし、わたしは本が読めないし。ときどき、ミスター・ラファティと話をするわ。わたしと同い年の娘がいるんですって。会ってみたいな。でも、彼もわたしに飽き飽きしてきたみたい。だから、アーサーに親切にしてあげようと思って」

「アーサー?」

「ええ、兄が退屈な人なのは知っているし、はっきり訊かれたら、あまり好きじゃないわ。でも、わたしの兄だし、人に親切にするのはその人が好きだからじゃなくて、そうすることで自分がいい気分になるからでしょう。だからわたしを夕食に誘ったのよね。かわいそうな人生を送っている子供にひと晩つき合う自分は、何て心が広いんだろうと思っているんでしょう。ただ、この子はたぶん甘やかされているから、お金が足りるか心配しているのね」

「あのねえ」マットがいいかけた。

「大丈夫。ちゃんと計画しているんだから。夕食はチップも込みでふたりで七十セントならいいでしょう。でも、アーサーのことだけれど——わたし、部屋を片づけてあげることにしたの。いつも散らかし放題で、人が手をつけるのを嫌がるくせに、自分では何もしないのよ。わたしが掃除するたびに、兄はかんかんに怒って、あとから思い直してありがとうっていうの。兄はちょうど外出していたから、部屋へ行って掃除を始めたの。

もう大変だったわ。男の人ってみんなああなの? 父も同じくらいだらしないのは知ってるわ。ジョーおじ様のアパートメントはいつもきれいだけれど、あそこにはフィリピン人の使用人がいるの。あなたの部屋も散らかってる?」

マットは割れた窓ガラスとドレッサーの弾痕を思い出した。「まあ、そうですね」

「それで、部屋を全部きれいにして、灰皿を磨いて、櫛とブラシを洗って、修繕が必要な服を出していたとき、この家にあることをエレンおば様は知らないに違いない本を、何冊か見つけたのよ」

「それで、どうしたんです？」

「読んだわ。少しは楽しまなきゃ。それに、わたしの教育はおろそかにされていたのよ。誰も教えてくれなかったんだもの」彼女は言葉を切った。「あなたはそんなことしないでしょう――」

「いいですか」マットはいった。「鳥と蜜蜂の話は知っているでしょう？」

「ええ」

「ですが、われわれは違うんですよ」

「そうみたいね。ずっと独創的だわ――少なくともアーサーの本では。でも、見つけたのはその本だけじゃないの。しおりを見つけたのよ」

「しおり？」

「ええ。見たい？」

マットはうなずいた。コンチャは後ろを向いて、ブラウスのファスナーを下ろした。「古風でしょう？」彼女はいった。「でも、デザイナーが実用的な胸ポケットをつけてくれるまでは――ポケットなしで何とかしなくちゃならないわ。修道院に、これをファーストナショナル銀行と呼んでいた女の子がいたわ。そのうち彼女の支店がどんどん大きくなっていくのをからかったものよ」

「若い女性にしては、すごい会話ですね。行儀のいいお嬢さんばかりの学校に通っていると思っていましたが」

「そうよ。行儀のいいお嬢さんが、自分たちだけになったときにどんなことを話すか、男の人は知らないんだわ。でも、ほら。アーサーの本から出てきたものを見て。それから、どうしてわたしが怯えているか考えてみて。何が怖くて、わたしが明るくふるまったり、機嫌よくなったり、馬鹿なことをしたりするのか――」声が詰まり、完全なすすり泣きに変わる前に、彼女は言葉を切った。

マットはそれを手に持った。コンチャの胸のぬくもりがまだ残っていた――当たり前のことなのに、わけもなく心がかき乱された。だが、その物体そのものも、まったく違った形で心を乱すものだった――黄色い生地見本だ。それは焼却炉から取り出されたものと完全に一致していた。

十六

シスター・イマキュラータへのマーシャル警部補の聞き込みは、スムーズに運んだ――スムーズすぎるほどだと警部補は思った。サスマウルは、あれほど尾行が下手な割には、とんでもなく巧妙だった。名前すら名乗らず、修道女たちの注意を引いてわざとアリバイを作ったのではないように見せかけていた。彼はただ、神の導きを求める名もなき人物として、修道院を訪れていた。

もちろん、修道女たちは彼を覚えていた。わざと記憶に残そうとしなくても、こうした要求が十分風変わりなことだと知っていたに違いない。そして、名乗らなくても、シスター・イマキュラータは写真を見て彼だとはっきりと特定した。ウルフ・ハリガンが殺されたとき、スワーミ・マホパディヤヤ・ヴィラセナンダがベタニアのマルタ修道女会にいたことに、疑問の余地はない。

彼がなぜそれほどアリバイを作りたかったかは、また別の問題だ。その答えは、そのうち吐かせることができるだろう。だが一方で、もうひとつ解決していない問題がある。そしてその解決を、マーシャルは時間の経過やお決まりの捜査に任せたくなかった。殺人者にまた襲撃されるという恐怖の中で暮らすのは、小説の中だけだとわかっている。普通の分別ある殺人者なら、理性的かつ事務的に、必要な犯罪を終えたら、殺人という副業からは優雅に引退するだろう。そして、これがハリガンの金を狙った家族の犯行なら、これ以上の暴力行為を疑う理由はない。だが、ハリガンが殺されたのが報復、もしくは彼が情報を明かすのを未然に防ぐためなら、ダンカン青年や、それどころか家族のほとんどが、今も深刻な危機にさらされていることになる。このいまいましい状況を、早急に解消しなくてはならない。

マーシャルは顔をしかめながら、曲がり角を間違えて明るい中庭に出た。青々と生い茂る植物は、警部補には名前がわからなかったが、美しい眺めだった。彼は日の当たるベンチに腰かけ、（a）修道院では煙草が吸えるのか、（b）近くに電話はあるかについて考えていた。

修道院全体が、彼にとっては驚きだった。質素な個室の集まりで、訪問者は格子の前に立ち、ひっそりとした暗がりに閉じ込められた修道女と小声で話すものだとばかり思っていた。ところが、ここはどちらかといえば――彼はこの場所の、整然として、簡素で、風通しがよく、秩序ある雰囲気をたとえる言葉を探した。たぶん、病院と、一流の私立学校を掛け合わせたようなものだ。

中庭を横切る修道女が、重い木の竿から下がった、金の刺繡をほどこしたシルクの旗を運んでいた。扱いにくそうな重荷だ。

マーシャルは、まだ火をつけていないパイプをしまった。「お手伝いしましょうか、シスター？お困りのようですね」

「ありがとうございます。ご親切に――あら、マーシャル警部補じゃありませんか？」

「では、あなたはシスター・アーシュラですね。失礼しました。修道女はみな同じように見えるもので。でも、わたしを知っている修道女はほかにいないはずです」

「どうしてここへいらしたのです、警部補？　ミスター・ダンカンから、わたしの野心をお聞きになりました？」

「ええ。でも、それで訪問したわけではないのです。もっと退屈な用事でね。アリバイの裏取りですよ」

「ここで？」

マーシャルは、ちょうど殺人が行われた時間に、サスマウルが魂の問題に妙に夢中になっていた事実を説明した。

「まあ！」シスター・アーシュラがいった。「もう一度おかけになりませんか、警部補――お時間はありますの？」

「数分なら――いいえ、必要ならばもっとあります、シスター」

「ありがとうございます。煙草ももちろん吸って構いませんよ。修道院では、煙草の煙がないと植物がちゃんと育たないといいますの。ここの植物は十分育っているようですけれど。ブラザー・ヒラリーはよく〝庭師の香〟といったものですわ。ですから、どうぞ。スワーミがここを訪れた意味はおわかりですわね、警部補」

「あなたのお考えを聞きたいものですね」マーシャルは曖昧にいった。

「ミスター・ハリガンの書斎へ強盗に入るのが、その時間と決められていたということでしょう。スワーミが殺人者でもその共犯でもないことは、彼がミスター・ダンカンを脅していたことからわかります。彼が殺人と何らかの関係があったとすれば、自分のファイルを盗み出すか、手先に盗ませるかしたでしょう。のちの犯罪が、最初の犯罪での潔白を証明しているのです」

「それをダンカンにいおうとしたのです。彼は気づいていないようだったので」

「ええ、それで——彼は何かのアリバイを必要としていました。当局の捜査が入るようなことに関係しているに違いありません。彼の個人的な知り合いが、修道院へ彼がいたことを調査に来たりはしないでしょう——こういういい方で合っていますかしら？　それと、当局の捜査で、先週の日曜日の出来事で彼に関係しそうなものはほかにないのでしょう？」

「ありません」

「となると、アリバイが必要になると彼が考えた事件は起こらなかったのですわ。それは、ウルフ・ハリガンの書斎へ押し入るという計画で、殺人のために中断されたのではありませんか？」

マーシャルはほほえんだ。「シスター、ダンカンからあなたの野望を聞いたとき、わたしは不敬にもパニックを起こしそうになりました。でも今思えば、そう突飛な考えでもなさそうですね。わたしの考えにとてもよく似ています。さて、先を続けてください。その未遂に終わった強盗計画の共犯者について、お心当たりはありますか？」

「それについては、何もいいたくありません」

「ダンカンは、スワーミのアパートメントと煙草に関するクラウター巡査部長の話をしましたか？」

「ええ」

「わかりました。それは飛ばしましょう。この女性はどなたです？」彼は旗に刺繍された、修道女の被り物をした年配の女性の顔を指した。

「ここの創始者――福女マザー・ラ・ロッシュですわ。シスター・パーペチュアが刺繍を終えたものですから。土曜日に祭壇の横に立てるのです――彼女の祝日なので」

「聖女なのですか？」

「いいえ。まだです。もちろんわたしたちは、聖女に列せられるだけの理由を精力的に訴えていますが。生きているうちに、マザー・ラ・ロッシュが聖女と認められるのを見るのが、わたしたちの悲願なのです。でも今のところは福女です。つまり」彼女は警部補にも通じそうなたとえを考え出そうとした。「下士官のようなものです」

「この修道会は変わっていますね、シスター。修道女にこれほどの自由があるとは思いませんでした――あちこち動き回ったり、いろいろなことをしたり。病院の仕事や教師役もされているんでしょう？　何でも少しずつ手がけておられると聞きました」

「家事までもね」シスター・アーシュラはほほえんだ。「貧しい女性が病気になったり、お産をしたりするときには、看護をしてくれる慈善機関は見つかりますが、一方で家庭はめちゃめちゃになってしまうものです。家事をする人も、ほかの子供の面倒を見る人もいませんからね。それもわたしたちの仕事のひとつなのです。ですからベタニアのマルタ修道女会というのですよ。覚えておいででしょう？　ラザロにはふたりの姉がいて、マルタはマリアが主の言葉を聞くのに多くの時間を割き、家のことをしないのに不平をいいました。マザー・ラ・ロッシュは、マルタにも大いによいところがあるとお考えになったのです」

「でも、ほかの修道院はもっと厳しいのではありませんか？」

「ある意味では。わたしたちは、清貧、貞潔、従順という、通常の三つの誓いを立てていますが、教会法の対象ではありません。教皇聖座の認可を求めたことはないのです。マザー・ラ・ロッシュは、この共同体を平信徒のものとし、個人が誓いを立てる場にしたいとお考えになったのです。厳密にいえば、わたしたちは修道女ではありませんの」

「よくわかりませんね」

「誰でもそうですわ。主に専門的な区別なので。でも、そのことでわたしたちは、より自由に仕事ができます。そして金曜日は、完全に自由なのです」

「毎週金曜日ですか？」

「まさか。今週の金曜日のことです。明後日ですわ。わたしたちは、一度に一年分の誓いを立てます。そしてマザー・ラ・ロッシュの祝日の前日に、一日の空白があります。二十四時間、わたしたちは名目上、あらゆる誓いから解放されます。もちろん、だからといって誰も何もしませんが、しようと思えば何でもできると思えるのはいいことです」

マーシャルは腰を上げた。「それは珍しくて面白いお話ですね、シスター。もっと聞きたいところですが、仕事がありますので。いつかまた訪ねてきてもよろしいですか？」

「すぐにもそうなるかもしれません。あなたがよければ、一両日中にお話ししたいと思います――とても重大なことを」

「それは、つまり……」

「ええ。わたしたちは、この恐ろしい事件を解決しなければなりませんわ、警部補」

〝わたしたち〟という言葉に、彼は笑みを浮かべなかった。

「わかっています、シスター」

「ただ事件を解決するより、はるかに大事なことです。家族の幸せがかかっているのですから。あの家族はいい人たちですわ、警部補。このような闇と恐怖の谷間で生きるべき人たちではありません。それにあの子は、子供から大人になる大事な時期です――このことが人生を左右するかもしれないのです」

「教えてください、シスター」マーシャルはゆっくりといった。「ウィリアム二世は、どういう意味を持つのですか？」

シスター・アーシュラは立ち上がり、しっかりと足を踏みしめた。マザー・ラ・ロッシュの旗がそよ風にはためく。「それはいえません、警部補。殺人者がどうやって部屋を出たかを証明するまで、わたしの告発は無意味です。わたしは誰がウルフ・ハリガンを殺したか知っていますが、何も証明できなければ、そのことが何になるでしょう？　それから、警部補、お帰りになる前に、この旗を運ぶのを手伝っていただけたら……」

「もちろんです。それと、電話のある場所を教えてもらえますか……」

電話が鳴ったとき、マットは黄色い生地見本を調べていた。一分ほど、マットはほとんどしゃべらず、真剣に話を聞いたあとで、受話器を戻してコンチャのほうを見た。「警部補が」彼は手短にいった。「ぼくに手伝ってほしいそうです。コートを取ってきたほうがよさそうですね」彼はドアのほうへ行きかけた。

「でも……」コンチャは彼の手の中の布を示した。

「ああ、これですか。隠し場所に戻しておいてください」彼はひとり笑った。「歴史上でただひとつ、ロバート・ヘリック〔英国の抒情詩人〕に着想を与えた可能性のある手がかりになるでしょう」

彼女は笑みを返さなかった。「でも、これは……？」

「気にしないことですよ、コンチャ。黄色はありふれた色です。ぼくたちはそれに取りつかれているんです。たぶん、ガールフレンドへのプレゼントにふさわしいかどうか、確かめようとしただけでしょう」彼はドアを開けた。「ということで、エレンおばさんの卵の昼食は食べ損ねることになります。では、夕食で」

「警部補の用事は何だったの？　まさか――危ないことになるんじゃないでしょう？」

「危ないことは全部この部屋に集まっているんじゃありませんでしたか？　いいえ、まったく安全ですよ。彼は月曜の夜に黄色い衣を着ていた人物について名案があり、証明するのを手伝ってほしいといっているんです」

コンチャは彼に背を向け、生地見本を隠し場所にしまった。「神とともにお行きなさい〔スペイン語ではバヤ・コン・ディオスとなり、さようならを意味する〕」彼女は静かにいった。「英語でいうと馬鹿げて聞こえるわね」

マットはドアを閉め、廊下を歩いた。さまざまに入り乱れた考えと感情で頭がいっぱいで、もう少しでバニヤンと衝突するところだった。

横柄な執事は足を止め、初めてマットに礼儀正しく、敬意をもって話しかけた。「ミスター・ダンカン、聞き耳を立てていたとお思いにならないでいただきたいのですが、最後のお言葉が耳に入りましたもので。警部補は、月曜の晩にここを訪ねてきたのはアハスヴェルではないとお考えになっているということでよろしいでしょうか？」

「ぼくは情報局になりつつあるようだね。ミスター・ダンカンに訊け！　というところかな」

「当局の秘密に口出しするつもりはございませんが、もし本当にそうだとすれば……」

「可能性はあるといったら、どうする？」

「それでしたら、今夜はお暇を取って光の寺院へ行かなくてはなりません。ありがとうございました、ミスター・ダンカン」

マットは滑るように下がっていく執事を見ていたが、やがて身震いした。「いいや」彼は声に出していった。「あまりにもメロドラマ的だ」


「ロビン・クーパー」マットとともにハリガン家を出発した車の中で、マーシャルはしみじみといった。「いい名前じゃないか？　ちょっとかわいらしい。そういう名前の男が、こんなことを企むとは考えたくないが、どうやらそうらしいんだ」

「どうして彼とにらんだんです？」

「アハスヴェルがわれわれを訪ねてきた月曜の夜、ミサの最中に寺院を出入りした職員について、部下に調べさせたんだ。そのクーパーという男が出ていき、戻ってきた時間が、だいたい一致しているのさ。誰かがアハスヴェルになりすましていたとすれば、彼だろう」

「でも、ぼくがどうやってそれを証明できるんですか？」

「完全な偽証をしろとはいわない。〈光の子ら〉には、おそらく頭のいい弁護士がついているだろうから、厄介なことになる。やってほしいのは、わたしが〝この男か？〟といったら、あいづちを打ってほしいんだ。そう、この男に間違いありませんと——とにかく、何かに当てはまるのは間違いないだろう」

マットは肩をすくめた。「ぼくは構いませんよ、警部補」

「よし。クーパーが教祖になりすますことが可能だと証明できれば、百八人の目撃者によるアリバイもそう信用できなくなる」

「でも、アハスヴェルが殺人者というのはありえません。犯人なら、自分のファイルを持ち去ったでしょうからね。誰がハリガンを殺したにせよ、アハスヴェルを完全に打ちのめす特集記事が書けるほどの資料が残されています」

「きみにとっては、安心できる考えじゃないか？　殺人者はハリガンを殺したとき、自分に関係するものはすべて持ち出したはずだ。したがって、きみがハリガンの仕事を引き継いでも、何の危険もない」

「しかし、今のところ何も盗られていないのははっきりしています。少なくともファイルは。なくなったのは遺言補足書と、おそらく秘密のメモと、ゆうべ盗まれた本だけです」

「本だって？　それを黙っていたな、マット？　さあ――パパに全部話してごらん」

マットはすべてを話した。

「なるほど。ますますこんがらがってきたと思わないか？　だが少なくとも、ミス・ハリガンは今回、礼拝堂でロザリオを繰っていたとはいわないだろう。それに、超自然的なものが除外されるという意見には賛成だ。少しほっとしたな？　ところで、公平に情報交換といこう――スワーミのアリバイは裏が取れた。完全な、鉄壁のアリバイだ」

警部補はパイプに火をつけ、しばらく黙って運転した。「確か、ここだ」ついに彼はいった。そこは、サンセット大通りとヴァイン通りに近いハリウッドの脇道に建つ、古くて大きな下宿だった。

「さあ、かわいいロビンが何というか、聞いてみようじゃないか。いったいどういう親が、自分の子供にロビンなんて名前をつけるんだ？」

「普通の親ですよ」マットがいった。「ごく平凡な、とでもいうような――ねえ、あれが見えますか？」

マーシャル警部補は見た。ロビン・クーパーの下宿の階段を下りてくるのは、恰幅のよい、威厳に満ちたR・ジョーゼフ・ハリガンだった。

ジョーゼフはすぐにふたりに気づき、車に近づいてきた。怒りでかっかし、火をつけたばかりの葉巻をしきりに吹かしている。「やられましたな」彼は大声でいった。「あなたがたも、この悪党にたどり着いたわけですか？　わたしよりも多くのことが聞き出せるといいですがね」

「捜査協力というわけですか？」マーシャルがほほえんだ。

「協力が必要ないとでも？　弟が亡くなってからもう三日が経つのに、誰かを逮捕しましたか？　弟をキリスト教にのっとって埋葬できるよう、検死審問を開いてくれましたか？　ひとりの人間が勝手に法を振りかざすのには感心しません。社会の機関は神聖なものであり、わたしの考えでは警察もその機関のひとつです。しかし、どうすればいい？　頼む相手がこんな不適格な――」

「そこまでです、ミスター・ハリガン。三日は一生とは違います。二十四時間で解決するのが理想でしょうが、いつもそんなふうに物事がうまく運ぶとは限らない。今、確実な手がかりを追っていますので、必ずや――」

「いい加減にしてくれ、警部補。まるで新聞記事だ！　〝警察は事態を十分に把握しており、逮捕は近いと約束した〟とね！　今度ばかりは、甥の口癖がわたしの心情をよく表していますよ。マーシャル警部補、あなたの確約は〝馬鹿馬鹿しい！〟」

「楽しそうですね。あなたは自分がこの界隈の政治家にコネがあるのをよくわかっているから、わたしがここに座ってどんな文句でも聞くと思っている。どうぞ続けてください。さあ。だがそれをいうなら、あなたがここで何をしているのかも説明してもらいます」

「あなたの仕事をしてあげているんですよ、警部補。このクーパーという人物を調べているんだ」

「どうして彼を？」

「それは――証明のしようはないが――彼が月曜の夜に訪ねてきた〝アハスヴェル〟だからです！」

「興味深いですね。なぜそのような結論に至ったのです？」

「やつだとわかったんです。あの男には、どこか見覚えがあった――前に見たアハスヴェルとは違うが、どこかで見た気がした。ついに思い当たった。日曜日の夜に黄色い楽屋へわれわれを案内した若者だった」

「それで？　どうしてその若者の名前と住所がわかったんです？」

R・ジョーゼフは、誇らしげに胸を張った。「寺院に電話して、こういったんですよ。日曜のミサで財布をなくしたところ、案内係の親切な若者が見つけてくれたので、お礼の品を送りたいとね。あの智天使のような特徴を説明したら、ロビン・クーパーという名前と、ここの住所を教えてくれたのです」

「お見事です。警察官として称賛します。それで、そこから何がわかったんです？」

「いい加減にしてください、警部補。ここに突っ立って、質問攻めにされるつもりはありませんよ。自分で会ってみればいいでしょう。それがいい。彼に会うことで、何か役に立てば結構ですがね。わたしは仕事がありますので――健闘を心から祈りますよ」そういって、R・ジョーゼフ・ハリガンは足音高く、停めてあった自動車のほうへ向かった。

「大物弁護士とは思えないな」マーシャルがため息をついた。「世界を支配しているとでも思っているんだ。法という紐で真ん中を縛ってね。それでも、ロビンを突き止めたのは頭がいい。彼に関する部下からの報告がなかったら、これは役に立ったことだろう。さあ、行こう」

「二階の右側の、ひとつめの部屋です」下宿のおかみはいった。智天使はノックに不満げな顔で応えた。手に濡れたぞうきんを持っている。

「またお客さんですか？　今度は何です？　ああ！　あの怒りっぽいお年寄りのお友達じゃありませんか？　日曜の夜、一緒にいたのを見ていますよ」

「中へ入れてくれないか？」マーシャルがいった。「それとも、職権を使わなくてはならないかな？」

「ああ、どうぞ入ってください。すでにめちゃくちゃに散らかっていますが。あのしみを見てください」彼はそういいながら、屈んで床を拭き終えた。「コーヒーはいかがです？　家政婦付きの部屋を借りなくちゃだめですね。ぼくはコーヒーで生きているようなものです。お飲みになりますか？」

「ありがとう」マーシャルがいった。「われわれは構わないよ。あの老人は何をしたんだ？　コーヒーをぶちまけたのか？」

「手を振り回したり、足を踏み鳴らしたりしはじめて、最後にはぼくのカップを叩き落としたんです。馬鹿げた、野蛮なふるまいですよ。癇癪持ちを信用してはいけませんね、警部補」

「どうしてわたしの階級を知っている？」

「あのお年寄りが、日曜の夜にそう呼んでいましたから。ぼくは記憶力がいいんです。門番はそうでなくてはなりません」

「ひょっとして、月曜の夜に聞いたんじゃないか？」

「月曜の夜ですって？　月曜の夜に、どうしてあなたのことを聞くんです？　ああ、あのお年寄りの馬鹿げた話のことですか――ぼくがアハスヴェルに扮してどこかにいたという。とんでもない話ですよ。――ミルクと砂糖は？」

「ありがとう。どちらも結構」

「へえ、禁欲的なんですね！　さて……」智天使のようなロビン・クーパーはベッドに腰かけ、客に椅子を勧めた。「どんなお役に立てるのでしょう？」

「きみ自身のことをいくつか聞かせてくれ。アハスヴェルの大いなる栄光のために、リトル劇場の仕事を辞めたのは、どういうわけなんだ？」

「警部補！」ロビン・クーパーはすっかり動揺していた。「さすがは警察官だ！　ぼくが俳優だったことが、どうしてわかったんです？」

「さあ、どうしてだか」マーシャルは重々しくいった。「元ヘビー級の選手だったかもしれないと思っていたが、気が変わった」

「恐ろしい人ですね！」

マーシャルは苦い顔をした。「そうとも。わたしは大きな悪い狼だ。ほかにどんなことをしていた？」

「そうですね」クーパーは誇らしげにいった。「共産党員でした」

「今は違うのか？」マーシャルは前より興味を見せた。「青年共産主義者連盟に入って、アカから給料をもらうような、善良な青年のひとりになろうとは思わなかったのか？」

「警部補！　どうしてそんなふうに思うんです？」（だが、彼を見ていたマットは、それは図星だったに違いないと思った）「ぼくは真理を求めていたんです。最初は芸術の中にあると思い、やがて社会的闘争に身を投じました。でも今では、すべて間違いだったと気づきました。真理は古代人の言葉の中にあるのです」

「どうやって、アハスヴェルのもとで仕事をするようになった？」

「彼が有名になる前、小さな集会に出て、すっかり魅了されたんです！　あの誠実さ、力強さ！　こういってもいいかもしれません」彼は控えめに笑った。「ぼくは、彼の最初の弟子のひとりだと。当然、門番のような信頼を必要とする地位は、初期からの信者に割り当てられるのです」

「すると、きみは古代人に関することをすべて信じているんだな？」

「信じている？　警部補、ぼくは古代人とともに生きているんです！」ロビン・クーパーはそれから五分間、古代人の教えの素晴らしさを説いた。大文字とイタリック体をたっぷりと詰め込んだフルーツケーキのようだ。マットはぶらぶらと窓に近づき、何事もない近所の風景を見ていた――三輪車に乗った子供、重い買い物袋を持った女性、パイプをくわえ、あごひげをたくわえた、散歩中の老人。それは日常的で、気持ちのいい、現実の眺めだった。智天使の抽象的なたわごととは好対照だ。だが光の寺院にいた人々も、パーシング広場でアハスヴェルを支持していたのも、普通の人たちだ。黄色く染まった魔法をかけられるまでは、どこにでもいる普通の人だったのだ。

「ですから」ロビン・クーパーが話を結んだ。「信じるしかないでしょう？　警部補、あなたもこの教えをあざけるのではなく、本気で学べば、安らぎと慰めを見出すことができますよ」

「ありがたいが、安らぎと慰めは間に合っているよ」マーシャルはいった。「いつでも、妻と子供を古代人と対等に張り合わせてやる」

　マットは煙草の箱を出し、家の主に差し出した。

「とんでもない！」クーパーは金切り声をあげた。「そんな恐ろしいものを！　より高い境地に到達しようと思うなら、そのような肉体への刺激物は避けなくてはならないのをご存じないのですか？」

「アハスヴェルの信者は、喫煙を許されていないのか？」

「ええ、もちろんです！　当然、お酒もです」

「コーヒーはどうなんだ？」

「アハスヴェルは、本当はこれも喜ばれません。でもぼくは、まだ完全に自分を肉体と切り離すことができないので。いつかはと願っていますが――」

「きみは」マーシャルが急に鋭くいった。「月曜の夜、寺院を出てどこへ行った？」

「どこへ……？　ああ！　またあの馬鹿げた考えに逆戻りですか？　ええと、月曜に寺院を出たっけ？　ああ、確かに出ました。印刷屋に用があったんです。毎週発行している『光のことば』の校正刷りが、とんでもなくひどいものだったので、訂正箇所をすべて自分で説明しなくてはならなかったんです」

「それで、その印刷屋にはよく仕事を頼んでいるのか？」

「大量に。本も冊子も全部です――」

「わかった。行こう、マット。ここでの用事はすべて済んだ」

「お帰りですか、警部補？　まだいてくださいよ――おふたりとも。もう少しお話しすれば、きっとわかってもらえるかと――」

「コーヒーをごちそうさま。濃くてうまかった。また会おう」

「ええ、ぜひ。あなたのような本物の男が、この教団には必要なのです。でも、警部補……」

「何だ？」

「殺人事件の捜査は結構ですが、限度を知ったほうがいいんじゃないですか？」

「で、そのたわごとの意味は？」

「つまり、ミスター・ハリガンは、アハスヴェルは傀儡で、寺院を操っているのが誰かを突き止めようという、きわめて愚かな考えを持っていました――まるで、人間が古代人を操れるかのように。そして今、あなたはミスター・ハリガンの殺人事件を捜査している。ここには、それなりの教訓があるんじゃないですか？　一種の実物教育のような」

「それで、きみがいいたいのは――」

「手短にいえば、警部補、ぼくだったら寺院をそっとしておくでしょう」智天使の声はやはり明るかったが、へつらうようなところはなかった。今では冷たい真剣さがあった。

「警官がすぐに怖気《おじけ》づいていては」マーシャルは落ち着き払っていった。「警部補にはなれないよ。脅迫者の真似はやめておけ。ほかのことをしているほうが魅力的だ。そして、わたしの邪魔をするんじゃない！」

「誤解ですよ、警部補」ロビンが甘ったるい声で必死に訴えた。

「いったいどうして」車に乗り込んだマットが訊いた。「あの信用ならない青年をやっつけなかったんです？」

「それが何の役に立つ？」

「それに、ぼくは〝この男だ！〟とさえいいませんでしたよ」

「ハリガンのせいで台無しになったんだ。月曜にどこにいたかについて、ロビンが話をでっちあげる時間がたっぷりできた。印刷屋が寺院からたんまり仕事をもらっているのなら、どんなことでも口裏を合わせるだろう。だがミスター・クーパーにはまだ興味がある。もっと追い込んでやるぞ――あのかわいらしいロビンに、すっかり心を奪われてしまった」

「なぜです、警部補！」マットは智天使の鳥のような口調を真似ていった。

「うまい芝居だった。見事なものだ。だが、芝居なら、いつかはばれる。彼は古代人の熱狂的な取り巻きなんかじゃない。自分のしていることがわかっているんだ。そして、わたしの推測が見当違いでなければ、おそらく寺院の誰よりも影響力があるはずだ」

「そう思いますか？　彼が？」

「普通の男には、女っぽい男の言動を、何でも割り引いて考えるという愚かな傾向がある。こんなふうに思うものだ。〝馬鹿馬鹿しい、あいつは女みたいじゃないか――あんなやつはどうでもいい〟とね。うまい外見を選んだものだ。利口なやつだよ、ロビンは」

「ウルフ・ハリガンが追いかけようとしていた、教祖の背後にある力だと思いますか？」

「かもしれない。あるいは、黒幕とアハスヴェルとの仲介役の可能性もある。——もちろん、灰皿には気づいただろう？」

マットはうなずいた。智天使は煙草を吸わない。ジョーゼフは部屋を出てきたとき、葉巻を吸っていた。だが灰皿には、葉巻の吸い殻と大量の灰と一緒に、煙草が数本捨てられていた。ほんの少しだけ吸って、二つに折った煙草が。

十七

コンチャ・ハリガンは、オルベラ街の入口を示す十字架のモニュメントの前で立ち止まった。

「ここで食べるんですか?」マットが訊いた。

彼女は顔を曇らせた。「気に入らなかった?」

「昔はよく来たものですよ。最初は素晴らしい思いつきだったと思います――町の真ん中にメキシコ街を作って、少数の先住民の伝統を繁栄させつづける――確かにとてもいい考えです。でもそれが、観光業や芸術家気取りのおかげで引っくり返された……。ご覧なさい。あの大きな土産物店に、風変わりな趣《おもむき》を。店を開いて収入を得ているメキシコ人も少しはいるが、この界隈をうろついているほかの人たちは? アイオワ州の観光客の群れと、長髪のなよなよした男どもが半々だ」

「いい換えれば」コンチャがいった。「ここへ来てもいい観光客は、あなたみたいな人たちだけってことね」

「風船に針を刺すみたいに、本質を突いてきますね。いいでしょう。アイオワ州出身者もなよなよした男たちも、ぼくと同じだけ権利があります。でも、やはり気に入らないな」

コンチャは雑然とした、趣のある通りを眺めた。「あなたのいうことにも一理あると思うわ。確かに計画通りにはならなかった。母は準備委員のひとりだったの――ペラョ家の代表として。だから、ここがこんなに好きなんだと思うわ。ここではハリガンではなく、ペラョになれるの。そのほうがしっくりくるわ。でも、別のところへ行きたければ……」

マットは手袋をした彼女の手に触れた。「ペラョ家の人に案内してもらえるなら、満足ですよ」

「ありがとう。優しいのね」

ふたりは通りを歩きはじめた。でこぼこした舗装は車の通行を妨げ、無数の土産物の屋台が雑然と並んでいる。マットはソンブレロの形の灰皿がどこまでも並んでいるのを見た。ひとつひとつに〝古きロサンゼルスの思い出〟と書かれていた。「この次はポパイを売るんだろうな」と彼はいった。

「ここよ」コンチャは通りの右手にある、屋外のテントの前で足を止めた。中には、オイルクロスをかけた粗末なテーブル、背もたれのない椅子やベンチ、石炭ストーブ、たくさんの調理器具がひしめいていた。壁には二枚のリトグラフがかかっている――ひとつはグアダルーペの聖母、もうひとつはフランクリン・D・ローズヴェルトだ。入口の横では、盲目の男がものうげにハープを弾き、片隅では三人のメキシコ人が、ビールとタコスを前に座っていた。

コンチャが現れると、すべてが活気づいた。女店主が嬉しそうに飛んできた。炭火の鉄板の上でトルティーヤを引っくり返している年老いた女が、ラテン系らしい大声であいさつをし、メキシコの同胞はグラスを上げて乾杯し、盲目の男はペラョの名を聞いて、ゆっくりとした、悲しげなワルツを弾きはじめた。

　ここでは明らかに、コンチャは名前も心もセニョリータ・ペラヨだった。外見もそうだった。丸々とした器量よしの女主人と、早口で熱心にしゃべっているとき、ハリガンの面影はすっかり消え、控えめで上品な服装を別にすれば、ただのメキシコ人の女の子になっていた。

　奥まったテーブルに手際よく案内されながら、マットは王族になったような気分だった。だが、王族なら通訳がつくか、自国語で話しかけられることだろう。このスペイン語の洪水に、彼は途方に暮れていた。

「ねえ」コンチャが彼のほうを見て、英語に戻るのがどこか難しそうにいった。「コーヒーが飲みたいかって訊いてるわ。あなたはビールのほうがいいと思うけれど」

「わかってますね！　ビールにします。でも、ほかの料理は決めなくていいんですか？」

「盛り合わせ《コンビナシオン》を頼んだわ――いろいろなものを少しずつね。メキシコ料理は好きでしょう？」

「大好きですよ。あの盲目の男は、何を弾いているんです？」

　コンチャは唇を噛んだ。「母がいつもリクエストしていた曲よ。悲しい歌――大牧場を持っていたのが、今となってはトウモロコシ畑が四つ残されているだけの、かわいそうな人の歌。かつて知っていた幸せはすべて失ってしまった。もうおしまいだ《ヤ・トド・アカボ》、アカボ――イカボド――栄光は去った〔『サムエル記』でイカボドの母は「栄光はイスラエルを去った」といって子にイカボド（栄なし）と名づけた〕。ねえ！　わたし、二か国語で駄洒落がいえるのよ。ミスター・ジョイスみたい」

「そんなにはしゃがないで。あなたのことがわかりはじめたばかりなんですから」

「わかりはじめた？」

「ええ。あなたはここに溶け込んでいる。年齢にふさわしい。人間らしい――というより、ぼくのために明るくて賢いところを見せようとするまではそうでした」

「今度は、風船に針を刺したのは誰？　でも、わたしってどんな人間だと思う？」

「かわいくて、いい子だと思いますよ。温かいけれど燃えあがることはなく、冷たいけれど凍りつくことはない。それに、非の打ちどころがない。家で見せていた欠陥がありません――矛盾したところや、ぎくしゃくしたところがね。ここではあなたは完璧だ」

　彼女は答えなかったが、ハープの伴奏に合わせて、静かに歌いはじめた。声量はなかったが、軽やかで、甘く、澄んでいた――グレイシー・アレン〔米国のヴォードヴィリアンでコメディアン〕のようだと、マットは場違いなことを想った。メキシコ人たちがビールから顔を上げ、にっこりし、延々と続くハーモニーに加わった。テントは、心を鎮める物悲しさに満たされた。

「ここにいたのか！」かすれた声がした。

　マットはコンチャから目を離し、グレゴリー・ランドールを見上げた。信じられないほどハンサムな、蠟人形のような顔が、今では怒りに近い表情に歪んでいる。「これはこれは！」ランドールは続けた。「きさまがこんな――田舎者の前で、ぼくを裏切っているのを見つけるとはね！」

「やあ、グレッグ」マットはいった。

「グレッグなんて呼ばないでくれ。突然ぼくを助けようとした、裏の意味に気づくべきだったよ、ダンカン。何の見返りもなく人助けをするやつが、この世にいないことはわかっていた。でも、きみは信頼できると思っていた――フラタニティの兄弟だったのだから！」彼は、それが恐ろしい悲劇の根底にあるかのようにいった。

「なあ！　きみの恋人が魚嫌いだというので、仕方ないだろう？」

「魚？　魚が何の関係がある？　ああ、もう計画が読めたぞ。彼女の話を聞いてすぐに決めたんだな。美しくて、裕福で、自分の意思を持たない娘――頭の空っぽなお金持ち。こいつはうってつけだと思ったんだろう？　そして、ぼくの車まで使ってあの家へ向かい、ぼくをぐでんぐでんになるまで酔わせた。鮮やかなお手並みだよ、ダンカン。あの老人におべっかを使って取り入り、ぼくには耐えられないたわごとを全部鵜呑みにし、たぶんぼくの悪口もたっぷり吹き込んで、自分は居心地のいい巣をせっせと作っていたんだろう」

「グレゴリー」コンチャがいった。「口が過ぎると思わない？」

「まだ始まったばかりだ。きみたちふたりが仲よくしているのは耳に入っていたが、コンチャ、きみのことは喜んで許してやるつもりだ。きみはまだ若いし、物事をわかっていない。だが、ぼくの婚約者にこんな噂が立つのは我慢ならない」

「言葉づかいは大目に見るけれど」コンチャがいった。「本当のことでないのは見過ごせないわ。もう帰ってくれない？」

「きみが一緒に来るならね。コンチャ、この男とはきっぱり縁を切ってくれ。そうすれば、済んだことをとがめたりしない。ぼくは――」

「済んだこと、ですって！」立ち上がったコンチャの黒い目が燃えていた。「気をつけることね、グレゴリー。この地元で、わたしに逆らおうとすれば――そのハンサムな顔から汚い口がむしり取られるかもしれないわよ。さあ、出ていって！」彼女は流れるようなしぐさで出口を指し、激しいスペイン語で何かいった――どこへ行けといったのか、疑う余地はなかった。

三人のメキシコ人は目くばせをし、セニョリータ・ペラヨを守ろうといっせいに立ち上がった。ビールを飲んでいたときの、だらけた態度を置き去りにして、しなやかで敵意に満ちたボディガードのように進み出る。

「この海兵隊を引き止めていてください、コンチャ」マットはいった。「ぼくが何とかしますから」彼はグレゴリーに続いて通りに出た。松の実売りが喧嘩の気配を察して、期待に大はしゃぎして仲間を呼び集めた。

グレゴリーは、ひょうたん細工や麦藁細工を売る露店に背を向けて立ち止まった。「さあ来い」あざけるようにいう。「美しいご婦人の前で、男らしいところを見せるといい。ぼくよりも強いのがわかっているものだから、最初から、こんな卑劣なことを企んだんだろう」

「それで、きみはぼくよりも弱いのがわかっているから、何をいっても許されると思っているんだな。そうはいかないことを教えてやる。株屋のちっぽけな脳みそが、ぼくのことをどう思っていようと構わないが、コンチャや彼女の父親を中傷して回るなら、話は別だ」

「もう一歩でも近づいてみろ！」

「それに、きみはコンチャを子供だといった！　自分もそこまで大人じゃないくせに――めそめそした赤ん坊め！　その横面に、一発食らわせてやろうか」

そのとき、マットは集まってきた野次馬の隅にアーサーがいるのに気づいた。グレゴリーひとりで自分たちをつけてきたり、こんな罵詈雑言を考えついたりするはずがないと、気づくべきだった。だが、マットがその存在に完全に気づく前に、ハリガン家の息子が細い脚を突き出し、彼を見事に引っくり返した。マットはごつごつした石畳に勢いよく倒れ、アーサーとグレゴリーが上から飛び乗った。

次の瞬間に起きたことは、映画のモンタージュなら描写できたかもしれないが、直線的な散文では描ききれない。コンチャの三人の忠実なしもべが、すぐさま争いに加わり、マットの背中からふたりの敵を引きはがした。すると、さらにふたりの通行人が、多勢に無勢なのを見てランドール＝ハリガン組に加わった。通りかかったふたりの船員は、ガールフレンドをほったらかしにして、どちらに加勢するかはお構いなく喧嘩に加わった。

ひょうたんと麦藁細工の露店を引っくり返し、そこの主人を喧嘩に巻き込んだのは、たぶん船員のひとりだったろう。だがマットは、傷のある頬にもう一本新しいデザインを刻んだナイフを抜いたのが誰だかわからなかった。グレゴリーを撃退するので忙しかったのだ。

というのも、ほかは喧嘩を楽しんで満足しているのに、グレゴリーは意外にもすっかり理性を失い、北欧神話に出てくる熊の毛皮をまとった戦士のように興奮していたからだ。しばらくは主に首を絞めようとしていたが、壊れたひょうたんが手に入ると、目つぶしのほうに興味を持ったようだ。

ただの喧嘩と、理性をなくした人物を相手にするのでは、わけが違う。特にその人物が、友人から恨みを晴らせとけしかけられた場合には。ひょうたんが三度目に、目からほんの数ミリのところをかすめたとき、マットはスワーミ＝サスマウルとの平和な喧嘩と、オートマチックをばらまくスワーミの不器用な癖が懐かしいと思いはじめていた。あのオートマチックが恋しいとさえ思った。

そこへ、警官のホイッスルが鳴り響いた。

マットはコンチャが自分の手を取り「こっち！」とささやくのに気づいた。次の瞬間、ふたりは絵のような地下の店にいた。壁は蠟燭にびっしりと覆われ、中央では獣脂のタンクが沸き返っていた。

「ここへは来なかったことにしてね、ヘスス」コンチャがいった。

ヘススは大きな笑みを浮かべ、親指と中指で合図した。「オーケー、セニョリータ・ペラヨ」

それから、ふたりは店の裏口を出て、水道管の迷路をくぐり抜け、小さな木のドアから通りに出た。そこでコンチャはしばらく足を止め、マットの顔から血を拭い、彼と腕を組んで大通りへ連れていった。彼を引っぱり、怪しまれない程度の速足で広場を過ぎて、通りを渡り、天使の聖母女王教会の中へ入っていった。


古い教会の中は薄暗く、主祭壇の白い輝きを引き立てていた。今はミサは行われていなかったが、祭壇から注ぐ光が、暗い講堂にひざまずいて静かに祈りを捧げる人たちを照らしていた。

「神聖な場所よ」コンチャが小声でいった。「古くからの、尊敬すべき伝統」彼女は入口の洗礼盤に手を浸し、十字を切り、主祭壇へ向かった。そこで両膝をつき、しばらくじっとする。マットはどうしてよいかわからず、気まずい思いでそのそばに立っていた。

「大丈夫よ」彼女は立ち上がりながらつぶやいた。「あなたは何もしなくていいわ」

マットは無言で、彼女に続いて通路を歩いた。彼女は祭壇前の手すりのところでまた膝をついた。マットは空いている会衆席に滑り込み、あたりを見回した。この古い——時代に対する西洋人の考えからすれば、古いということだが——教会にはある種の安らぎと、薄暗い静けさがあった。何か名状しがたいものがわかりかけていた。作家計画の仕事で教会の歴史を調べたときや、聖金曜日に訪れたときには理解できなかった何かが。

コンチャはようやく手すりから立ち上がった。グアダルーペの聖母の絵の前で足を止め、蠟燭を灯す。唇がかすかに動いていた。振り返った彼女は、真剣な表情をしていた。

「もう行きましょうか？」マットがいった。

コンチャはぐずぐずしながらドアへ向かった。「そうね。もうあなたを探してはいないでしょう。車を拾って……」彼女は言葉を切り、洗礼盤に伸ばしかけた手を止めた。「いいえ。お願い。座って。あそこに」

戸惑いながらも、マットは素直に聖エミディウスの下の会衆席に座った。コンチャは通路にひざまずき、それから彼の隣にするりと座った。教会の後ろの薄暗いこのあたりには、ほかに誰もいなかった。

彼女はマットの手を取り、手袋越しでも温かい手で包んだ。しかし、そのしぐさに、なまめかしいところは少しもなかった。むしろ気のおけない信頼を感じた。「ここには平安があるわ」彼女はいった。「もう世間とは関係がない。大事なことが感じられる。そして大事でないことは、ただ見るだけで、感じなくてもいいの」

「大事なことって？」

彼女は祭壇のほうへうなずいた。「あれよ。そして、あれがわたしに感じさせてくれること。それと、あなたのことも少し――あなたには話せるの。あなたがここにいても平気だわ、マット。そうなるとは思っていなかった。あなたをここへ連れてきたら、自分が引き裂かれてしまうと思った。でも、とてもしっくり来たわ。だから、あなたには話せるの」

マットは無言で、励ますように彼女の手を撫でた。

「ああ、神様」彼女はいった（それは神の名の濫用ではなかった）。「父の魂を安らかに眠らせたまえ」それから、長い間沈黙した。

「わたしね」ようやく彼女はいった。「あなたに少しずつ理由をわからせようとしてきたけれど、何の意味もなかったわ。論理的になろうとすればするほど、悪くなっていくの。だから、とにかく打ち明けるしかないわ。すべての理由を――なぜわたしが修道院に入りたがったか、なぜあなたがいったようにぎくしゃくするのか、あの部屋に誰が、何のためにいたのかを知らなければならないか。それは……ああ、あなたは信じてくれないでしょう。でも……ねえ、マット、わたし、父が母を殺したんじゃないかと思っているの」

それには何もいえなかった。マットは呆然と座り、彼女のこわばった手を握ったまま、その先を聞くのを待った――何か、答えてやれそうな言葉を。彼にはその告白の意味がわからなかった。あまりにも唐突で、衝撃的だったので、すぐには理解できなかったのだ。

鋭く、甲高い、一瞬のうちに消えた笑い声で沈黙を破ったのはコンチャだった。「こんなことをいわれたら、とてもおかしく思うでしょうね。わたしが悪かったって、急に気づいたわ。ここでいっても、信じてはもらえないわね。こんなことをいえば、考えるだけでも普通じゃないと思われるでしょう。それでも……」

「どうしてそんなことを考えたんです？」

「母が亡くなったとき、わたしは家を離れていたの——知っているわよね？　何か月も会っていなくて、そこへ電報が届いて、帰ったら母は死んでいた。そして、なぜ死んだのか誰も教えてくれなかった——ただ病気だったとか、目のことなんかを説明されたけれど、はっきりしたことはわからなかった。だから不安だったの。わたしは母を愛していたわ、マット。母がわたしにとってどれほど大切な人だったか、あなたにはわからないでしょうね。ほかの誰よりも、父よりも大切な人だった。そしてある日、父の書斎で本を探していたときに、たまたまあの薬物に関する本を落としてしまい、開いたの——あなたが見たページが。ヒヨスに関するページが。わたしは興味を引かれたわ。そのときにわかったの。ヒヨスのことや、それを目に垂らして人を毒殺できることを読んで、母が目薬を使っていたのを思い出した。何を混ぜればいいか知っていれば、それを目薬に混ぜることができる。何の疑いも持たれないし、効いてきたときにそばにいる必要もない」

「でも、お父さんがそんなことを！　どうしてそう思うんです……？」

「両親は幸せじゃなかった。わたしは知らないと思われていたけれど、知っていたわ。子供って、いろいろなことがわかっているものよ。両親は愛し合っていたし、ふたりとも素晴らしい人たちだったけれど、幸せじゃなかった。おばあちゃん《アブエリータ》——母の母は、ハリガン家と、それにまつわるすべてが嫌いだった。祖父のルーファスは厳しくて冷酷だった。財を成したのは抜け目がなかったからで、本当はペラヨ家のものになるはずだったお金なのよ。おばあちゃんが生きていた頃は、母は父をかばって、ルーファスがしたことで彼を責めてはいけないといった。でも、おばあちゃんが死んだあとは、母は自分にそういい聞かせるようになったわ。祖母の魂が宿ったみたいに。母にはどうすることもできなかったの。父を愛していたけれど、ときにハリガン家を憎んだ。だからふたりは不幸だった。父はとても辛抱強かったけれど。それで思ったの。母が父を責め立てるのが、度を越してしまったら……。

　恐ろしい考えだった。考えたくなかったけれど、考えずにはいられなかった。その考えは癌か何かのように大きくなっていったわ。わたしの中に入り込み、わたしの一部になって、父は殺人者だと考えるようになった。そして――何ていうか――たぶん、ハムレットみたいな気持ちになってきたの。同じでしょう。小瓶に入った恐ろしいヘボナの毒のことよ――それはヘンベイン、つまりヒヨスのことだわ。ええ、全部調べたの。ただ、それは耳からでなく、目から投与しなくてはならなくて、母に対してはそれができた」

「でも、断定はできないでしょう?」

「できるはずがないわ。母の死のことを詳しく訊こうとすると、みんな黙りなさいというのよ。アーサーでさえ話そうとしないの。それに、あの日はジャネットが休みを取っていて、彼女は何も知らないから、ますますよくなかった。恐ろしいことだわ、マット。わたし、次第にこう願うように……いいえ、本気で父に死んでほしいとは思わなかった。ただ、もしもわたしの考えが正しければ、父を罰してくださいと願っただけ。そして、わたしたちの暮らしは以前と同じものではなくなった。わたしがその考えを持つ前からそうだったわ。まるで、父が高い塀を作って、わたしに覗けないようにしているみたいに。父はそこから顔を出して、わたしに笑いかけるけれど、わたしはそこに壁があって、何かが隠されていることを知っている。そして、父が亡くなったとき……わたしのせいだという気持ちになったわ。わかるでしょう、わたしは望んでいた……ほとんど望んでいたといっていいわ。そうしたら、それが起こった……わからない？」

彼女は話をやめ、マットの肩に顔をうずめると、全身で泣きだした。マットは彼女の背中を軽く叩き、祭壇の上の聖体顕示台と聖エミディウスを見上げながら、自分が必要としている言葉は決して見つからないだろうと思った。

不格好な黒い服を着て、頭から黒いショールをかぶった、年老いたメキシコ人女性がふたり、入口で立ち止まって十字を切り、それからすすり泣きに振り返った。若い男女を見て、ひとりが同情するように「子供を亡くしたのね《アブラン・ペルディド・ア・ス・ニニート》」といった。

「神よ、安らかに眠らせたまえ《ディオス・ロス・テンガ・エン・ス・ボンダ》！」もうひとりがつぶやいた。

コンチャは背筋を伸ばし、目元を拭った。「さあ、これでわたしがおかしかったわけがわかったでしょう。いいえ。何もいわないで。何もいわなくていいわ。家へ連れていって」

「独房へ戻しておけ」マーシャル警部補がいった。

スワーミ・マホパディヤヤ・ヴィラセナンダは、足を引きずり、汗をかき、わざとらしく卑屈な笑みを浮かべた。「どうもご親切に、警部補さん」

「連れていけ」

彼は連れていかれた。

マーシャルは警察の速記者にいった。「押し込み強盗の線が正しいのはわかっているが、いったいどうすればいい？　やつは殺人の件ではしっかりと気を引きしめているから、ひとことも聞き出せないだろう。共犯がいるのは間違いない。だが、誰なんだ？」

速記者は肩をすくめた。「そのうち音を上げるでしょう。みんなそうですよ」

「時間……そう、時間が必要だ。だが、ぜひとも知りたいんだ」

クラウター巡査部長が、書類の束を手に入ってきた。「最新の報告書です、警部補」

「見込みなしか？」

「まったくありません」

マーシャルは書類をめくった。「ハリガンが調べていた男女は、全部含まれているか？」

「ええ、全員分です。普通の善良な人々ばかりですよ――アハスヴェルとスワーミを除いては、うさん臭い商売をしている人間もいません。わたしにいわせれば、ふたりのどちらかですね」

「この中ではな。クラウター、この事件では、素人かプロかは五分五分だ。どちらにも動機がある――財産か口封じかだ。プロのほうは、（正体が何者かはともかく）アハスヴェル、かわいいロビン、サスマウルに絞られる。そして遺言状のほうでは、アーサーと娘に限定されるようだ」

「わたしはスワーミに賭けますね」クラウターが実感を込めていった。「ああいう占い師のことはよく知っていますから」

マーシャルはさらに注意深く報告書を読み、それを置いた。「お決まりの捜査だな。読んで面白いものではないが、やらなければならない。これはもう済んだ」

「次はどうします?」

「黄色い衣の男が、ネズミ穴をどうやってくぐり抜けたかを解明することだな。あるいは、教会の中心人物に自白させ、偽証の罪を認めさせる方法を見つけるか。そのどちらかでも解決できたら、クラウター、わたしの警部補のバッジをきみにつけてやろう」

「国家公務員任用委員会が許しませんよ」クラウターが現実的なことをいった。「でも、明日はどうするおつもりです?」

警部補は立ち上がって伸びをした。「疲れたよ。家に二歳の子供がいたら、睡眠不足を取り戻そうなんて思うものじゃない。明日は――哀れなこの身としては、尼寺へ行くとするよ」

「は?」クラウター巡査部長はいった。


「どこへも寄らなくていいんですか?」ヴァイン・ストリートを横切りながら、マットが訊いた。

「ええ」

ハイランドまで来たところで、コンチャがようやく口を開いた。「グレッグが来てよかったわ」

「よかった?　あんな卑劣な企みが?」

「ええ、アーサーが彼にわたしたちをスパイさせたのは、汚いやり方だと思うわ――アーサーがやらせたに決まってるわよね？――でも、やっぱりよかった。教会へ逃げたことで、思い切って告白できたんだもの」

「何事も天の配剤ですよ」マットはいった。「そういうものです」

「それに、今夜は計画通りにはいかなかったわ」

「何を計画していたんです？　ペラヨ側のお友達と気晴らしをするとか？」

「いいえ」彼女の声は小さく、顔はそむけたままだった。「別の計画があったの、マット。わたしたちが――教会へ行く前は」

「どんな？」

「ふたりでどこかへ行って、ダンスして、あなたはお酒を飲むの」

「いい考えですね。今からでも遅くはない」

「もう遅いわ。遅すぎる。わたしたち、ダンスへ行って、あなたはお酒を飲んで、それから――わたしを家へは送っていかないの」

「困ったエスコートですね！　あなたがいるのに酔いつぶれるなんて――ちょっと待って！　家へ送らないって、どういうことです？　どこへ連れていくというんです？」

「どこかへ。あなたなら知っているでしょう。どこか」（彼女は少し声を詰まらせた）「女性を連れていくところよ」

マットは速度を落とし、少女を見た。「というと……？」

彼女は身構えるように見上げた。「そんな気分だったの。何もかもめちゃくちゃになってしまった。母も、父も、新聞も、家の中の疑惑や憎しみも……わたし、こう思ったの……」

「もうどうにでもなれと?」マットが怒鳴った。「いいですか、あなたはいい子だ。もっと魅力的になれるときもある。でも、ぼくがそんな卑劣漢だと思っているなら――」

「わかっているわ。だから、お酒を飲ませようと思ったの」

突然、マットは大笑いした。「これは驚いた! ぼくを抵抗できなくさせるつもりだったんですか? 何もわからない単純な男にさせておいて――何てことだ、コンチャ、今、この場で車を停めて、道理がわかるようにお尻を叩いたほうがよさそうだ。いったいどこから、そんな途方もないことを考えついたんです?」

彼女は何もいわなかった。

「どうしました? 何かいってください!」彼女はまだ黙っていた。「お尻を叩くといったから、怒ったのかな? とうの昔に誰かがやっていたら、ハリガン家の暮らしはそれほど複雑なものにはならなかったでしょうね」

彼女は返事をしなかった。

ふたりは黙ったままサンセット大通りから脇道へ折れた。マットは家の前で車を停めた。「ここで降りますか? ぼくはガレージに車を入れてきます。それとも、まだ何かいいたいことがありますか?」

コンチャが顔を上げ、マットは彼女がずっと声をあげずに泣いていたのに気づいた。「あなた……わたしを笑ったわ」

マットは彼女の赤くなった目と、涙の筋のついた頬を見た。すぼめた唇のせいで、顔が恐ろしく歪んでいる。「あなただって」彼は優しくいった。「今の自分を見たら笑いますよ」

彼女は身を乗り出し、マットの襟をつかんで、肩に顔をうずめた。何時間にも思える間、マットは彼女を慰めようとして、何をいったかもわからずにとりとめもない言葉をささやいた。ようやく顔を上げた彼女は、鼻をすすってはいたが、落ち着いていた。

「みっともないわよね？　ひと晩に二度も泣くなんて。男の人に、女が泣いているところを見せてはいけないわ。映画の中では美しいけれど、現実はひどいだけ」彼女はハンドバッグを開け、ダッシュボードの薄暗い明かりで、できるだけ顔を直そうとした。

「それに」マットがいった。「男を途方に暮れさせるのに、これ以上のものはありませんよ。気分はよくなりましたか？」

「そう思うわ。でも、お願いよ――もう二度と、わたしを笑わないで」

「努力しましょう」

「アーサーはいつでもわたしを笑うわ。ジョーおじ様も、ときにはエレンおば様まで。あなたは違うと思っていたのに」

「そうかもしれません」

「だって、あなたはほかの人と全然違うんだもの。別世界から来たみたいに、現実的で強いわ。あなたみたいな人に会ったのは初めてよ」

「ぼくみたいな男はどこにでもいますよ。ふさわしい売り場へ行かなかっただけで」

「わたしのいったこと——あなたが笑ったこと——あれは本当じゃないの。でも、本当のことをいったら、もっと笑われると思って。わたしがもっと——わかるわよね——洗練された、世慣れた態度だったら、笑われないだろうと思ったの」

「よくわかりませんね」

「つまり、何もかも嫌になったから、あなたのものになりたいといえば……だって——そういうものなんでしょう？　本に出てくるわ」

「あなたみたいな人は違いますよ、コンチャ」

「わかってる。今ならわかるわ。でも、男の人はそんな反応をするんじゃないかと思ったの。本当の理由をいったら怒るだけだろうけれど」

「理由って？」

「わからないの？」彼女はバッグを置き、シートの上で体をひねって、半ばひざまずくようにして彼の目をじっと見た。「わからないの、愛しい人？」

「中へ入ったほうがよさそうだ。さもないと、エレンおばさんが——」

「ああ、マット、あなたのことをすごく愛しているの。苦しいくらいに。死よりも、憎しみよりも、何よりも苦しいわ。わたし——」

彼女は身を乗り出し、マットの唇に唇を押しつけた。ぎこちなく、無邪気で、優しかった。意に反して、マットは自分の腕が彼女の温かい体を抱き寄せるのを感じた。ほかのすべては子供だったとしても、体はすっかり大人の女性であることに気づいて、彼は驚いた。

「いいですか」彼はコンチャよりも自分にいい聞かせるようにいった。「お互い、馬鹿なことをするのはよしましょう。こんなのは不自然だ。ぼくたちは張りつめた状況でたまたま出会った。周りではいろいろなことが起こっていた。ぼくたちにもいろいろなことがあった。頭を冷やさないと――ゆっくり考えて」

「信じてもらえないと思うけれど」コンチャは小声でいった。「今のは初めてのキスだったの。軽くキスされたことはあるけれど、今までキスだと感じたことはなかったわ」薄暗い車の中で、彼女の目に新たな光が宿った。

マットは彼女の体をそっと向こうへ押しやった。「ぼくとのキスはこれが最後ですよ」

「でも！」

「あなたがその計画を試さなくてよかった。うまくいったかもしれないと、急に思えてきました」

十八

翌朝早く、マットは電話をかけた。ついている。マーシャル警部補はまだ家にいた。

「ダンカンです」

「あにを、あんあえてる？」警部補がいった。

「おっしゃることがよくわかりませんが」

ごくり。「朝食中に電話をかけてくるなら、相手が口をいっぱいにしたまま話しても我慢することだな。何を考えている、といったんだ」

マットは教会のことや新しい傷、涙で濡れた肩を思い出した。「いろいろです。でも、どれも捜査とは関係ありません。今は、ひとつ質問に答えてほしいんです」

「テリー！」レオーナの声がした。「パパが電話しているときは、おかゆを投げちゃだめよ」

「そうだ」マーシャルがいった。「ほかのときにしてくれ。で、質問というのは？」

「ミセス・ウルフ・ハリガンの死について、何かご存じですか？」

突然、マーシャルはよそよそしくなり、親しさもとっつきやすさもなくなっていた。「多少はね。

なぜだ？」

「それはいえません――少なくとも今は。スパイのように思われるかもしれませんが、そうじゃないんです。でも、これだけ教えてください――」

「悪いが、ダンカン、わたしは何でも公開する情報局じゃないんだ。正直にいえば、きみが使えると思ったときだけ情報を提供している――きみの好奇心を満足させるためじゃなくね」

「テリー！　パパをそっとしておいて。あなたが怒らせなくても、もう十分怒ってるみたいだから」

「わかりました。それでも、ひとつだけ質問させてください。彼女の死に、他殺の可能性はありませんか？」

「これっぽっちもないな」

「断言できますか？」

「もちろん」

「ありがとうございます。レオーナとテリーによろしくお伝えください」

　コンチャは、マットが朝食を半分食べ終えた頃にやってきた。エレンおばさんはミサに出かけていて、アーサーはオルベラ街での戦いのあとにグレッグ・ランドールとどんなお祭り騒ぎをやったものか、まだ寝ていた。

　コンチャは今朝は静かだった。ゆうべのことは口にしなかったし、楽しくおしゃべりをしようともしなかったし、トーストを飛び出させて遊ぶこともなかった。マットを見る目は、主人に拒絶された犬のように悲しげだった。

「頬は大丈夫？」彼女はようやくいった。

「心配ありません。ゆうべは洗って包帯を巻いてくれてありがとう。今朝、ジャネットが巻き直してくれましたが、あなたの巻き方を褒めていましたよ」

「どこで怪我をしたと思われたかしら」

「訊かれませんでした。ジャネットは真面目ですからね。変なことがあったとしても、自分の仕事をするだけです」

沈黙。

「そうね」コンチャがいった。「それはジャネットのことをよくいい表しているわ」

「ねえ」マットが不意にいった。「あなたにやってほしいことがあるんですが」

「何？」

「警部補にいってほしいんです――あなたの考えを。妙なことがあれば、少なくとも彼の耳に入っているでしょう。あなたの考えを正してくれますよ」

「もう正されているわ。そういったでしょう。ゆうべ、それを忘れることができたの。しばらくの間、自由になれた。でも、いつまでも自由ではいられないものね。一難去ってまた一難だわ。悪霊に取りつかれた人みたいに。ただし、ほかの七つの霊に取りつかれたくはないわ。ひとつで十分」

「とにかく、話してみてください。その考えが、心のどこかにまだ潜んでいるかもしれない。そんなにすぐに忘れることはできませんよ。やってみることです」

「そうね……」彼女はかりかりに焼いたベーコンを小さく切り刻んだ。「わたしからもお願いがあるの、マット」

「何です?」

「朝のうちに、修道院まで車で送ってほしいの。シスター・アーシュラに話があるのだけれど、あなたにも来てほしいのよ。構わない?」

そのとき、バニヤンが現れた。いつもの高慢な態度に、自信に満ちたところが加わっている。

「失礼します、ミス・メアリー。お邪魔するつもりはなかったのですが」

「いいのよ。続けて」

「ミスター・ダンカンがご存じでしたら、お伺いしたいことがございまして。今日じゅうに、警部補はこちらへ来られますでしょうか?」

「わからないが、来ても驚かないよ。ゆうべは休みを取ったのかい?」

「さようでございます。厚かましいお願いではございますが、警部補にお伝えいただけますでしょうか? 事件に関するきわめて重大な情報を握っており、できるだけ早くお会いしたいと」

コンチャが手を叩いた。「あら、バニヤン! あなた、変装した刑事なのね! あなたの秘密って何なの?」

「それは、ミス・メアリー、警部補からお聞きになってください」彼はお辞儀をし、丁重な態度で下がっていった。

マーシャル警部補は中庭で、庭師の香で花を生き返らせていた。「実をいいますと、シスター」彼はいった。「あなたにやってほしいのは、非公式な警察の仕事なのです」

「わたしにできることがあるとは思えませんわ」シスター・アーシュラは穏やかに抗議し、そばで日光浴をしながら眠っているシスター・フェリシタスをちらりと見た。「推理をしたり、お話ししたりするのは喜んでやりますけれど、実際の仕事となると……」だが、彼女はその考えにまんざらでもない様子だった。

「あなたにできることがあります。わたしでは、どうしてもできないことです。あなたなら、エレン・ハリガンの供述を崩すことができるでしょう」

「警部補！」

「わかっています。彼女はここの後援者のようなものなのでしょう？　ですが、シスター、あなたは修道会の利益よりも正義を優先する方だと思っています」

「誤解です、警部補。怒ったのではありません――ただ驚いただけです。続けてください」

「密室の件は、ただ鍵がかかっていただけでなく、完全に封鎖されたものでした。礼拝堂のドア以外に、出入りできる場所はなかったのです。そしてエレン・ハリガンはそのドアのところにいました。結論は明らかでしょう。彼女は誰かをかばっている。そして、彼女を厳しく尋問することはできません。そんなことをすれば、彼女の兄の政治的影響力がすべてわたしの首にかかり、おそらく大司教も黙っていないでしょう」

「でも、あなたは理解してくださっているかと思いました――」

「わかります。彼女があなたに寄せている信頼を損ねるようなことをしろとはいっていません。しかし、ラファティの事件でも、このような状況がありました。警察全体が、ビッグ・マイクが殺したと確信していましたが、証拠がなかった。はっきりしたことを知っているのはビッグ・マイクの聴罪司祭だけでしたが、当然、彼からは何も聞き出すことはできません。しかし、あることを匂わせたら、司祭はビッグ・マイクが自白するまで働きかけてくれました」

「匂わせなくても、それは司祭の務めですわ、警部補」

「そうですか？　とにかく、わたしがいいたいのは、あなたにはそれができるということです。ミス・ハリガンから秘密を聞き出すのではなく、警察に真実を話すのが一番だと、彼女を説得してくれればいいのです」

「でも、そんなことをしても意味はありません。彼女は真実を話しているのですから」

「何を馬鹿なことを。この事件の解決は、彼女に何を見たかをいわせることにかかっているんです」

「彼女が何を見たか、全部ご存じのはずです。彼女の証言は、信頼できる事実です。マット・ダンカンがミスター・ハリガンの遺体を見つける十分前から、あの礼拝堂のドアからは誰も出ていません」

「しかし、あなたはどうして――？」

「外におりますよ、ミス・ハリガン」修道女の声がして、コンチャが中庭に姿を現した。あとからマットがついてくる。

「警部補！　これって運命の出会いじゃない、マット？」

「運命の出会い？　わたしは既婚者ですよ、ミス・ハリガン」

「違うの。そこで、マットに、警部補にあることを訊くようにいわれたけれど、わたしは気が進まなかったんです。そこで、あなたが家を訪ねてきたときのために、ここへ来たんですけれど……」

「運命というのは」シスター・アーシュラがいった。「ハリガン家の人にとっては異教の考えです。それは神の思し召しでもあるのですわ」

「いいでしょう、ミス・ハリガン。運命と神と警察官の義務が一緒になって、わたしをここへ連れてきたのですから、訊きたいことを訊くといいですよ。何です？」

「警部補さん、あなたはご存じですか……ああ、だめ！　訊けないわ。マット、本当に無理よ」

「それは――あなたが先週の金曜にいっていたことですか？」シスター・アーシュラが優しく訊いた。

　コンチャは無言でうなずいた。

「だったら、お訊きなさい。恐怖というのは、取り出して見てみれば消えるものです」

「精神分析学の第一原理ですね」マーシャルはほほえんだ。

「こうした原理のどれほど多くが、十九世紀にはすでに教会に知られていたか、ご存じないでしょうね、警部補。メアリー、お続けなさい」

「わかりました。マーシャル警部補――母がどのようにして亡くなったか、ご存じですか？」

　マーシャルは考え込むようにマットを見た。「彼女は」警部補はよどみなくいった。「自然死でした。心臓内血栓です。おそらく心労と、盲目になることへの不安から、突発的に生じたものでしょう」

「どうしてご存じなんです?」

「事件を捜査するに当たって、同じ家庭内で最近起こった死について、調べないとお思いですか? 真っ先に記録を見て、お母さんのことをすべて調べました。異常なことは何もありませんでした」

コンチャは両手を高く上げた。「わたし、お日様の下にいるわ」彼女はいった。「暖かくて、いい気持ち。ありがとう、マット。シスター。質問するようにいってくれて」

「今日、来てくれてよかった」シスター・アーシュラがいった。「シスター・パーペチュアにあなたのことを訊かれましたよ。自分が彩飾した祈禱書を見てほしいそうです。ついに完成したのですよ」

「本当に? 何て素晴らしいの! ぜひ見たいわ」

「今は図書室にいます。会いにいきますか? 場所はおわかりでしょう」

「どうして? 一緒に来てくださらないんですか?」

「ええ、あの祈禱書はこの修道院で作られたものの中で一番美しいものです。でも、もう感想はい い尽くしてしまいましたの。美しいものについていえる言葉には限りがあって、全部使ってしまったわ。でも、あなたは行ってらっしゃい」

「わかりました。すぐ戻ります」

「シスター・パーペチュアの、驚くばかりの素晴らしい労作ですよ。現代の手法と素材を使って、中世の効果を出そうとしたのです。それに、わたしにいわせれば、ひときわ……」コンチャの足音が拱廊へ消えていくと、修道女は急に口調を変えた。「警部補、ミセス・ハリガンの死について、真相を教えてくださいますわね」

「シスター、なぜそんなことを――」

「あなたは少し饒舌すぎましたわ、警部補。本当のことを教えてください。わたしや、ここにいるミスター・ダンカン以上に、あのかわいそうな子を気にかけている人物を見つけるのは難しいはずです。わたしたちには、知る権利があると思います」

「いいでしょう。どのみちミス・ハリガンのほかは誰でも知っていることです。ジョーゼフはうまく隠していましたが」

シスター・アーシュラは身震いした。「自殺ですか?」

「ええ。盲目になるという考えに耐えられなかったのでしょう。年老いたスペイン人の誇りというのは恐ろしいものです。母親の死後、彼女はこの民族の重みをすべて自分で背負っているように感じていたのでしょう――ペラヨ家の最後のひとりとして。しかも、ひどい死に方でした。家宝のナイフで自分を刺したのです――最高級のトレド製の鋼のナイフです。検死はありました――記録を見ていますー―が、内密で行われ、新聞には出ていません。うまく手を回したものです。しかも、教会の正式な儀式とともに埋葬されています。『ハムレット』を引用できそうですね。

死因には不審な点もあり

慣例を曲げよとの国王のご命令がなければ
墓地の外の汚れた土地に埋められ……

教会は大目に見たのでしょう。自殺者の埋葬を禁じるのはごくまれなことです。哀れな犠牲者が、一瞬魔が差してそのようなことをしてしまう可能性は常にあります。そして、あなた自身のお話からすれば、母親の死と家族の誇りという強迫観念が相まって、半ば目の見えない女性は、（これも『ハムレット』を引用すれば）全能の神は自殺を禁じたという戒律を忘れてしまったのかもしれません。埋葬は、娘に思いやりのある嘘をつくのと同じくらい、慈悲深いことだったのでしょう」

これですべてがはっきりしたとマットは思った。ミセス・ハリガンの死をめぐる沈黙と秘密は、ハリガン家の名声を汚すスキャンダルを避けるためであり、同時に（悪魔にも長所があると認めるなら）娘につらい事実を知らせないためだった。その後、両親の不和と、ヒヨスのページが開く本という残酷な偶然により、運命のいたずらでコンチャの思春期ならではの自虐心が大きくなっていったのだ――それとも、シスター・アーシュラはこれも神の思し召しというだろうか？

「それで、どうしてあの子は殺人だなどと考えたんです？」マーシャルがいった。

シスター・アーシュラは何食わぬ顔で彼を見た。「どういうことです？」

「今度は饒舌なのはどちらでしょうね？　彼女があれほど知りたがっていながら知るのを恐れ、自然死といわれてあれほどほっとしていた理由が、ほかにありますか？　ねえ、シスター、彼女はなぜそう思ったんです？」

シスター・アーシュラはかぶりを振った。「何のことだかわかりませんわ、警部補」

「いいでしょう。お好きなようになさってください。しかし、邪推するのは止められないでしょう？　たとえば、彼女が父親を疑っていたとか？　そうなれば新たな動機になる――まったく新しい線が浮かんでくるのです……」

「では、ウィリアム二世は？」シスター・アーシュラがすぐさま口を挟んだ。「それがどうして彼女を指しているのです？」

「何ですって――あれが誰かを指しているのですか？」

「どうやったのかさえわかれば」シスター・アーシュラはつぶやいた。「誰なのかは明らかです。ただし……」彼女は不意にいった。「警部補！　ハリガン家のことは知っています。若いふたりは黒髪で、年配者ふたりは白髪です。でも、誰か――この事件の関係者で――赤毛の人はいますか？」

「何ですって！」マーシャルがいった。

「お願いです。謎めかしているわけではありません。少なくとも気まぐれでそうしているのでは。でも、ほかの容疑者の中に――家族以外に――いませんか？」

「いません」

「関係者の中にも？」

「わたしの妻と息子だけです。登場人物の中で、赤毛はそれだけですよ」

シスター・アーシュラはほっとした様子だった。「でしたら、思った通りですわ。でも、この可能性を見落としていたとは、何と愚かだったのでしょう。ほかにもこんなぬかりがなかったか、考えずにはいられません。聞かせてください。何か新しい事実、わたしが知っておくべき事実はありませんか？」

「バニヤンが秘密をつかんでいますよ」マットがいった。「あなたにそれを伝えることになっていたんです、警部補。今日、会いたいそうです。彼はゆうべ光の寺院へ行き、今日は近所で一番大きな猫を追い出したカナリヤのようにご満悦の様子でした」

「寺院？」マーシャルが繰り返した。「なるほど。寺院の線を考えれば考えるほど、気に食わなくなってくる。午後にはバニヤンに会ってみるが、彼が寺院について何をいおうと、あの密室の脱出方法ほど興味は引かれないだろう。われわれはあの部屋のことを、ひと晩かけて議論したのです」

彼はシスター・アーシュラに哀れっぽくいった。「ありそうな角度と、ありえない角度から、すべて検討してみました。どこかに筋の通った説明があるのではないかと思いましたが、さらなる不可能性にぶつかっただけでした」

「それは？」修道女が熱心に訊いた。

「もっと不可能がほしいような口ぶりですね、シスター」

「そうかもしれません。左右対称でもなければ、ほとんど形もない、ふたつの木片があります。それをくっつけると、完璧な幾何学的図形が出来上がります。不可能性にも同じようなことがいえます。その不可能とは何です？」

「いいでしょう。あなたが望んだのですよ。黄色い手袋はアハスヴェルの衣装の一部です——黄色い衣につきもののね。殺人者はどこにも指紋を残していません。しかし、ダンカンが窓から見たとき、そいつは手袋をしていなかったんです！」

彼女はマットのほうを見た。「素手だったというのですか？」

「ええ。顔は見えませんでしたが、デスクの上にむき出しの手があったのを覚えています」

「そして」マーシャルが悲しげにいった。「どれほどひねくれた殺人者でも、手袋を脱ぐ理由がありますか――」

「警部補！」シスター・アーシュラの声は鋭く、きびきびとしていた。「明日の午後、ハリガン家へ来ていただけますか？」

「たぶん行けるでしょう。わたしの仕事ですからね。でも、なぜそんなに急に？」

「出口が見えてきた気がします。いいえ、今説明しろとはおっしゃらないでください。でも、明日、その場へ行けば、黄色い衣の人物がどうやって部屋を出たのかお見せできると思います」

「で、そいつは誰なんです？」マーシャルがいった。「とにかく、それを聞けば参考になります」

「ずっと前からわかっていました。ただし」彼女はあとから考えてつけ足した。「アハスヴェルの髪が、ひげのような偽物でないと証明される必要があります。それから、ミスター・ダンカンが火曜日の出来事を大まかに説明してくださって以来、どんなことがあったかすべてお話ししていただければ……」

「普通の犯人探しのミステリーなら」マーシャルが車の中でいった。「バニヤンは今頃消されているだろうな。〝知り過ぎていた男〟ってやつだ」

だが、執事は無傷でふたりを出迎えた。「さて」コンチャがどこか名残惜《なごりお》しげに席を外すと、警部補はいった。「来ましたよ」

「ああ」バニヤンはほほえんだ。「誠に恐縮ではございますが、人目につかない書斎へおいでいただければありがたく存じます。そうすれば、喜んでアハスヴェルの正体をお教えいたします」

十九

木曜の夜に寺院のバルコニー席に座っていたのは、奇妙な五人組だった。光の寺院の集会に参加するのは、劇場やフットボールの試合に行くようなものだとマットは思った――どんな知り合いに会うかわからない。

彼はR・ジョーゼフ・ハリガンと出かけた。秘密の詳細と、その結果生まれた計画について、バニヤンは警部補だけに打ち明けていた。マットにわかったのは、今夜、途方もない暴露があるということと、R・ジョーゼフは家族の中でもっとも関心を持ち、もっとも冷静な代表として招かれたということだった。

彼らがロビーに入ると（マットは案内係の中にロビン・クーパーの智天使のような顔を探したが、見つからなかった）すぐさま弁護士が叫んだ。「アーサー！　いったいここで何をしている？」

アーサーは気の進まない様子で、足を引きずるようにして近づいてきた。「執事が警官と会う約束をしていると知ったら、興味を引かれるものでしょう」

「それに、グレゴリー！」ジョーゼフは大声でいった。「会えて嬉しいよ！」

グレゴリー・ランドールは、ちっとも嬉しくなさそうだった。「アーサーに誘われたものですから」彼はいいわけするようにつぶやいた。

「わかっている」ジョーゼフはうなずいた。「火曜日の馬鹿げた一幕のあとで、わたしと顔を合わせるのは気まずいだろう。いやはや！　誰でも時には理性をなくしてしまうものだ。悪く思わないでくれ」

一行が階段を上りはじめたとき、グレゴリーはマットを引っぱり、ほかの人たちから遠ざけた。

「ゆうべのことはわかってくれるだろう」

「まあね」マットの声は温かいとはいえなかった。

「結局、何だかんだいっても――つまり――」

「きみのような地位にある人は」マットが促した。

「そうなんだ。わかってくれてよかった。ぼくのような地位にある者は、とにかく――ある程度の地位を保っていなくてはならないんだ。かっとなってしまったのは馬鹿だったと思う。でも、いろいろなことを考えれば……」彼は新しい傷跡を見て、言葉を切った。「ぼくが――？」

「生々しいところを見せたかったよ」マットは楽しげにいった。「五針縫って、輸血も受けた。もちろん、今ではほとんど治っているが」

グレッグは、いつものようにそれを真に受けて、ショックを受けたように黙り込んだ。そこでマットは、自分たちの前を上っていく、唇の薄い、七面鳥のようにたるんだ首をした、ふたりの老人の話に耳を傾けた。

「ナイン・タイムズ・ナインは本当に効き目があったな」ひとりがいった。「ハリガンに見せつけてやった」乾いた声には、楽しんでいるような響きがあった。

もうひとりが、耳障りな声で笑った。「われわれがやろうとしているのは、それだけじゃない。まあ待つんだな。まだひとり目の敵じゃないか。本当の粛清が始まるまで待つことだ。そのうちアカやカトリック、薄汚いユダヤ人が排除される」

ひとり目が、禿げた部分をかいた。「だが、アハスヴェルもユダヤ人だろう？」

「それはどうでもいいことだ。キリストだってそうだったろう？　な？」

ひとり目は、その論理に満足したようだ。「われわれを留め立てするやつを見たいものだ」ぞっとするような口調でいう。

階段を上りきったところで、マットはフレッド・シモンズとばったり会った。引退した食料雑貨店主は、生来の心優しい親しみと、ハリガンのスパイに対する憎しみとの間で、激しく引き裂かれているようだった。彼はそのふたつの感情がちょうどバランスを取ったような口調で「やあ」といった。

「やあ」マットは応えたあと、試しにこうつけ加えてみた。「こちらはミスター・ランドール。こちらはミスター・シモンズだ。ランドールは、ぼくが寺院をまったく誤解していると、説得しているところなんだ――今夜またここへ来て、聞いてみろとね」

フレッド・シモンズは、すっかりまごついているグレッグ・ランドールの手を熱心に握った。

「お手柄だ、ランドール。ダンカンに、ここには彼やきみのような若者が必要だといったんだ。きみなら、彼からハリガンのたわけた考えを追い出してやれるだろう。ご一緒してもいいかな？」

マットはR・ジョーゼフとフレッド・シモンズに挟まれて座った。アーサーとグレッグは、一行の端と端に座っている。オルガンが聞き慣れた甘ったるい曲を弾く間じゅう、聞こえるのは弁護士が先週の見苦しいふるまいについて甥を叱る声と、元食料雑貨店主がほとんど独り言だが熱心な口調で、新たに見つけた古代人仲間と信仰の問題について語り合う声だけだった。

「ランドールがきみを木曜に連れてきてくれてよかった」シモンズがマットに向き直っていった。「特別な学びの夜なんだ。今夜、アハスヴェルは、アメリカをおびやかす危機について語り、いざというときにわれわれが何をすべきか教えてくれる……」

「いざというとき、何をするんです？」

「シーッ」高いテノールが「命の妙なる神秘」を歌いはじめた。ミサは前回と同じように始まった。幕が開き、輝くような黄色い衣をまとったアハスヴェルが何もない舞台に現れた。水差しのそばの男が、親睦団体への歓迎の言葉を述べた（マットは、グレゴリーがシモンズにぎゅっと手を握られて、顔をしかめるのを面白がった）。続いて「古きキリスト教」の合唱が始まった。最後の部分は土曜日よりもさらに大きく、活気に満ちていた。会衆は、新たな力と信仰心を吹き込まれたかのように見えた。

「わかったろう、ダンカン」フレッド・シモンズが説明した。「今や、すべてが現実のものとなったのが。以前は、少し疑っている者もいた。もちろん、わしは違うぞ。絶対に。だが、一部では――ありえないと思う者もいた。しかし、われわれが〝ナイン・タイムズ・ナイン〟の呪いをかけ、それが効力を発揮したので――立場を自覚したのだ」

今ではしんと静まり返り、アハスヴェルが立ち上がって、舞台中央に進み出た。「あなたがたはみな知っています」彼は穏やかに始めた。「今夜、わたしたちが集まったわけを。それは、わたしが皆さんに真実を教えるためであり、その真実が皆さんを、そして、この偉大で輝かしい国を自由にするのです。しかし、この場にふさわしいお話をする前に、経典に目を通し、そのページから古代人のメッセージを拾い上げなくてはなりません」

マットは連れの人々を見た。アーサーはいつもの退屈しきった態度の下に、激しい好奇心を隠していた。R・ジョーゼフは熱心に首をかしげ、職業的な見地から、壇上での教祖のふるまいを研究しているようだった。フレッド・シモンズは心を奪われ、緊張して、古代人の言葉を待っていた。そしてグレゴリーは、すっかり混乱していた。

アハスヴェルが舞台袖に向かって合図すると、白衣の係員が白紙の本を持ってきた。「なぜなら、ヨセフによる福音書の第八章に書かれているではありませんか。


求めて得た知識は役に立つ。されど神に与えられた知識は、あらゆる点で完全である。


したがって、われらに与えられた知識を学ぼうではありませんか」彼は白紙のページに目を落とした。

突如として、黄色い体がこわばった。「まさか……！」彼は聞こえるほどのあえぎ声をあげ、さらに目を凝らした――あまりに真剣なので、マットはそのページにメッセージが書かれているのを信じそうになった。アハスヴェルが動きを止めている間も、あたりは静まり返っていたが、今ではかすかなささやきが、聴衆の間に広がりはじめた。フレッド・シモンズはひどくうろたえた様子で、身を乗り出していた。

やがてアハスヴェルが本を閉じ、そのばたんという音にささやき声がやみ、静かになった。彼はゆっくりとした、よく通る声でいった。「わたしは、この壇上からの最後のメッセージを読みました。いいえ――恐れることはありません。驚きのささやきをあげるには及びません。しかし、よく聞いてください。

わたしが従うのは古代人の意志であり、それだけがわたしの人生を支配するものです。はじめに、その命令はエルサレムで古代のイエスによって下され、続いて、わたしが偉大なる古代の知恵を身につけてからは、九聖人の命令となりました。この天使の町に来て、皆さんに真理を教えようとしているのも、その命によるものです。今、わたしがみなさんの元を去ることも、彼らの命令であり、これからどこへ行くのか、誰にもわかりません。

みなさん、アハスヴェルの別れの言葉をお聞きください」

マットはシモンズのほうを見たが、この敬虔な信徒は、現実の物事を見る目も聞く耳も持っていない様子だった。彼の注意はすべて、信じがたい別れの言葉を述べた教祖に向けられていた。R・ジョーゼフも唖然としているように見えたが、同じ気持ちからではないだろう。グレゴリーはますます面食らっているようだった。

この説教、この別れの演説は、驚くべきものだった。それまでのアハスヴェルの活動にはなかった人間味と寛容にあふれていた。彼は聴衆に、自分が回想した憎しみを忘れ、善に身を任せ、祖国の民主主義を守り、それでいて、その守りそのものが、不寛容を通じて民主主義の一番の敵にならぬようにせよと告げた。聴衆は、最初は落ち着きなくざわめいた。これは木曜日の夜のいつもの糾弾の変型で、一杯食わされているのだろうと。だが次第に、少なくとも消極的には、この新しい路線を受け入れているようだった。

ついに、アハスヴェルは口をつぐみ、悠然とした威厳とともに、舞台の奥へ下がっていった。会衆席の照明が次第に暗くなり、さまざまな色の光が正面の壁に踊り、やがて再び暗がりに消えていった。見えるのは、アハスヴェルの黄色い姿を照らす、天井からの黄色いスポットだけだった。「九聖人の祝福」黄色い衣の男は宣言した。「そして、ナイン・タイムズ・ナインの祝福が、永遠に皆さんの上にありますように。なぜならば、ヨセフによる福音書の最終章に書かれているではありませんか。

人が古代人に奉仕するのは、その愛を得るためである。古代人が人に奉仕するのは、その愛を保つためである。愛と奉仕、このふたつこそすべてである。そして、見よ、このふたつは一体である。

さらば！」

この言葉とともに、黄色いスポットさえも消えた。一瞬、講堂は真っ暗になった。続いて照明が煌々と輝いた。すぐに舞台があらわになったが、そこにいたのは、水差しのそばでどこか当惑気味の男だけだった。やがて幕が下り、オルガン奏者が退場用のマーチを演奏しはじめた。

「何とまあ！」フレッド・シモンズがいった。それから、この出来事のせいで、途方に暮れたその一語に語彙が限られてしまったかのように、再び「何とまあ！」といった。


警部補はマットとジョーゼフに、補足説明をするので舞台裏の〈瞑想の部屋〉で会おうと告げていた。アーサーとグレゴリーのことは何もいっていなかったが、そのふたりの青年も一緒に来た。

「驚いたな」ジョーゼフが勢いよくいった。「まったく驚いた！　マーシャルはどうやって、あの悪党がすっぱり扇動をやめるよう説得できたんだ？」

「大した人ですね、警部補は」アーサーがいった。「彼にかかったら、あなたも政治をやめるかもしれない」

一同は黄色い部屋の外で立ち止まった。「そんなことはさせないぞ！」激しく抗議する声がした。マットはドアを開けた。クラウター巡査部長が、黄色い衣の男の監視役として、嬉しそうに立っていた。「そうかな？　それはまずいんじゃないか？」

「失礼します」マットがためらいがちにいった。

「やあ、ミスター・ダンカン、入ってください――よろしければ皆さんも。警部補はすぐに来ます。どうでした？」

「上出来ですよ。彼らは何が起こったのかわからないでしょう」巡査部長はアハスヴェルに親指を向けた。「こいつもですよ。まったく」彼は残念そうにつけ加えた。「うちの女房がここにいたらなあ」

「ここだ」外でマーシャルの声がした。警部補はつかつかと入ってきて、その後ろから、一分の隙もないバニヤンと、さらに——マットは目を丸くした——黄色い衣の男が続いた。

クラウターに監視されている、もうひとりの黄色い衣の男が飛びあがった。「裏切り者め！」とつぶやく。

「仕方ないさ、メイスン」ふたり目のアハスヴェルが静かにいった。「ゲームは終わりだ。これが一番の解決法だったんだ」

「裏切り者！」

「ああ。おれは裏切り者だ。それがどうした？　船は沈みかけてる——誰だって逃げ出すさ」

「あのう」マットがいった。「ちょっと整理させてもらえますか？　いったい何が起こっているんです？」

「まったくだ」ジョーゼフが大声でいった。「黄色い衣の男は何人いるのです？」

マーシャルは、今入ってきた黄色い男を指差した。「この男をご存じでしょう。ふたりとも。ただ、持ち場にいなければ思い出せないかもしれない。ひげを取れ、ジャック・ダルトン。皆さんにそのきれいな顔を見せてやるんだな」

黄色い衣の男はいわれた通りにした。

「智天使！」マットは口笛を吹いた。

「何てことだ！」ジョーゼフがいった「あの若者か！」

「どの若者ですって？」グレゴリーが弱々しくいったが、無視された。

「驚きましたか？」ロビン・クーパーがいった。「前にこの衣を着たとき、あなたがたふたりには見抜かれているだろうと思っていました。事実をはっきりさせるためにいっておきますが」彼は続けた。「あなたがたは正しかった――たぶん、当てずっぽうだったのでしょうが」

「じゃあ、こいつはいったい誰なんです、警部補？」

「起立したまえ、バニヤン」マーシャルがいった「きみの出番だ」

執事が、相変わらず動じない、自信に満ちた態度で前へ出た。「おそらく」彼は切り出した。「お話しする前に、ハリガン家の皆さんにお詫びすべきでしょう。ミスター・ウルフを除いて、偽りともいうべき姿のわたししかご存じない皆さんに」

「知ってるよ」アーサーがいった。「ロンドン警視庁のバニヤン警部補なんだろう」

アハスヴェル（つまり、クラウターの監視下のアハスヴェル）の、いつもは無表情な顔に、はっと気づいた驚きの表情が表れた。「バニスター！」彼は叫んだ。

バニヤンはお辞儀した。「どうぞお見知りおきを。しばらく自分のことを語らせてもらえるなら、わたしの本名はドミニク・ウィンダム・バニスターと申します。元は心霊主義聖公会の司祭でした――自薦の、といっておいたほうがいいでしょう。ミスター・ハリガンに、ある顕現を暴かれるまでは、楽しくて利益になる職業でした。貴族の家に生まれ、相続権を奪われた未熟な息子は、できる限り自分の食い扶持を稼がなければならないのだと反論したとき、ミスター・ウルフ・ハリガンは、わたしには優れた執事になれる素質があると指摘なさったのです。今ではその通りだと思うようになりました」

「興味深いことだが」ジョーゼフが鼻で笑った。「きみの過去の経歴が、アハスヴェルとどう関係するのだ?」

「道を誤った若い時分の商慣習は捨てましたが、心霊主義者の使う装置の進化には職業的な興味があって、昔の仲間をよく訪ねていたのです。彼らから、最近ふたつの噂を聞きました。ひとつは、アハスヴェルが昔のシカゴグループの一員だという噂、もうひとつは、グレン・メイスンがこの町にいるという噂です。

メイスンのことは、シカゴ時代にそこそこ知っていました。わたしの管区だった頃にね。当時、彼はレパートリー劇団の俳優で、体の空いている日曜日にはキリスト心霊主義者教会の儀式で主役を演じ、副収入を得ていました。多芸な男でした。ある晩など、わたしは彼がジョージ・ワシントンとロバート・インガーソル、カリギュラ皇帝の霊を演じるのを見ました。しかし、彼はひどく慌ててシカゴを去りました。舞台裏では、どうやらジャコモ・カサノヴァの役を演じていたようで、同意年齢を規制した法律を無視していたのです。刑事告訴されたのですよ。

わたしが知っているメイスンの流儀から考えて、この謎のアハスヴェルが彼だという可能性もなくはないと思いました。しかし、さらに確信できるまでは、このことをミスター・ハリガンにいうのは控えてきました。月曜日に、明らかにメイスンではない〝アハスヴェル〟を見てからは、それ以上このことは考えませんでした。ところが、警部補が月曜日のアハスヴェルは本物ではないと疑っているのを小耳に挟みました。わたしはすぐに礼拝に参加し、彼の正体を確信したため、警部補に報告したわけです」

「そこで」マーシャルが話を引き取った。「シカゴへ電報を打ってメイスンの記録を手に入れ、ここでアハスヴェルとしばらく話をし、今夜何もしなければスキャンダルは避けられると説得したんだ。クーパーが月曜日にアハスヴェルの代役を演じていたのはすでにわかっていたので、そこを突いたのさ。船が沈みかけていることを納得させてからは、たやすいことだった」

「しかし」ジョーゼフが怒鳴った。「古代人に呼ばれたとかいうたわごとは何だったんです？　悪党を逮捕して、正体を暴けばいいではありませんか？」

「バニヤンの提案です。彼は商売のこつを知っていますからね。アハスヴェルを逮捕すれば、どうなるかおわかりでしょう。彼は〝無実の罪を着せられた〟ことになる。迫害された殉教者とみなされるのです。〈光の子ら〉は、彼の冤罪を晴らすために戦うでしょう。彼はいかれた連中にとってのムーニー〔米国の労働運動指導者〕になる。しかし、この召還効果のあとでは、教会はただ解散するだけでしょう。彼の個性なしで、続けられるほど強固なものではありませんからね」

「賢いやり方だな」ジョーゼフはしぶしぶいった。

「いいでしょう。われわれはハリガンの仕事をやり遂げたのです。光の殿堂を破壊しました。そして今、わたしに残された仕事は黒幕が誰かを突き止めることです。メイスン、告白するか？　誰から命令を受けた？」

メイスンのアハスヴェルは、クーパーのアハスヴェルを指さした。「この裏切り者ですよ。彼が照明効果やら何やらを全部お膳立てしていたんです。説教の原稿も作って、こっちはそれを暗記しただけです」

「そうなのか、クーパー？」

ロビン・クーパーは、バニヤンよりもさらに自己満足の態でにやりと笑った。「そうですよ、警部補。最初から最後まで、ぼくが本物のアハスヴェルだったといってもいいでしょう。この田舎者は、ただ衣を着ていただけです」

「それで」マーシャルが鋭くいった。「日曜日の午後にその衣を着ていたのは誰だ？」

「日曜……？　ああ！　またハリガン事件のことですか？　ぼくたちはその件に関係ないと、すでにお話ししたでしょう。宣伝にもってこいだったので、利用させてもらっただけです。もちろん、誰かがわざとぼくたちに罪を着せようとしたのは明らかです。でも」（彼の目が、ものうげに部屋にいた人々を見回した）「それが誰かは見当もつきません」

「それで、ハリガンにナイン・タイムズ・ナインの呪いをかけろといったのは誰だ？」

「ぼくに？　ぼくは命令は受けませんよ、警部補。命令するほうです」

「命令した、だろう」

「するのです。今夜のことがあっても、ぼくは自分の力がまだ完全に消滅していないのを感じています。これで終わりだと思わないほうがいいですよ」

「なるほど。まあ、ひとつ確かなことがある。今夜、この教団の信者全員が、きみを当然のようにアハスヴェルとして受け入れていることがわかった。つまり、きみたちふたりのうちどちらかは、日曜の午後のアリバイがまったくないことになる」

「いやはや」ロビン・クーパーがいった。「何てことだ！」


「それで、三つ目のグラスはどなたのものでしょう？」マットと警部補のいる書斎にトレイを運んできた執事が尋ねた。

「きみのだよ、バニヤン。その堅苦しさをしばし忘れて、トレイを置いて一緒に飲もうじゃないか。それとも、バニスターと呼んだほうがいいかな？」

「もうすっかり、バニヤンに慣れておりますので――」

「いいだろう」マーシャルはグラスを上げた。「バニヤンに乾杯！　今夜はお手柄だった」

「ありがとうございます」

「だが、わたしはいったい何をしてしまったんだろう。マット、まるでパンドラになった気分だよ。悪事の箱を開けてしまい、中身がそこらじゅうに散らばってしまった」

「蓋を閉めたといいたいんでしょう――それともぼくは、親愛なるグレッグのように額面通りに頭が固くなっているんでしょうか？」

「そうだな。わたしは寺院の蓋を閉めたが、別の蓋を開けてしまった。今夜のことは賢明ではなかった。殺人者が野放しになったままでは危険なことだ。世間が何かを求めても――それを得られるかは確信できない」

「もう済んだことでしょう」

「ああ。だが、気をつけるに越したことはない。マーク・アントニーのような心持ちもする」

「たった一杯で？」

「葬儀の演説の場面の最後さ。知っているだろう。

よし、なるようになれ。禍《わざわい》の神よ、腰をあげたな、
どこへでも好きな方へ突っ走れ。〔『ジュリアス・シーザー』第三幕第二場より〕」

「警察とのささやかな経験からいわせていただきますと」バニヤンがいった。「彼らからパンドラへの言及や、無韻詩の正確な引用が出てくるとは思ってもみませんでした」

「オックスフォードだ」マーシャルはぶっきらぼうにいった。

「本当ですか？」バニヤンの顔に、この事件全体で見せてきた中で、驚きにもっとも近い表情がよぎった。だが、冷たい優越感がまた幅をきかせはじめた。「わたしはケンブリッジでした」

マットは笑顔で受話器を取った。修道院の規則は知らないが、まだ時間は早いだろう――ようやく九時といったところだ。

シスター・アーシュラは体が空いていたばかりでなく、今夜の出来事に関する説明を熱心に、夢中になって聞いた。

「このことで、何か新しい考えは浮かびましたか？」彼は最後にいった。

「新しい？　いいえ、新しい考えはありませんけれども、ミスター・ダンカン、以前からの考えを実行に移す助けになります。お電話をいただいて、わたしがどんなに感謝しているか、言葉にできません――この日が（ショッキングに聞こえるかもしれませんが）福女マザー・ラ・ロッシュの命日であることを感謝するのと同じくらい、感謝しています」

「質問や伝言はありますか？」

「あります」シスター・アーシュラは考え込むようにいった。「ひとつ質問が――ミスター・メイスンのアハスヴェルの、本当の髪の色をご覧になりました？」

「ひげと同じ黒でした。でも、どうして――？」

「忍耐というのは、ミスター・ダンカン、大事な美徳のひとつです。それと、伝言がひとつ――警部補への」

「何です？」

「また殺人が起きてほしくなければ、ハリガン家の全員と、特にロビン・クーパーに、厳重な警備をつけるよう説得してください。心からそうしていただきたいのです――このような事件に首を突っ込んだわたしの厚かましさをお許しくださいと、神に祈るのと同じくらい真剣に思っています」

「ほかに伝言は？」

「ありません――いえ、あります。ミス・ハリガンに、わたしのために祈ってくださるよう伝えてください。あなたにもそうしていただきたいのです、ミスター・ダンカン。できるだけ多くの祈りが必要です」彼女の口調に、冗談めいたところは少しもなかった。

二十

金曜日の朝。

男がいった。「あなたは誰です？」

女がいった。「ご存じないのですか？」

男がいった。「お会いしたことがないものですから」

女がいった。「本当に？」

男がいった。「もちろんですとも。人の顔は忘れません。しかし、それはもういいでしょう。いったい何の用です？」

女は明るい花模様についたひだをきちんと折り畳んだ。「代わりに別の質問にお答えしましょう。ロビン・クーパーをご存じですか？」

男は眉をひそめた。「ええ、会ったことはあります。それにどんなご関係が？　彼の友人なのですか？」

女は何もいわなかった。

男がいった。「彼があなたをここへ来させたのですか?」

女がいった。「ロビン・クーパーは妙なことを考えています。誰かが彼を殺そうとして、怖気づいたと」

男がいった。「馬鹿馬鹿しい。時間の無駄です」

女がいった。「彼は自白しています」

男がいった。「それがあなたとどんな関係が?」

女は爪先の開いた靴にじっと目を落としていた。「あなたに警告した人にとって、何か意味があるのではないかと思ったものですから」

男がいった。「馬鹿馬鹿しい。彼が自白したのは知っている。わたしはびくともしない」

女がいった。「それは彼が、殺されかけた事実を考える前のことです。もう少し話せば、安全になれるのではないかと思っています。あなたが知っていることをすべて話せば、安心できますよ」

男がいった。「それで、あなたはどこまで知っているんです?」

女がいった。「ここへ来るだけのことを」

男がいった。「クーパーのことを考えたら、怖くないのか?」

女がいった。「ここでは。あなたはやらないでしょう。そして、わたしはここ以外ではあなたと会いません」

男がいった。「警告ならよそでやってくれ。わたしのところへ来るのはお門違いだ」

女がいった。「わかりました。思い切って来た甲斐がありましたわ。何の問題もないのですね」

男がいった。「ああ。何の問題もない」

女が去ると、男は独り言をいった。「今度は怖気づかんぞ」


金曜日の夜。

マットは書斎を見回した。それは、種々雑多な容疑者が集まって、びくびくしながら最終的な講話を待っているという、型にはまった眺めではなかった。少なくとも、候補者のうち五人はその場にいなかった。スワーミ＝サスマウルは刑務所に入っている。アハスヴェルことグレン・メイスンも同様で、イリノイ州からの引き渡し令状を待っていた。ロビン・クーパーはおそらく家だろう――どこにいようと、目立たないが隙のない警察の護衛がついている。R・ジョーゼフ・ハリガンは、大事な約束があってオフィスに足止めを食らっている。そしてシスター・アーシュラは、水曜の夜のオルベラ街での出来事に関するコンチャの話から、今、グレゴリー・ランドールをハリガン家へ呼ぶことは、この事件がいかに重大なものでも得策ではないと考えた。

そこで、修道女の話の聞き手は、エレン、アーサー、コンチャのハリガン家の三人、バニヤン＝バニスター（彼は臨時に、執事から職業的な興味を持った傍聴人に出世していた）、マーシャル警部補、マット本人、そしてもちろん、隅でうたた寝をしているシスター・フェリシタスだけだった。

「始めてください、シスター」マーシャルがいった。「何かが飛び出してきそうな予感で、背中がうずうずしています。しかも、それはこの部屋で起こるのではなさそうだ。しかし、わたしに何ができるでしょう？　ですから、ローマが焼けようと踊りを続けてください」

「わたしが教師ぶっているように聞こえたら」シスター・アーシュラが切り出した。「お許しください。このような方々の前でお話しするときに、説教めいた態度にならずにいるのは難しいものです。けれども、必要とお感じになったときには、遠慮なく口を挟んでください。

マーシャル警部補のおっしゃるように、これは非公式の場です。警部補はもったいなくも、わたしにこの事件に関する質問をされ、わたしにきわめて重大な情報を明かしてくれました。その結果、この密室の謎は解けたと思います。そして、事件に密接にかかわっている皆さんに、わたしの解釈を聞いていただきたいのです。

この問題に関して、何日も頭を搾って可能性のあるトリックをすべて検討してこられた警部補は、何の問題もないという結論に至りました。ゴルディアスの結び目を断ち切った〔誰にも解けないとされていた結び目を、アレクサンドロス大王が剣で断ち切った故事より〕ばかりでなく、そんな問題は最初からなかったとおっしゃったのです。彼はそれを、ミス・ハリガンの証言を信じないことによってなしえました。いいえ、ミス・ハリガン、この哀れな警部補に対して、そう怒った顔をすることはありません。公務のためには、疑うことを邪魔する人にいちいち敬意を払っていられないのです。そして、こうした疑いを抱くのは、きわめて健全なことなのです——プロテスタントにとっては」

「プロテスタントにとっては！」マーシャルが繰り返した。「シスター・アーシュラ、あなたの教会には絶大な敬意を払っています。しかし、それが人間性の唯一の源だというのは信じられません。プロテスタントにとっても、論理は論理です」

「失礼ですが、警部補、論理と事実の解釈は別物ですわ。この一連の事実を見てみましょう。日曜日の夕方、ミス・ハリガンはあなたに、礼拝堂にいる間、誰もドアから出てこなかったといいました。それから翌朝まで、彼女には姪がずっとついていました。ふたりしてミサへ行き、ミス・ハリガンは片時も姪のそばを離れず、聖体拝領を受けました。この事実を、あなたはどう解釈なさいます、警部補？」

「ミス・ハリガンは敬虔で善良な女性ということでしょう――だがそれは、家族をかばうために彼女が嘘をついたという考えを、世俗的に妨害することにはなりません」

「そうですね。ミス・ハリガンがお許しくださるなら、彼女がそのような嘘をつくことは考えられないとはいえません。でも、その仮説ですと、その後の彼女の行動はまったく信じがたいことなのです。大罪を犯していながら聖体の秘跡を受けるのは、カトリック教徒にとってこの上ない冒瀆的行為です。ミス・ハリガンが嘘をついていたとすれば、ふたつの道があります。毎日の聖体拝領を慎むか、罪を告白して赦しを得るかです。彼女はそのどちらもしませんでした。従って、真実を話しているのです」

「警部補、同じプロテスタントとしていわせていただければ」バニヤンがへりくだっていった。「シスター・アーシュラの論法はきわめて適切なものです。自分たちを〝現実的な〟カトリックと呼ぶ半背教者には当てはまらないかもしれませんが、ミス・ハリガンのような、真にローマ・カトリックを信仰している方にとっては、そのような冒瀆よりは殺人のほうが簡単でしょう」

「わかりました」マーシャルはいった。「これで、可能性のあるたったひとつの解決が消されたわけです。さて、ほかに何が残されているのか、教えていただけますか？」

「もちろんです」シスター・アーシュラはほほえんだ。「では、この問題を最初からもう一度考えてみましょう。ジョーゼフ・ハリガンがいらっしゃれば、目撃者の証言を比べることができたのですが、ミスター・ダンカンの証言で間に合わせるしかありません。さて、ミスター・ダンカン――日曜日の午後、日没の頃にあの窓を最初に見たとき、何が見えましたか？」

「黄色い衣の男です」

「そして、二度目に見たとき、何が見えましたか？」

「ウルフ・ハリガンの死体です」

「では、その間に部屋から消えたものは何でしょう？」

「黄色い衣の男です」

「そこが」彼女は警部補のほうを向いた。「最初から、わたしたちが間違っていたことなのです。もう一度考えてみましょう。最初に何を見ましたか？　黄色い衣の男です。その後、何を見ました？　男です。消えたのは何でしょう？」

　大声でいったのはコンチャだった。「黄色い衣だわ！」それから、自分の結論に驚いた顔をした。部屋にいたほかの人々は、にわかに興味を引かれたように身を乗り出した。まるで、一本の糸で引っ張られた操り人形のように。ただし、すぐに居眠りを始めたシスター・フェリシタスと、ふんぞり返って「馬鹿馬鹿しい！」といったアーサー・ハリガンを除いて。

　コーヒーはとっくに沸いていた。ロビン・クーパーは火傷するほど熱いコーヒーを自分のカップに注ぎ、目の前の草稿にまた目を戻した。「……あらゆる出来事を考慮し……間違いなく、警察当局にさえも明らかに……わたしの貴重な沈黙を守るには……」

彼は自分の仕事に誇りを感じられなかった。無様《ぶざま》なやり方で、いつもの手際とはまったく似つかわしくない。彼はメモをくしゃくしゃにし、もう一杯コーヒーを飲んだ。個人的に話をするのは危険だろうが、はるかに生産性がありそうだ。そして、その危険は簡単に相殺できる――必要ならば、未然に防ぐことも。

彼は引き出しから、ずっしりとした四五口径を出した（正しい質屋を知っていれば、疑いもせず好意的に売ってくれるものだ）。今回はへまはしない。そして、危険は大きいが、考えられる利益はそれをはるかに上回るだろう。

確かに、ネズミは沈みかけた船から逃げる。だが、その船がまだ大金を載せたままだと知っていたら？　ネズミが知恵をうまく使えば、それを回収して丸儲けできるとしたら？

ドアの外で物音がした。ロビン・クーパーは計画の邪魔をされて顔をしかめた。それとも、これは邪魔なのか？　計画のほうから会いにきたのではないか？　彼は安全装置を外し、身構えた。

マーシャル警部補は、その新しい考えを理解するのにしばらくかかった。「つまり」彼はゆっくりといった。「ハリガンが黄色い衣を着ていたということですか？」

「着ていた、といえるかどうか、警部補。確かにその衣は彼の体にかけられていましたが、死体が埋葬布を着るというでしょうか？」

「彼はすでに死んでいたと？」

「ええ。暖炉のせいで部屋が温まり、正確な死亡時刻は特定できなかったのを思い出してください。ミスター・ダンカン、あなたが見たのはウルフ・ハリガンの死体で、おそらく脚は椅子によって机に押しつけられ、上半身は木の棒で支えられていて、その棒が机の表面にあの傷をつけたのです。いつ殺されたのか正確にはいえませんが、兄が話しかけたあとで間違いないでしょう」

「でも、どうして？　いったいどんな理由が……」

「殺人者は、夕日のまぶしさで、六時十五分までは誰にも窓から中が見えないことを知っていました。やがてまぶしさが去ると、暖炉の明かりで、クロッケー場にいる誰の目にも黄色い衣の男が見えるようになり、一見、殺人者がいた直接証拠のようになったのです」

「でも、そんなことをして何の得があるんです？　ダンカンとジョーゼフに、殺人者がいたと見せかけるのが目的なら、なぜ黄色い衣の男が外へ出られないような状況を作り上げたんです？」

「殺人者の中には、密室を計画する人もいるでしょう。だとしても、その死は自然死か、事故死か、自殺に見せかけるものです。この死は、明らかにそうではありません。この殺人者は、密室を押しつけられたのです。わたしと話し合ったことで、ミス・ハリガンが祈りのために礼拝堂を訪れたのは、まったくの偶然でした。それがなければ、わたしたちは殺人者の目論見通り、犯人はアハスヴェルか、彼に変装した何者かだと確信したでしょう」

マーシャルのコーンパイプからは、火山のように煙が噴き出していた。「いいえ、シスター・アーシュラ」彼は反論した。「それはありません。確かに巧妙だ――きわめて巧妙だ――だが、うまくいきませんよ。殺人者が前もって部屋を出ていたというのはいいでしょう。だが、それでも不可能に突き当たります。ウルフ・ハリガンの死体に黄色い衣がかけられたのなら、それはどうなったんです?」

「そうでした。それを忘れていましたわ。失礼しました。こういうことには慣れていないものですから。警部補、この密室に穴があったのをお忘れですか?」

「ネズミ穴のことですか? それではどうにもなりませんよ――床と地下室との間の隙間に通じているだけです。それに、暖炉の後ろの穴は、小さすぎて衣が通りません」

「でも、十分な大きさですわ」シスター・アーシュラがいった。「針金を通すには」

「針金?」

「あなたはなぜ、衣が部屋を出たと思うのです?」

「そこにないからです。それとも、これもまたプロテスタントの論理ですか?」

「いいえ。プロテスタントは、火の破壊的な性質に関しては、特に強い関心を持っているかと思います」

「火? シスター・アーシュラ、どうかしてしまったようですね。暖炉の灰はふるいにかけました。布でできた衣が、あれだけの時間で、跡形もないほど燃えつきることはありません」

「誰が布だと申しました?」シスター・アーシュラが尋ねた。

「それは――何てことだ、シスター――」

「衣は着るためのものでなく、ただ夕暮れにクロッケー場から目撃されるためだけのものだったのを思い出してください。紙でも十分事足りますし、ずっと簡単に処分できます。

要点をまとめさせてください。五時五十五分から、正確を期して六時十三分の間に、殺人者はミスター・ハリガンの許可を得て書斎に入り、彼を射殺しました。それからその体に黄色い衣をかぶせ、わたしが説明した通りに体を支えて、日没のときに見えるようにしました。それから、長い針金を紙の衣につけ、短い糸で木の支えに結びつけたのです。針金の反対の端は、暖炉の奥の穴に通しました。準備ができると、殺人者は礼拝堂のドアから外に出て、鍵をかけました。

騒ぎが起きたあと、ミスター・ダンカンが死体を二度見る合間の短い時間に、殺人者は暖炉の後ろに回って針金を引っぱり、遺体から衣をはがし、支えの棒を取り去って、遺体が床に転がるようにしたのです。こうして、その体は黄色い衣の訪問者ではなく、ただのウルフ・ハリガンの死体となりました。もう一度針金を引くと、棒と紙の衣は暖炉に引き込まれます。衣と糸はすぐに燃え尽きますし、暖炉の中の棒は、チェスタトンのたとえでいえば、戦場の遺体のように目につかないものです。すべて数秒あれば事足りたでしょう。その後の混乱に乗じて、針金は裏庭に捨てることができます。これもまた、目立たない場所です」

マーシャルが煙を吐いた。「まさしく、これまで出た案の中で唯一、この状況を説明できますね。シスター、気に入ったと認めるしかないでしょう。いつからこんなことを思いついたんです？」

「ミスター・ダンカンに、手袋がなかったという話を聞いたときです」

「手袋？　どうして――いいや、ちょっと待って。わたしにも推理させてください。とにかく、それがわたしの仕事なのですから。殺人者は手袋をはめていた。犯人の指紋はなく、ハリガンの指紋が残っていたダーツの矢は、汚れてはいましたが拭きとられてはいなかったことから、それがわかります。それに、アハスヴェルに変装しようとするなら誰だって手袋をするでしょう。それも衣装の一部なのですから。したがって、黄色い衣の男は殺人者でもなければ、変装した人物でもなかった。そこから導き出せるのは——」

「その通りです、警部補。衣は簡単に処分できますが、手袋はできません。ですから、素手のままだったのです」

「お見事」マーシャルがいった。「実に見事です。しかし、そろそろ先へ進んで、犯人が誰かを教えてくれてもいいんじゃありませんか？」

書斎にいた人々が、落ち着かなげに身じろぎした。このときばかりは、アーサーでさえ興味を示した。

「おやまあ」シスター・アーシュラがため息をついた。「まだウィリアム二世のことがおわかりではないのですか？」

電話が鳴った。

「わたしが取りましょう」警部補がいった。「マーシャルです——ああ、クラウターか——ああ——ああ——何だって！　まさか！——ああ。わかった。そうだな——二十分でそっちへ行く。目を光らせておいてくれ」彼は電話を切り、シスター・アーシュラに向き直った。「いいでしょう。背中がうずうずしたのは意味のないことではありませんでした。すぐに出かけなければなりません。聞かせてください——ウィリアム二世とはどういう意味なんです？」

シスター・アーシュラはためらい、戸惑っているようだった。その目は電話に向けられたままだった。「今のは……？」

「クーパーは生きていますよ。それがお訊きになりたいのなら。続けてください」

「ああ、神に感謝します！」彼女はベルトにつけたロザリオに手を触れ、唇を静かに動かした。「今では」彼女はようやく先を続けた。「ダーツの跡には意図があったことに同意していただけますね？　ウルフ・ハリガンは、犯人の手がかりとして、どのファイルでもなくあの本を示そうとしたことに？」

「ええ」

「メアリー、あなたはここにいる誰よりも、歴史の授業の記憶が新しいでしょう。ウィリアム二世とはどのような人物です？」

「征服王ウィリアムの息子ですよね？　十一世紀末にイングランドを支配し、森の中で矢に射られて殺された。それくらいしか覚えていません」

「でも、その名前――というより、あだ名は何でした？」

「ああ！」コンチャは座ったまま身をこわばらせた。その答えは、ほとんど聞き取れなかった。

「ウィリアム・ルーファスと呼ばれていました」

「その通り。そして、ミス・ハリガン、あなたのお兄さんのフルネームは？」

エレンの声は震えていた。「ルーファス・ジョーゼフ・ハリガンです」

「思い当たるべきでしたわ、警部補」シスター・アーシュラは続けた。「ルーファス・ハリガンの長男が、ルーファスと名づけられるのは自然なことだと。そして、彼がその名を略して、イニシャルのRだけを使うのも、同じくらい自然なことだと。父の名声に頼るのではなく、自分の実力で公の地位を築くために」

アーサーが口笛を拭いた。コンチャは何もいわず、おばの手を探ってぎゅっと握った。

「でも、彼はぼくと——」マットはいいかけて、口を閉じた。

「そうです、ミスター・ダンカン。彼はあなたと一緒にいました。有罪を証明するこれ以上の事実はないでしょう。この計画全体の要《かなめ》は、殺人者に六時十三分のアリバイがなければならないというものです。この家で、ジョーゼフ・ハリガンとメアリーだけが、その時間の行動を説明することができました。そしてメアリーのアリバイは本物に違いありません。針金が引かれたはずの六時十三分から六時十五分の間にもアリバイがあったのですから」

「しかしジョーゼフは、六時十三分から六時十五分の間、ぼくと一緒でした。どうやって針金を引いたんです？」

「あなたがたが急いで家に入ろうとしていたとき、彼はつまずいて転んだでしょう？　それは暖炉の真裏ではありませんでしたか？　本がなくても、彼の有罪は証明できます。死亡時刻のごまかしが有利に働き、針金を引くチャンスがあったのは彼だけです」

「それで」マットは思い出していった。「誰がクロッケーをするのか訊いたのですね。クロッケー場に誰もいなかったら、日没前に何か口実を作って誰かを連れ出さなければならなかったから」

「しかし、シスター、それほどはっきりとわかっていたのなら」マーシャルが訊いた。「なぜ赤毛の殺人者を見つけようとしたんです?」

「ウィリアムのあだ名であるルーファスは、赤毛という意味なのです。特に赤い髪の容疑者がいれば、わたしの推理はすべて間違いで、ダーツの矢はその人物を指していた可能性があります。けれども、事件関係者全員の中で、赤毛はあなたの奥様と子供だけでした——」

「まるで恐ろしいいたずらのようじゃない?」コンチャがいった。「アーサーが仕掛ける、馬鹿げた悪ふざけみたい。エレンおばさんは、ジョーゼフおじさんも同じだったとたびたびいってたわ。残酷な冗談のための巧みな機械仕掛け。そして……このこと」

「そのことを考えておくべきでした」修道女がいった。「それが示唆していることを」

「いいえ! そんなことは信じられません、シスター・アーシュラ」エレン・ハリガンの声は、急に歳を取ったように響いた。「わたしの兄が、弟を殺すなんて……どうして?」その"どうして?"という言葉は、信じられないという絶望に悲しげに響いた。

「なぜなら、彼がアハスヴェルを背後で操っていたからです。もっと正確にいえば、ロビン・クーパーを。わたしにいえることは推測にすぎませんが、それは事実によって裏づけられています。わたしはジョーゼフが弟を殺したに違いないことを示しました。彼がそのようなことをする個人的な動機も、金銭的な動機もありません。ウルフ・ハリガンが、アハスヴェルの黒幕の正体に疑念を抱いていたことを、わたしたちは知っています——その疑惑はあまりにも恐ろしすぎて、信頼できる助手にすら明かせませんでした。ほかにもそれを指し示すものがあります。ミスター・ダンカン、あなたは三人で寺院を訪れたとき、ロビン・クーパーがひどく驚いていたといいましたね。警部補は私服でしたし、あなたの傷跡は、それほど恐ろしいものではありません。その驚きは、おそらく黄色い衣の背後にある力を、思いがけず寺院で見かけたことによるものでしょう。それに、殺人の前夜にナイン・タイムズ・ナインの呪いがお膳立てされたことも、偶然とはとても思えません。その儀式は命じられたものであり、それを命じた人物は、その脅しが現実のものになると知っていたのです。

さらには、ロビン・クーパーの殺人未遂事件があります」

「何ですって?」マットがいった。「いつ?」

「最初の試みは、あなたと警部補がクーパーを尋ねた午後のことでした。ジョーゼフがそこにいた口実は、とても薄っぺらなものでした。あなたがたがクーパーの部屋に入ったとき、ジョーゼフがクーパーのコーヒーを引っくり返し、何者かが明らかにアーサーに罪を着せる煙草の吸殻を残していったのを見たでしょう。さて、ジョーゼフは言葉で怒りを表す人です。足を踏み鳴らして部屋を歩き回り、カップを引っくり返すなんて、彼らしくありません。そのカップが引っくり返されたのは、毒が入っていたからだと思います」

「なるほど」マーシャルがいった。「ジョーゼフがロビンを消そうとする理由はわかります。それは筋が通っている。だが、なぜコーヒーに毒を入れてから、ご丁寧に引っくり返さなくてはならないのですか? これは筋が通らない」

「そんなことはありません。わたしの想像では、クーパーの死体と、彼がふたり分のコーヒーを淹れ、その相手がアーサーだったことを示す証拠が発見されるという計画だったのでしょう。けれどもジョーゼフは、あなたがたふたりが車でやってきたのを見て（窓は通りを見下ろせるとおっしゃいましたね）、犯罪現場に足止めされてしまうことを知り、カップを引っくり返したのです」

「でも、兄がそんなカルト教団を作れるはずはありませんわ、シスター・アーシュラ。善良で、敬虔なカトリックです」

「残念ながら」シスター・アーシュラはいった。「教会員がみな敬虔な信者とは限りません」

「でも、なぜ真の教会を離れて――」

「ジョーゼフに宗教的な面が関係しているかは疑問です。ただ必要な背景に過ぎなかったのでしょう。〈光の子ら〉は、次第に強力な政治集団へと変わりつつありました。ジョーゼフのことをファシストとはいいません――最近ではこの言葉は、あらゆるものを指すのに使われていますから。けれども、彼は扇動者であり、政治的な力を貪欲に求めていました。カフリンのような司祭と交流があれば、教会内で自分の信奉者を増やそうとしたかもしれません。しかし幸い、そういった司祭は、わたしたちを中傷する人たちが考えるよりもまれな存在なのです」

「何てことだ！」アーサーがいった。「ジョーおじさんは、ギャンブルのことで道徳的な説教をしながら、ぼくに殺人の罪を着せる計画を立てていたとは！　しかし、どうやって証明します、シスター？　あなたがおじを断罪するところをぜひ見たいですが、全部憶測じゃありませんか」

「全部ではありません。わたしの説を裏づける示唆と、手がかりがあります。ごく小さいものとしては、ウルフ・ハリガンが、ヨセフによる福音書の中で気づいたことがあります――〝不正な富〟という一節です」

「あれはどういう意味なんです?」マットが訊いた。「そのことにずっと悩まされているんです」

「たとえ話の一節ですね?」バニヤンがいった。「おそらく、神を信じない世代を除いて、誰もが引用するものです。ただ、わたしの記憶に間違いがなければ、正しくは〝邪悪な富〟だったと思いますが」

「その通りです。欽定訳聖書ではそうなのです。〝不正な富〟はランスで翻訳されたカトリックの聖書から来ているのです。プロテスタントには思いつかない言葉でしょう。このことは、アハスヴェル教の基礎となるヨセフによる福音書を用意するのにカトリックがかかわっていることを示しています。さらなる示唆は、アハスヴェルが機をとらえて偽りの告白をする早さです。まるでジョーゼフが、弟の殺人者を告発しているように見せかけて、実際にはアハスヴェルに情報を提供し、宣伝に使えるように仕向けたかに思えます。

何より重大なのは、アハスヴェルの背後にいる人物に関するウルフ・ハリガンの秘密のメモと、ミスター・ダンカンを遺作管理人にするという遺言補足書のほかに、何もなくなっていないことです。これらを盗めたのは殺人者のほかにはいないでしょうから、殺人者はジョーゼフ・ハリガンで間違いないことが証明されました。彼は自分に直接かかわっているメモだけを盗んだのです。偽の物盗りの痕跡を残したければ、ファイルのほうがずっとその目的にかなっています。それに、遺言補足書を破棄したことで、ミスター・ダンカンの仕事が直接ジョーゼフ・ハリガンの監督対象となり、危険だと思われる資料の発表を拒めるようになったのです」

「待ってください」マットがいった。「クーパー殺人未遂の件に話を戻してください。あなたは最、初の試みとおっしゃいましたね」

シスター・アーシュラは電話を見て、それから警部補を見た。

「勘がいいですね、シスター」マーシャルがいった。「それとも、勘だったのかな？　ええ――電話はクラウターからでした。R・ジョーゼフ・ハリガンを、クーパーに対する二度目の殺人未遂容疑で逮捕したそうです」

二十一

その後は、目まぐるしく物事が運んだ。ジョーゼフ・ハリガンは金曜日に拘留された。土曜日には検死審問が開かれ、ジョーゼフ・ハリガンに殺人の有罪判決が下された。日曜日には、延び延びになっていた葬儀がようやくキャルヴァリー墓地で執り行われた。月曜日には地方検事が大陪審のもとへ行き、二件の殺人未遂罪と一件の第一級殺人罪に関するジョーゼフ・ハリガンの起訴状を要請し、発付された。

火曜日の夜にマーシャル警部補がマット・ダンカンに告げたように、今ではすべてが丸くおさまった。彼らは再び暖炉の前で、男同士のくつろいだ時間を過ごし、その間レオーナはコンチャに、かわいいテリーの寝顔を見せて喜ばせていた。

「当然」警部補はいった。「ハリガンは無罪を主張するだろうが、勝ち目はないだろう」

「そうでしょうか？」マットは訊いた。「少なくとも、殺人未遂のひとつでは現場を押さえましたが、主要な容疑には、まだ曖昧な部分がたくさんあります」

「わたしはそうは思わないがね。すべてを注意深く確認し――臆面もなくいうが、シスター・アーシュラの助けを借りて――すべてつじつまが合ったと思っている。何が疑問なんだ?」

「たとえば、ウィリアム二世の本が盗まれたことです」

「もちろんジョーゼフのやったことだ。可能性のある人々の中で、あの鍵の合鍵を作れるチャンスが一番あるのは彼だ。ほかには?」

「たくさんありますよ。スワーミの家にあったアーサーの煙草――それも彼に罪を着せるためのものだったのですか? それに、スワーミのアリバイや、焼却炉の中の黄色い衣も」

「今ではすべて解明されている。ようやくサスマウルに口を割らせることができた。やつはハリガン家に関する事実を嗅ぎ回っていた――足がかりになりそうなものは何でも――そして、アーサーが現金をほしがっていることを知ったんだ。そこで彼に近づき、実の父を裏切ってファイルを盗むよう説得した。盗みは日曜の午後に予定されていた。それでスワーミにはアリバイがあったんだ。ところが、殺人が起こるとアーサーは怖気づき、サスマウルは代わりにきみに圧力をかけようとしたわけだ」

「では、もう一枚の黄色い衣は? ぼくたちが見た衣が紙だったとしたら、布の衣はどこから出てきて、どうやって焼却炉に入ったんです?」

「アーサーのいたずら好きを覚えているだろう? 殺人が起きたのは三月三十一日だ。翌日は何日だ?」

「四月一日です」

「その通り。エイプリルフールだ。アーサーは父親をかつごうとしたのだ――おそらく、アハスヴェルとして登場し、あらゆる偽情報をぶちまけようとしたのだろう。だから彼はナイン・タイムズ・ナインを知っていた――役作りのために寺院に行ったのさ。だが殺人のあと、黄色い衣を持っているのは非常に危険だ。そこで、できるだけ早く処分しようとしたのだ」

「でも、まだ動機がわかりません。ジョーゼフが光の寺院の黒幕なら、なぜあれほどアハスヴェルを殺人に巻き込もうとしたんです？」

「ひとつには、当然ながら黄色い衣は、彼がきみを利用してアリバイを作るためのトリックの重要な部分だからだ。そしてもうひとつは、寺院が破滅する運命にあることを知っていたからだ。これもまた、ネズミと沈みかけた船だよ。ウルフが死んでも、アハスヴェルの組織が暴かれるのは避けられない。特に、きみがかかわるようになってからはね。だが、ウルフは死ななければならなかった。暴露寸前まで来ていたからだ。アハスヴェルの詐欺行為だけでなく、ジョーゼフがそれにかかわっていることも。寺院を救える見込みはない。ジョーゼフには、せいぜい自分の身を守ることくらいしか望めなかった。しかも、それすらもできない。彼を破滅に追い込むものが、ほかにないとしても、クーパーの宣誓証言がある。ロビンは自分を殺そうとする悪い大物は嫌いなようだからね」

「ぼくは」マットがいった。「コン……家族のために、自白するようジョーゼフを説得できればと思います。あなたのいう通り、彼に勝ち目はありません。それに、自白すればスキャンダルや悪評をかなり避けられるでしょう。そんな方法が――」

「女性たちが来たぞ」マーシャルが口を挟んだ。「今は、事件のことはできるだけミス・ハリガンの耳に入れないほうがいいだろう」

「ハロー」レオーナがいった。「コンチャはテリーがすごくかわいいといってくれたわ。わたしはチーズビスケットの作り方を教えてあげて、彼女は家の冷蔵庫にゴムのトレイがあればいいのにというの。それで、その間ずっと、あなたたちは何をしていたの？」

「五行戯詩《リメリック》を交換していたんだ」マーシャル警部補がいった。

「まあ」コンチャがいった。「ちょっと聞かせて！」

「結婚するまで待つんですね、ミス・ハリガン」マーシャルは陽気にいってから、その無邪気な発言が、なぜこれほど気まずい沈黙を呼んでしまったのだろうと思った。


女がいった。「わたしのせいです。あなたには告白します。わたしはこのことを正義への渇望であり、家族を助けたい気持ちであると思っていました。でも、自分をごまかしても仕方ありません。それはわたしの傲慢でもあったのです――わたしの悪魔、肉体の刺です。わたしは確かめなくてはなりませんでした。ですから、あなたの罪の一部は、わたしに責任があるのです」

男がいった。「何てことだ！　あなただとは思わなかった」

女がいった。「だろうと思っていました。習慣とはこれほどの違いを作るものです。そして金曜日はマザー・ラ・ロッシュのための徹夜祭で、その間わたしたちは誓いから解放され、俗世の服を着ることができます。でも、誓いから解放されていたからといって、わたしの悪い行いが軽くなるわけではありません。ですから、マーシャル警部補の許しを得てここへ来ました。あなたに話すことが、わたしの悔悛の一部なのです」

男がいった。「しかし、なぜあんなことを?」

女がいった。「根拠が不十分なこともあります。しかし、わたしがロビン・クーパーといったときの、あなたの顔を見てからは……許してくださいますか?」

男は苦笑いをした。「許しましょう」

女は厳粛にいった。「ありがとうございます。罪というのは、告白しなければ膿《うみ》を生じるものです。まずは、司祭の耳を通じて神に告白する必要があります。しかし、人に告白し、起きてしまったことへの償いをするのも助けになります——死者をよみがえらせることはできなくても、生きている人を救うことはできます」

男がいった。「起きてしまったことへの償いはできません」

女がいった。「でも、あなたにはできます」

男は黙り込み、やがていった。「わたしのために祈ってください、シスター。そしてお帰りのときに、看守——牢番——何と呼んでも結構ですが——その人に、話がしたいと伝えてください」

看守が来ると、男はいった。「司祭に会いたい。それから地方検事に、申し立てを変更したいといってくれ」

レオーナは朝食のベーコンを切らしていたことを思い出し、警部補は彼女を車に乗せ、終夜営業のスーパーまで連れていった。

「どうやら」マットがいった。「マーシャル夫妻が気をきかせたようですね」

「嬉しいわ」コンチャが素直にいった。「ずっとふたりきりになれなかったんですもの——先週の水曜日から」

「わかっていますよ」

「いけませんか？」

彼女は下唇を噛んだ。「だと思った。どうしてわたしを避けようとするの、マット？」

「わたしが好きなんでしょう？」マットは答えなかった——ただ暖炉を見つめていた。「この家の人たちは幸せね。そうじゃない？」

「ええ。レオーナの職業は変わっているかもしれませんが、働く女性でした——遺産相続人ではなく」

「そうだったわね。でも、マット——」

「それだけじゃありません。あなたはとても若いし、移り気すぎる。二週間のうちに、グレッグと婚約し、修道院に入ろうとし、今度は——」

「それは不公平だわ。わたしはグレゴリーを愛していなかった。愛していると思いもしなかったわ。それに、アーサーは生涯でひとついいことをしたわ。あの夜、グレゴリーがわたしたちを見つけるのを手伝った理由を教えてくれたの。グレゴリーはわたしが十八歳になり次第、結婚したがっていた。父親の会社が危なくて、わたしの遺産で乗り切ろうとしたのよ」

「それで、アーサーは分け前をもらう予定だったんですね？　ほかにも理由がありますよ。グレゴリーが義理の弟になると考えてごらんなさい」

「冗談いわないで、マット。今夜はわたしにとってつらい夜なんだから。愛し合う、幸せなふたりを見せつけられて……」

「職を失ったばかりの好青年は、ハリガン家の人とは結婚しませんよ」

「でも、あなたには屋敷での仕事があるわ」

「どれだけ続くでしょうね?」

「それに、もしわたしが……」いいにくそうだったが、彼女は無理にいった。「管財人の同意なしに結婚すれば、遺産相続人にはならないわ」

マットはわざと彼女のほうを見ようとせず、酒のお代わりを注いだ。「気高いことをいわないでください。涙が出てしまう」

「気高いのはどっち? あなたよ。わたしにあきらめさせるために、とげとげしい態度を取っているんでしょう」

マットはウィスキーのダブルをストレートで飲んだが、神経はまだ高ぶっていた。「ねえ」彼はいった。「時間を置いて、成り行きを見ようじゃありませんか。どうです?」

コンチャは腰を上げ、暖炉のそばに立った。「いいわ」彼女はいった。ほほえみながらも、泣き出す寸前に見えた。「この家、本当に気に入ったわ。どれくらいで買えると思う?」

「あなたの自由になるお金よりは安く、ぼくに稼げるお金よりは高いでしょうね」

「ローンとか、そういったことは――イニシャルでできるのかしら?」彼女は部屋を横切り、彼の椅子の肘掛けに座った。「せめて、キスくらいはしてくれるわよね」

「もちろん」マットはいった。「ただし、気のきいた返事を思いつけるかどうかは、神様にしかわかりませんよ」

本文中のシェイクスピア作品の引用は、松岡和子氏の訳を使用させていただきました。——訳者

［製作総指揮］

山口雅也（やまぐち　まさや）

早稲田大学法学部卒業。大学在学中の一九七〇年代からミステリ関連書を多数上梓し、八九年に長編『生ける屍の死』で本格的な作家デビューを飾る。九四年に『ミステリーズ』が「このミステリーがすごい！'95年版」の国内編第一位に輝き、続いて同誌の二〇一八年の三十年間の国内第一位に『生ける屍の死』が選ばれKing of Kingsの称号を受ける。九五年には『日本殺人事件』で第48回日本推理作家協会賞（短編および連作短編集部門）を受賞。シリーズ物として《キッド・ピストルズ》や《垂里冴子》など。その他、第四の奇書『奇偶』、冒険小説『狩場最悪の航海記』、落語のミステリ化『落語魅捨理全集』などジャンルを超えた創作活動を続けている。近年はネットサイトのGolden Age Detectionに寄稿、『生ける屍の死』の英訳版*Death of Living Dead*の出版と同書のハリウッド映画化など、海外での評価も高まっている。

［訳者］

白須清美（しらす　きよみ）

翻訳家。訳書にフランシス・アイルズ『被告の女性に関しては』（晶文社）、デイヴィッド・イーリイ『タイムアウト』（河出書房新社）、パトリック・クェンティン『俳優パズル』（東京創元社）、カーター・ディクスン『パンチとジュディ』（早川書房）、マーティン・エドワーズ『探偵小説の黄金時代』（国書刊行会、共訳）他。

奇想天外の本棚　山口雅也＝製作総指揮

九《く》人《にん》の偽《にせ》聖《せい》者《じゃ》の密《みっ》室《しつ》

二〇二二年九月十日初版第一刷印刷
二〇二二年九月二十日初版第一刷発行

著者　H・H・ホームズ
訳者　白須清美
発行者　佐藤今朝夫
発行所　株式会社国書刊行会
東京都板橋区志村一―十三―十五　〒一七四―〇〇五六
電話〇三―五九七〇―七四二一
ファクシミリ〇三―五九七〇―七四二七
URL : https://www.kokusho.co.jp
E-mail : info@kokusho.co.jp
装訂者　坂野公一（welle design）
印刷所　創栄図書印刷株式会社
製本所　株式会社ブックアート
ISBN978-4-336-07401-0 C0397